胡适作品精选集

微笑向暖 安之若素

胡适 著

江苏凤凰文艺出版社
JIANGSU PHOENIX LITERATURE AND ART PUBLISHING, LTD

图书在版编目（CIP）数据

微笑向暖，安之若素：胡适作品精选集 / 胡适著.
-- 南京：江苏凤凰文艺出版社，2018.8（2021.9 重印）
（“唤醒”书系）
ISBN 978-7-5594-1947-7

Ⅰ.①微… Ⅱ.①胡… Ⅲ.①散文集－中国－现代②
诗集－中国－现代 Ⅳ.① I216.2

中国版本图书馆 CIP 数据核字（2018）第 152351 号

微笑向暖，安之若素：胡适作品精选集

胡适 著

责任编辑　李龙姣
出版发行　江苏凤凰文艺出版社
　　　　　南京市中央路 165 号，邮编：210009
网　　址　http://www.jswenyi.com
印　　刷　三河市天润建兴印务有限公司
开　　本　710 毫米 ×1000 毫米 1/16
印　　张　15
字　　数　300 千字
版　　次　2018 年 8 月第 1 版　2021 年 9 月第 3 次印刷
书　　号　ISBN 978-7-5594-1947-7
定　　价　39.80 元

目　录

第一章　快意人生

第二章　快乐教育

第三章　快活书话

第四章　快慰生活

第一章

快意人生

我总以为容忍的态度比自由更重要，比自由更根本。我们也可说，容忍是自由的根本。社会上没有容忍，就不会有自由。无论古今中外都是这样：没有容忍，就不会有自由。

科学的人生观

上次我到苏州来，没有空到青年会来演讲很抱歉，今天特来补过，请罪。今天讲的题目，就是“科学的人生观”，研究人是什么东西？在宇宙中占据什么地位？人生究竟有何意味？因为少年人近来觉得很烦闷，自杀、颓废的都有，我比较至少多吃了几斤盐，几担米，所以来计划计划，研究自身人的问题。至于人生观，各人不同，都随环境而改变，不可以一个人生观去统理一切；因为公有公理，婆有婆理，我们至少要以科学的立场，去研究它，解决它。“科学的人生观”有两个意思：第一拿科学做人生观的基础；第二拿科学的态度、精神、方法，做我们生活的态度，生活的方法。

现在先讲第一点，就是人生是什么？人生是啥物事？拿科学的研究结果来讲，我在民十二年发表了十条，这十条就是武昌有一个主教，称为新的十诫，说我是中华基督教的危险物的。十条内容如下：

一、要知道空间的大　拿天文、物理考察，得着宇宙之大；从前孙行者翻筋斗，一翻翻到南天门，一翻翻到下界，天的观念，何等的小？现在从地球到银河中间的最近的一个星，中间距离，照孙行者一秒钟翻十万八千里的速率计算，恐怕翻一万万年也翻不到，宇宙是何等的大？地球是宇宙间的沧海之一粟，九牛之一毛，我们人类，更是小，直是不成东西的东西！以前看得人的地位太重了，以为是万物之灵，同大地并行，凡是政治不良，就有彗星、地震的征象，这是差的。从前王充很能见得到，说："一个虱子不能改变那裤子里的空气，和那人类不能改变皇天一样。"所以我们眼光要大。

二、时间是无穷的长　从地质学、生物学的研究，晓得时间是无穷之长，以前开口五千年，闭口五千年，以为目空一切；不料世界太阳系的存在，有几万万年的历史，地球也有几万万年，生物至少有几千万年，人类也有二三百万年，所以五千年占很小的地位。明白了时间之长，就可以看见各种进步的演变，不是上帝一刻可以造成的。

三、宇宙间自然的行动　根据了一切科学，知道宇宙、万物都有一定不变的自然行动。"自然自己，然是如此"，就是自己自然如此，各物自己如此的行动，并没有一种背后的指示，或是一个主宰去规范他们。明白了这点，对于月蚀是月亮被天狗所吞的种种迷信，可以打破了。

四、物竞天择的原理　从生物学的智识，可以看到物竞天择的原理。鲫鱼下卵有几百万个，但是变鱼的只有几个；否则就要变成"鱼世界"了！大的吃小的，小的又吃更小的，人类都是如此。从此晓得人生不受安排，是自己如此的行动；否则要安排起来，为什么不安排一个完善的世界呢？

五、人是什么东西　从社会学、生理学、心理学方面去看，人是什么东西？吴稚晖先生说："人是两手一个大脑的动物，与其他的不同，只在程度上的区别罢了。"人类的手，与鸡、鸭的掌差不多，实是他们的弟兄辈。

六、人类是演进的　根据了人种学来看，人类是演进的；因为要应付环境，所以要慢慢的变；不变不能生存，要灭亡了。所以从下等的动物，慢慢演进到高等的动物，现在还是演进。

七、心理受因果律的支配　根据了心理学、生物学来讲，心理现状是有因果律的。思想、做梦，都受因果律的支配，是心理、生理的现象，和头痛一般；

所以人的心理说是超过一切，是不对的。

八、道德、礼教的变迁　照生理学、社会学来讲，人类道德、礼教也变迁的。以前以为脚小是美观，但是现在脚小要装大了。所以道德、礼教的观念，正在改进。以二十年、二百年或二千年以前的标准，来判断二十年、二百年、二千年后的状况，是格格不相入的。

九、各物都有反应　照物理、化学来讲，物质是活的，原子分为电子，是动的。石头倘然加了化学品，就有反应，像人打了一记，就有反动一样。不同的，只在程度不同罢了。

十、人的不朽　根据一切科学智识，人是要死的，物质上的腐败，和猫死狗死一般。但是个人不朽的工作，是功德：在立德，立功，立言。善恶都是不朽。一块痰中，有微生物，这菌能散布到空间，使空气都恶化了；人的言语，也是一样。凡是功业、思想，都能传之无穷；匹夫匹妇，都有其不朽的存在。

我们要看破人世间、时间之伟大，历史的无穷，人是最小的动物，处处都在演进，要去掉那小我的主张，但是那小小的人类，居然现在对于制度、政治各种都有进步。

以前都是拿科学去答复一切，现在要用什么方法去解决人生，就是哪哼生活？各人有各人的方法，但是，至少要有那科学的方法、精神、态度去做。分四点来讲：

一、怀疑　第一点是怀疑。三个弗相信的态度，人生问题就很多。有了怀疑的态度，就不会上当。以前我们幼时的智识，都从阿金、阿狗、阿毛等黄包车夫、娘姨处学来；但是现在自己要反省，问问以前的知识是否靠得住？有此态度，对于什么马克斯、牛克斯等主义都不致于盲从了。

二、事实　吾们要实事求是，现在像贴贴标语，什么打倒田中义一等，都仅徒务虚名，像豆腐店里生意不好，看看“对我生财”泄闷一样。又像是以前的画符，一画符病就好的思想。贴了打倒帝国主义，帝国主义就真个打倒了么？这不对，我们应做切实的工作，奋力的做去。

三、证据　怀疑以后，相信总要相信，但是相信的条件，就是拿凭据来。有了这一句，论理学诸书，都可以不读。赫胥黎的儿子死了以后，宗教家去劝他进教，但是他很坚决的说，“拿有上帝的证据来。”有了这种态度，就不会上当。

四、真理　朝夕的去求真理，不一定要成功，因为真理无穷，宇宙无穷；我们去寻求，是尽一点责任，希望在总分上，加上万万分之一。胜固是可喜，败也不足忧。明知赛跑，只有一个人第一，我们还要跑去，不是为我为私，是为大家。所以只有科学家，真真有共产主义的精神，发明不是为发财，是为人类。英国有一个医生，发明了一种治肺的药。但是因为自秘，就被医学会开除了。

所以科学家是为求真理。庄子虽有“吾生也有涯，而知也无涯，以有涯逐无涯，殆已”的话头，但是我们还要向上做去，得一分就是一分，一寸就是一寸，可以有亚基米德氏发现浮力时叫 Eureka 的快活。有了这种精神，做人就不会失望。所以人生的意味，全靠你自己的工作；你要它圆就圆，方就方，是有意味；因为真理无穷，趣味无穷，进步快活也无穷尽！

一个问题

我到北京不到两个月。这一天我在中央公园里吃冰，几位同来的朋友先散了；我独自坐着，翻开几张报纸看看，只见满纸都是讨伐西南和召集新国会的话。我懒得看那些疯话，丢开报纸，抬起头来，看见前面来了一男一女，男的抱着一个小孩子，女的手里牵着一个三四岁的孩子。我觉得那男的好生面善，仔细打量他，见他穿一件很旧的官纱长衫，面上很有老态，背脊微有点弯，因为抱着孩子，更显出曲背的样子。他看见我，也仔细打量。我不敢招呼，他们就过去了。走过去几步，他把小孩子交给那女的，他重又回来，问我道："你不是小山吗？"我说，"正是。你不是朱子平吗？我几乎不敢认你了！"他说，"我是子平，我们八九年不见，你还是壮年，我竟成了老人了，怪不得你不敢招呼我。"

我招呼他坐下，他不肯坐，说他一家人都在后面坐久了，要回去预备晚饭了。我说，"你现在是儿女满前的福人了。怪不得要自称老人了。"他叹口气，说，"你看我狼狈到这个样子，还要取笑我？我上个月见着伯安仲实弟兄们，才知道你今年回国。你是学哲学的人，我有个问题要来请教你。我问过多少人，他们都说我有神经病，不大理会我。你把住址告诉我，我明天来看你。今天来不及谈了。”

我把住址告诉了他，他匆匆的赶上他的妻子，接过小孩子，一同出去了。

我望着他们出去，心里想到：朱子平当初在我们同学里面，要算一个很有豪气的人，怎么现在弄得这样潦倒？看他见了一个多年不见的老同学，一开口就有什么问题请教，怪不得人说他有神经病。但不知他因为潦倒了才有神经病呢？还是因为有了神经病所以潦倒呢？……

第二天一大早，他果然来了。他比我只大得一岁，今年三十岁。但是他头上已有许多白发了。外面人看来，他至少要比我大十几岁。

我问他什么问题。他说，“我这几年以来，差不多没有一天不问自己道：人生在世，究竟是为什么的？我想了几年，越想越想不通。朋友之中也没有人能回答这个问题。起先他们给我一个‘哲学家’的绰号，后来他们竟然叫我做朱疯子了！小山，你是见多识广的人，请你告诉我，人生在世，究竟是为什么的？”

我说，“子平，这个问题是没有答案的。现在的人最怕的是有人问他这个问题。得意的人听着这个问题就要扫兴，不得意的人想着这个问题就要发狂。他们是聪明人，不愿意扫兴，更不愿意发狂，所以给你这个疯子的绰号，就算完了。——我要问你，你为什么想到这个问题上去呢？”

他说，“这话说来很长，只怕你不爱听。”

我说我最爱听。他叹了一口气，点着一根纸烟，慢慢的说。以下都是他的话。

“我们离开高等学堂那一年，你到英国去了，我回到家乡，生了一场大病，足足的病了十八个月。病好了，便是辛亥革命，把我家在汉口的店业就光复掉了。家里生计渐渐困难，我不能一出来谋事。那时伯安石生一班老同学都在北京，我写信给他们，托他们寻点事做。后来他们写信给我，说从前高等学堂的老师陈老先生答应要我去教他的孙子。我到了北京，就住在陈家。陈老先生在大学堂教书，又担任女子师范的国文，一个月拿得钱很多，但是他的两个儿子都不成器，老头子气得很，发愤要教育他的几个孙子成人。但是他一个人教两处书，那有工夫教小孩子？你知道我同伯安都是他的得意学生，所以他叫我去，给我二十块钱一个月，住的房子，吃的饭，都是他怕，总算他老先生的一番好意。

“过了半年，他对我说，要替我做媒。说的是他一位同年的女儿，现在女子师范读书，快要毕业了。那女子我也见过一两次，人倒很朴素稳重。但是我一个月拿人家二十块钱，如何养得起家小？我把这个意思回复他，谢他的好意。老先生有点不高兴，当时也没说什么。过了几天，他请了伯安仲实弟兄到他家，要他们劝我就这门亲事。他说，‘子平的家事，我是晓得的。他家三代单传，嗣续的事不能再缓了。二十多岁的少年，那里怕没有事做？还怕养不活老婆吗？我替他做媒的这头亲事是再好也没有的。女的今年就毕业，毕业后还可在本京蒙养院教书，我已经替她介绍好了。蒙养院的钱虽然不多，也可以贴补一点家用。他再要怕不够时，我把女学堂的三十块钱让他去做。我老人，大学堂一处也够我忙了。你们看我这个媒人总可算是竭力报效了。’

“伯安弟兄把这番话对我说，你想我如何能再推辞。我只好写信告诉家母。家母回信，也说了许多‘三代单传，不孝有三，无后为大’的话。又说，‘陈老师这番好意，你稍有人心，应该感激图报，岂可不识抬举？’

“我看了信，晓得家母这几年因为我不肯娶亲，心里很不高兴，这一次不过是借发点牢骚。我仔细一想，觉得做了中国人，老婆是不能不讨的，只好将就点罢。

“我去找到伯安仲实，说我答应订定这头亲事，但是我现在没有积蓄，须过一两年再结婚。

“他们去见老先生，老先生说，女孩子今年二十三岁了，她父亲很想早点嫁了女儿，好替他小儿子娶媳妇。‘你们去对子平说，叫他等女的毕业了就结婚。仪节简单一点，不费什么钱。他要用木器家具，我这里有用不着的，他可去搬去用。我们再替他邀一个公份，也就可以够用了。’

“他们来对我说，我没有话可驳回，只要答应了。过了三个月，我租了一所小屋，预备成亲。老先生果然送了一些破烂家具，我自己添置了一点。伯安石生一些人发起一个公份，送了我六十多块钱的贺仪，只够我替女家做了两套衣服，就完了。结婚的时候，我还借了好几十块钱，才勉强把婚事办了。

“结婚的生活，你还不曾经过。我老实对你说，新婚的第一年，的确是很有乐趣的生活。我的内人，人极温和，她晓得我的艰苦，我们从不肯乱花一个钱。我们只用一个老妈，白天我上陈老家教书，下午到女师范教书，她到蒙养院教书。晚上回家，我们自己做两样家乡小菜，吃了晚饭，闲谈一会，我改我的卷子，她陪我坐着做点针线。我有时做点文字卖给报馆，有时写到夜深才睡。她怕我身体过劳，每晚到了十二点钟，她把我的墨盒纸笔都收了去，吹灭了灯，不许我再写了。

“小山，这种生活，确有一种乐趣。但是不到七八个月，我的内人就病了，呕吐得很利害。我们猜是喜信，请医生来看，医生说八成是有喜，我连忙写信回家，好叫家母欢喜。老人家果然喜得很，托人写信来说了许多孕妇保重身体的法子，还做了许多小孩的衣服小帽寄来。

“产期将近了。她不能上课，请了不一位同学代她。我添雇了一个老妈子，还要准备许多临产的需要品。好容易生下一个男孩儿来。产后内人身体不好，乳水不够，不能不雇奶妈。一家平空减少了每月十几块钱的进帐，倒添上了几口人吃饭拿工钱。家庭的担负就很不容易了。

过了几个月，内人的身体复原了，仍旧去上课，但是记挂着小孩子，觉得很不方便。看十几块钱的面子上，只得忍着心肠做去。

不料陈老先生忽然得了中风的病，一起病就不能说话，不久就死了。他那两个宝贝儿子，把老头子的一点存款都瓜分了，还要赶回家去分田产，把我的三个小学生都带回去了。

我少了二十块钱的进款，正想寻事做，忽然女学堂的校长又换了人，第二年开学时，他不曾送聘书来，我托熟人去说，他说我的议论太偏僻了，不便在女学堂教书。我生了气，也不屑再去求他了。

伯安那时做众议院的议员，在国会里颇出点风头。我托他设法。他托陈老先生的朋友把我荐到大学堂去当一个事务员，一个月拿三十块钱。

我们只好自己刻苦一点，把奶妈和那添雇的老妈子辞了。每月只吃三四次肉，有人请我吃酒，我都辞了不去，因为吃了人的，不能不回请。戏园里是四年多不曾去过了。

但是无论我们怎样节省，问题不够用。过了一年又添了一个孩子。这回我的内人自己给他奶吃，不雇奶妈了。但是自己的乳水不够，我们用开成公司的豆腐浆代它，小孩子不肯吃，不到一岁就殇掉了。内人哭的什么似的。我想起孩子之死全系因为雇不起奶妈，内人又过于省俭，不肯吃点滋养的东西，所以乳水更不够。我看见内人伤心，我心里实在难过。

后来时局一年坏似一年，我的光景也一年更紧似一年。内人因为身体不好，辍课太多，蒙养院的当局颇说嫌话，内人也有点拗性，索性辞职出来。想找别的事做，一时竟寻不着。北京这个地方，你想寻一个三百五百的阔差使，反不费力。要是你想寻二三十块钱一个有的小事，那就比登天还难。到了中交两行停止兑现的时候，我那每月三十块钱的票子更不够用了。票子的价值越缩下去，我的大孩子吃饭的本事越来越大。去年冬天，又生了一个女孩子，就是昨天你看见我抱着的。我托了伯安去见大学校长，请他加我的薪水，校长晓得我做事认真，加了我十块钱票子，共是四十块，打个七折，四七二十八，你替我算算，房租每月六块，伙食十五块，老妈工钱两块，已是二十三块了。剩下五块大钱，每天只派着一角六分大洋做零用钱。做衣服的钱都没有，不要说看报买书了。

大学图书馆里虽然有书有报，但是我一天忙到晚，公事一完，又要赶回家帮内人照应小孩子，哪里有工夫看书阅报？晚上我腾出一点工夫做点小说，想赚几个钱。我的内人向来不许我写过十二点钟的，于今也不来管我了。她晓得我们现在所处的境地，非寻两个外块钱不能过日子，所以只好由我写到两三点钟才睡。但是现在卖文的人多了，我又没有工夫看书，全靠绞脑子，挖心血，没有接济思想的来源，做的东西又都是百忙里偷闲潦草做的，哪里会有好东西？所以往往卖不起价钱，有时原稿退回，我又修改一点，寄给别家。前天好容易卖了一篇小说，拿着五块钱，所以昨天全家去逛中央公园，去年我们竟不曾去过。

我每天五点钟起来，——冬天六点半起来——午饭后靠着桌子偷睡半个钟头，一直忙到夜深半夜后。忙的是什么呢？我要吃饭，老婆要吃饭，还要喂小孩子吃饭——所忙的不过为了这一件事！

我每天上大学去，从大学回来，都是步行。这就是我的体操，不但可以省钱，还可给我一点用思想的时间，使我可以想小说的布局，可以想到人生的问题。有一天，我的内人的姐夫从南边来，我想请他上一回馆子，家里没有钱，我去问同事借，那几位同事也都是和我不相上下的穷鬼，那有钱借人？我空着手走回家，路上自思自想，忽然想到一个大问题，就是‘人生在世，究竟是为什么的？’……我一头想，一头走，想入了迷，就站在北河沿一棵柳树下，望着水里的树影子，足足站了两外钟头。等到我醒过来的走回家时，天已黑了，客人已经走了半天了！

自从那一天起到现在，几乎没有一天我不想这个问题。有时候，我从睡梦里喊着‘人生在世，究竟是为什么的？’

小山，你是学哲学的人。像我这样养老婆，喂小孩子，就算做了一世的人吗？”……

人生问题

1903年，我只有十二岁，那年12月17日，有美国的莱特弟兄作第一次飞机试验，用很简单的机器试验成功，因此美国定12月17日为飞行节。12月17日正是我的生日，我觉得我同飞行有前世因缘。我在前十多年，曾在广西飞行过十二天，那时我作了一首《飞行小赞》，这算是关于飞行的很早的一首辞。诸位飞过大西洋，太平洋，我在民国三十年，在美国也飞过四万英里，这表示我同诸位不算很隔阂。今天大家要我讲人生问题，这是诸位出的题目，我来交卷。这是很大的问题，让我先下定义，但是定义不是我的，而是思想界老前辈吴稚晖的。他说：人为万物之灵，怎么讲呢？第一：人能够用两只手做东西。第二：人的脑部比一切动物的都大，不但比哺乳动物大，并且比人的老祖宗猿猴的还要大。有这能做东西的两手和比一切动物都大的脑部，所以说人为万物之灵。人生是什么？即是人在戏台上演戏，在唱戏。看戏有各种看法，即对人生的看法叫做人生观。但人生有什么意义呢？怎样算好戏？怎样算坏戏？我常想：人生意义就在我们怎样看人生。意义的大小浅深，全在我们怎样去用两手和脑部。人生很短，上寿不过百年，完全可用手脑做事的时候，不过几十年。有人说，人生是梦，是很短的梦。有人说，人生不过是肥皂泡。其实，就是最悲观的说法，也证实我上面所说人生的有没有意义全看我们对人生的看法。就算他是做梦吧，也要做一个热闹的，轰轰烈烈的好梦，不要做悲观的梦。既然辛辛苦苦的上台，就要好好的唱个好戏，唱个像样子的戏，不要跑龙套。人生不是单独的，人是社会的动物，他能看见和想象他所看不到的东西，他有能看到上至数百万年下至子孙百代的能力。无论是过去，现在，或将来，人都逃不了人与人的关系。比如这一杯茶（讲演桌上放着一杯玻璃杯盛的茶）就包括多少人的供献，这些人虽然看不见，但从种茶，挑选，用自来水，自来水又包括电力等等，这有多少人的供献，这就可以看出社会的意义。我们的一举一动，也都有社会的意义，譬如我随便往地上吐口痰，经太阳晒干，风一吹起，如果我有痨病，风可以把病菌带给几个人到无数人。我今天讲的话，诸位也许有人不注意，也许有人认为没道理，也许说胡适之胡说，是瞎说八道，也许有人因我的话回去看看书，也许竟一生受此影响。一句话，一句格言，都能影响人。我举一个极端的例子。两千五百年前，离尼泊尔不远地方，路上有一个乞丐死了，尸首正在腐烂。这时走来一位年轻的少爷叫 Gotama，后来就是释迦牟尼佛，这位少爷是生长于深宫中不知穷苦的，他一看到尸首，问这是什么？人说这是死。他说：噢！原来死是这样子，我们都不能不死吗？这位贵族少爷就回去想这问题，后来跑到森林中去想，想了几年，出来宣传他的学说，就是所谓佛学。这尸身腐烂一件事，就有这么大的影响。飞机在莱特兄弟做试验时，是极简单的东西，经四十年的功夫，多少人聪明才智，才发展到今天。我们一举一动，一言一行，一点行为都可以有永远不能磨灭的影响。几年来的战争，都是由希特勒的一本《我的奋斗》闯的祸，这一本书害了多少人？反过来说，一句好话，也可以影响无数人，我讲一个故事：民国元年，有一个英国人到我们学堂讲话，讲的内容很荒谬，但他的 O 字的发音，同普通人不一样，是尖声的，这也影响到我的 O 字发音，许多我的学生又受到我的影响。在四十年前，有一天我到一外国人家去，出来时鞋带掉了，那外国人提醒了我，并告诉我系鞋带时，把结头底下转一弯就不会掉了，我记住了这句话，并又告诉许多人，如今这外国人是死了，但他这句话已发生不可磨灭的影响。总而言之，从顶小的事情到顶大的像政治经济宗教等等，我们的一举一动都有不可磨灭的影响，尽管看不见，影响还是有。在孔夫子小时，有一位鲁国人说：人生有三不朽，即立德，立功，立言。立德就是最伟大的人格，像耶稣孔子等。立功就是对社会有供献。立言包括思想和文学，最伟大的思想和文学都是不朽的。但我们不要把这句话看得贵族化，要看得平民化，比如皮鞋打结不散，吐痰，O 的发音，都是不朽的。就是说：不但好的东西不朽，坏的东西也不朽，善不朽，恶亦不朽。一句好话可以影响无数人，一句坏话可以害死无数人。这就给我们一个人生标准，消极的我们不要害人，要懂得自己行为。积极的要使这社会增加一点好处，总要叫人家得我一点好处。再回来说，人生就算是做梦，也要做一个像样子的梦。宋朝的政治家王安石有一首诗，题目是《梦》。说："知世如梦无所求，无所求心普定寂，还似梦中随梦境，成就河沙梦功德。"不要丢掉这梦，要好好去做！即算是唱戏，也要好好去唱。

工程师的人生观

今天要赶十点四十分钟的飞机到台东，所以只能很简单地说几句话，很为抱歉。报上说我作学术讲演，这是不敢当。我是来向工学院拜寿的。昨夜我问秦院长希望我送什么礼物。晚上想想，认为最好的礼物，是讲讲工程师的思想史同哲学史。所以我便以此送给各位。

究竟什么算是工程师的哲学呢？什么算是工程师的人生观呢？因为时间很短，我当然不能把这个大的题目讲得满意，只是提出几点意思，给现在的工程师同将来的工程师作个参考。法国从前有一位科学家柏格生（Bergson）说："人是制器的动物。"过去有许多人说："人是有效力的动物。"也有许多人说："人是理智的动物。"而柏格生说："人是能够制造器具的动物。"这个初造器具的动物，是工程师的老祖宗。什么叫做工程师呢？工程师的作用，在能够找出自然界的利益，强迫自然世界把它的利益一个一个贡献出来；就是改造自然、征服自然、控制自然，以减除人的痛苦，增加人的幸福。这是工程师哲学的简单说法。

大家都承认：学作工程师的，每天在课堂里面上应该上的课，在试验室里面作应该作的试验，也许忽略了最大的目标，或者忽略了真正的基本——工程师的人生观。所以这个题目，是值得我们考虑的。

昨天在工学院教授座谈会中，我说：我到了六十二岁，还不知道我专门学的什么。起初学农；以后弄弄文学，弄弄哲学，弄弄历史；现在搞《水经注》，人家说我改弄地理。也许六十五岁以后、七十岁的时候，说不定要到工学院作学生；只怕工学院的先生们不愿意收一个老学徒，说“老狗教不会新把戏”。今天在工学院作学生不够资格的人，要来谈谈现在的工程师同将来的工程师的人生观，实属狂妄，就是，有点大胆。不过我觉得我这个意思，值得提出来说说。人是能够制造器具的动物，别的动物，也有能够制造东西的，譬如：蜘蛛能够制造网，蜜蜂能够制造蜜糖，珊瑚虫能够制造珊瑚岛。而我们人同这些动物之所以不同，就是蜘蛛制造网的丝，是从肚子里出来的，它肚子里有无穷无尽的丝；蜜蜂采取百花，经一番制造，作成的确比原料高明的蜜糖：这些动物，可算是工程师；但是它的范围，它用的，只是它自己的本能。珊瑚虫能够做成很大的珊瑚岛，也是本能的。人，如果只靠他的本能，讲起来也是有限得很的！人与蜘蛛、蜜蜂、珊瑚虫所以不同，是在他充分运用聪明才智，揭发自然的秘密，来改造自然，征服自然，控制自然。控制自然，为的是什么呢？不是像蜘蛛制网，为的捕虫子来吃；人的控制自然，为的是要减轻人的劳苦，减除人的痛苦，增加人的幸福，使人类的生活格外的丰富，格外有意义。这是“科学与工业的文化”的哲学。我觉得柏格生这个“人”的定义，同我们刚才简单讲的工程师的哲学，工程师的人生观，工程师的目标，是值得我们随时想想，随时考虑的。

这个话同这个目标，不是外国来的东西，可以说是我们老祖宗在几百年，甚至几千年以前，就有了这种理想了。目前有些人提倡读经；我倒很愿意为工程师背几句经书，来说明这个理想。

人如何能控制自然，制造器具呢？人控制自然这个观念，无论东方的圣人贤人，西方的圣人贤人，都是同样有的。我现在提出我们古人的几句话，使大家知道工程师的哲学，并不是完全外来的洋货。我常常喜欢把《易经·系辞》里面几句话翻成外国文给外国人看。这几句话是："见乃谓之象；形乃谓之器；制而用之谓之法；利用出入，民咸用之，谓之神。"看见一个意思，叫做象；把这个意象变成一种东西——形，叫做器；大规模的制造出来，叫做法；老百姓用工程师制造出来的这些器具，都说好呀！好呀！但是不晓得这器具是从一种意象来的，所以看见工程师便叫做神。

希腊神话，说火是从天上偷来的；中国历史上发明火的燧人氏被称为古帝之一——神。火，是一个大发明。发明火的人，是一个大工程师。我刚才所举《易经·系辞》，从一个观念——意象——造成器具，这个意思，是了不得的。人类历史上所谓文化的进步，完全在制造器具的进步。文化的时代，是照工程师的成绩划分的。人类第一发明是火；大体说来，火的发现是文化的开始。下去为石器时代。无论旧石器时代，新石器时代，都是人类用智慧把石头造成器具的时候。再下去为青铜器时代。用铜制造器具，这是工程师最大的贡献。再下去为铁的时代。这是一个大的革命。后来把铁炼成钢。再下去发明蒸汽机，为蒸汽机时代。再下去运用电力，为电力的时代；现在为原子能时代：这都是制器的大进步。每一个大时代，都只是制器的原料与动力的大革命。从发明火以后，石器时代，铜器时代，铁器时代，电力时代，原子能时代；这些文化的阶段，都是依工程师所创造划分的。

这种理想，中国历史上，早就有了的。工学院水工试验室要我写字，我写了两句话。这两句话，是《荀子·天论》篇里面的。《荀子·天论》篇，是中国古代了不得的哲学，也就是西方柏格生征服自然，以为人用的思想。《荀子·天论》篇说："从天而颂之，孰与制天命而用之？大天而思之，孰与物蓄而制裁之？"这个文字，依照清代学者校勘，稍须改动。但意思没有改动。"从天而颂之"，是说服从自然。"从天而颂之，孰与制天命而用之。"两句话联起来说，意思是：跟着自然走而歌颂，不如控制自然来用。"大天而思之"，是问自然是怎样来的。“大天而思之，孰与物蓄而制裁之？”是说：问自然从那里来的，不如把自然看成一种东西，养它、制裁它。把自然控制来用，中国思想史上只有荀子才说得这样彻底。从这两句话，也可以看出中国在两千二三百年前，就有控制天命——古人所谓天命，就是自然——把天命看作一种东西来用的思想。

“穷理致知”四个字，是代表七八百年前——十一世纪到十二世纪——宋朝的思想的。宋代程子、朱子提倡格物——穷理——的哲学。什么叫做“格物”呢？这有七十几种说法。今天我们不去研究这些说法。照程子朱子的解释，“格物”是“即物而穷其理。……即凡天下之物，莫不因其已知之理而益穷之，以求至乎其极”。这样的格物致知，可以扩大人的智识。程子说，“今天格一物，明天格一物，习而久之，自然贯通”。有人以范围问他；他说，“上自天地之高大，下至一草一木，都要格的”。这个范围，就是科学的范围，工程师的范围。

两千二三百年前，荀子就有“制天命而用之”的思想；七八百年前，程子、朱子就有格物——穷理——的哲学。这是科学的哲学，可算是工程师的哲学。我们老祖宗有这样好的思想、哲学，为什么不能作到科学工业的文化呢？简单一句话，我们不幸得很，二千五百年以前的时候，已经走上了自然主义的哲学一条路了。像《老子》、《庄子》，以及更后的《淮南子》，都是代表自然主义思想的。这种自然主义的哲学发达的太早，而自然科学与工业发达的太迟：这是中国思想史的大缺点。

刚才讲的，人是用智慧制造器具的动物。这样，人就要天天同自然界接触，天天动手动脚的，抓住实物，把实物来玩，或者打碎它，煮它，烧它。玩来玩去，就可以发现新的东西，走上科学工业的一条路。比方“豆腐”，就是把豆子磨细，用其他的东西来点，来试验；一次，二次，……经过许多次的试验，结果点成浆，做成功豆腐；做成功豆腐还不够，还要作豆腐干，豆腐乳。豆腐的做成，很显然的，是与自然界接触，动手、动脚、多方试验的结果，不是对自然界看看，想想，或作一首诗恭维自然界就行了的。

顶好一个例子，是格物哲学到了明朝的一个故事。明朝有一位大哲学家王阳明，他说，“照程子、朱子的说法，要做圣人，要‘即物而穷其理’。‘即物穷理’，你们没有试验过，我王阳明试验过了”。有一天，他同一位姓钱的朋友研究格物，并由钱先生动手格竹子；拿一个凳子坐在竹子旁边望，望了三天三夜，格不出来，病了。王阳明说：“你不够做圣人，我来格。”也端把椅子对着竹子望；望了一天一夜，两天两夜，……到了七天七夜，王阳明也格不出来，病了。于是王阳明说：“我们不配作圣人；不能格物。”从这个故事，可以看出传统的不动手动脚，拿天然实物来玩的习惯。今天工学院植物系的学生格竹子，是要把竹子劈开，用显微镜来细细的看，再加上颜色的水，作各种的试验，然后就可以判定竹子在工业上的地位。为什么王阳明格不出来，今天的工程师可以格出来？因王阳明没有动手动脚作器具的习惯，今天的工程师有动手动脚作器具的习惯。荀子“制天命而用之”的哲学，终敌不过老子、庄子“错（措）人而思天”的哲学。故程、朱的格物穷理的思想，终不能应用到自然界的实物上去，至多只能在“读书”上（文史的研究上）发生了一点功效。

今天送给各位工程师哲学的人生观，又约略讲了讲我们老祖宗为什么失败；为什么有了这样好的征服天然的理想，穷理致知的哲学，而没有造成功科学文化，工业文化。我们可以了解我们老祖宗让西方人赶上去了。同时，从西方人后来实现了我们老祖宗的理想，我们亦就可以知道，只要振作，是可以迎头赶上的。我们只要二十年，三十年的努力，就可以同世界上科学工业发达的国家站在一样的地位。

二十年前，中国科学社要我作一个《社歌》；后来请赵元任先生作了乐谱。今天我把这个东西送给各位工程师。这个《社歌》，一共三段十二句：

我们不崇拜自然。他是一个刁钻古怪；
我们要捶他、煮他，要叫他听我们的指派。

我们要他给我们推车；我们要他给我们送信。
我们要揭穿他的秘密，好叫他服事我们人。

我们唱天行有常；我们唱致知穷理。
明知道真理无穷，进一寸有一寸的欢喜。

不朽——我的宗教

不朽有种种说法，但是总括看来，只有两种说法是真有区别的。一种是把“不朽”解作灵魂不灭的意思。一种就是《春秋》、《左传》上说的“三不朽”。

（一）神不灭论：宗教家往往说灵魂不灭，死后须受末日的裁判：做好事的享受天国天堂的快乐，做恶事的要受地狱的苦痛。这种说法，几千年来不但受了无数愚夫愚妇的迷信，居然还受了许多学者的信仰。但是古往今来也有许多学者对于灵魂是否可离形体而存在的问题，不能不发生疑问。最重要的如南北朝人范缜的《神灭论》说：“形者神之质，神者形之用。……神之于质，犹利之于刀；形之于用，犹刀之于利。……舍利无刀，舍刀无利。未闻刀没而利存，岂容形亡而神在？”宋朝的司马光也说：“形既朽灭，神亦飘散，虽有剉烧舂磨，亦无所施。”但是司马光说的“形既朽灭，神亦飘散”，还不免把形与神看作两件事，不如范缜说的更透切。范缜说人的神灵即是形体的作用，形体便是神灵的形质。正如刀子是形质，刀子的利钝是作用；有刀子方才有利钝，没有刀子便没有利钝。人有形体方才有作用：这个作用，我们叫做“灵魂”。若没有形体，便没有作用了，便没有灵魂了。范缜这篇《神灭论》出来的时候，惹起了无数人的反对。梁武帝叫了七十几个名士作论驳他，都没有什么真有价值的论议。其中只有沈约的《难神灭论》说:“利若遍施四方，则利体无处复立；利之为用正存一边毫毛处耳。神之与形，举体若合，又安得同乎？若以此譬为尽耶，则不尽；若谓本不尽耶，则不可以为譬也。”这一段是说刀是无机体，人是有机体，故不能彼此相比。这话固然有理，但终不能推翻“神者形之用”的议论。近世唯物派的学者也说人的灵魂并不是什么无形体，独立存在的物事，不过是神经作用的总名；灵魂的种种作用都即是脑部各部分的机能作用；若有某部被损伤，某种作用即时废止；人年幼时脑部不曾完全发达，神灵作用也不能完全，老年人脑部渐渐衰耗，神灵作用也渐渐衰耗。这种议论的大旨，与范缜所说“神者形之用”正相同。但是有许多人总舍不得把灵魂打消了，所以咬住说灵魂另是一种神秘玄妙的物事，并不是神经的作用。这个“神秘玄妙”的物事究竟是什么，他们也说不出来，只觉得总应该有这么一件物事。既是“神秘玄妙”，自然不能用科学试验来证明他，也不能用科学试验来驳倒他。既然如此，我们只好用实验主义（Pragmatism）的方法，看这种学说的实际效果如何，以为评判的标准。依此标准看来，信神不灭论的固然也有好人，信神灭论的也未必全是坏人。即如司马光、范缜、赫胥黎一类的人，说不信灵魂不灭的话，何尝没有高尚的道德？更进一层说，有些人因为迷信天堂、天国、地狱、末日裁判，方才修德行善，这种修行全是自私自利的，也算不得真正道德。总而言之，灵魂灭不灭的问题，于人生行为上实在没有什么重大影响；既没有实际的影响，简直可说是不成问题了。

（二）三不朽说:《左传》说的三种不朽是:（1）立德的不朽，（2）立功的不朽，（3）立言的不朽。“德”便是个人人格的价值，像墨翟、耶稣一类的人，一生刻意孤行，精诚勇猛，使当时的人敬爱信仰，使千百年后的人想念崇拜。这便是立德的不朽。“功”便是事业，像哥仑布发现美洲，像华盛顿造成美洲共和国，替当时的人开一新天地，替历史开一新纪元，替天下后世的人种下无量幸福的种子。这便是立功的不朽。“言”便是语言著作，像那《诗经》三百篇的许多无名诗人，又像陶潜、杜甫、萧士比亚、易卜生一类的文学家，又像柏拉图、卢骚、弥儿一类的文学家，又像牛顿、达尔文一类的科学家，或是做了几首好诗使千百年后的人欢喜感叹；或是做了几本好戏使当时的人鼓舞感动，使后世的人发愤兴起；或是创出一种新哲学，或是发明了一种新学说，或在当时发生思想的革命，或在后世影响无穷。这便是立言的不朽。总而言之，这种不朽说，不问人死后灵魂能不能存在，只问他的人格、他的事业，他的著作有没有永远存在的价值。即如基督教徒说耶稣是上帝的儿子，他的神灵永永存在，我们正不用驳这种无凭据的神话，只说耶稣的人格，事业，和教训都可以不朽，又何必说那些无谓的神话呢？又如孔教会的人每到了孔丘的生日，一定要举行祭孔的典礼，还有些人学那“朝山进香”的法子，要赶到曲阜孔林去对孔丘的神灵表示敬意！其实孔丘的不朽全在他的人格与教训，不在他那“在天之灵”。大总统多行两次丁祭，孔教会多行两次“朝山进香”，就可以使孔丘格外不朽了吗？更进一步说，像那《三百篇》里的诗人，也没有姓名，也没有事实，但是他们都可说是立言的不朽。为什么呢？因为不朽全靠一个人的真价值，并不靠姓名事实的流传，也不靠灵魂的存在。试看古往今来的多少大发明家，那发明火的，发明养蚕的，发明缫丝的，发明织布的，发明水车的，发明舂米的水碓的，发明规矩的，发明秤的，……虽然姓名不传，事实湮没，但他们的功业永远存在，他们也就都不朽了。这种不朽比那个人的小小灵魂的存在，可不是更可宝贵，更可羡慕吗？况且那灵魂的有无还在不可知之中，这三种不朽——德、功、言——可是实在的。这三种不朽可不是比那灵魂的不灭更靠得住吗？

以上两种不朽论，依我个人看来，不消说得，那“三不朽说”是比那“神不灭说”好得多了。但是那“三不朽说”还有三层缺点，不可不知。第一，照平常的解说看来，那些真能不朽的人只不过那极少数有道德、有功业、有著述的人。还有那无量平常人难道就没有不朽的希望吗？世界上能有几个墨翟、耶稣，几个哥仑布、华盛顿，几个杜甫、陶潜，几个牛顿、达尔文呢？这岂不成了一种“寡头”的不朽论吗？第二，这种不朽论单从积极一方面着想，但没有消极的裁制。那种灵魂的不朽论既说有天国的快乐，又说有地狱的苦楚，是积极消极两方面都顾着的。如今单说立德可以不朽，不立德又怎样呢？立功可以不朽，有罪恶又怎样呢？第三，这种不朽论所说的“德、功、言”三件，范围都很含糊。究竟怎样的人格方才可算是“德”呢？怎样的事业方才可算是“功”呢？怎样的著作方才可算是“言”呢？我且举一个例。哥仑布发现美洲固然可算得立了不朽之功，但是他船上的水手、火头又怎样呢？他那只船的造船工人又怎样呢？他船上用的罗盘器械的制造工人又怎样呢？他所读的书的著作者又怎样呢？……举这一条例，已可见“三不朽”的界限含糊不清了。

因为要补足这三层缺点，所以我想提出第三种不朽论来请大家讨论。我一时想不起别的好名字，姑且称他做“社会的不朽论”。

（三）社会的不朽论：社会的生命，无论是看纵剖面，是看横截面，都像一种有机的组织。从纵剖面看来，社会的历史是不断的；前人影响后人，后人又影响更后人；没有我们的祖宗和那无数的古人，又哪里有今日的我和你？没有今日的我和你，又哪里有将来的后人？没有那无量数的个人，便没有历史；但是没有历史，那无数的个人也决不是那个样子的个人：总而言之，个人造成历史，历史造成个人。从横截面看来，社会的生活是交互影响的：个人造成社会，社会造成个人。社会的生活全靠个人分功合作的生活，但个人的生活，无论如何不同，都脱不了社会的影响；若没有那样这样的社会，决不会有这样那样的我和你；若没有无数的我和你，社会也决不是这个样子。来勃尼慈（Leibnitz）说得好：

这个世界乃是一片大充实（Plenum，为真空Vacuum之对），其中一切物质都是接连着的。一个大充实里面有一点变动，全部的物质都要受影响，影响的程度与物体距离的远近成正比例。世界也是如此。每一个人不但直接受他身边亲近的人的影响，并且间接又间接的受距离很远的人的影响。所以世间的交互影响，无论距离远近，都受得着的。所以世界上的人，每人受着全世界一切动作的影响。如果他有周知万物的智慧，他可以在每人的身上看出世间一切施为，无论过去未来都可看得出，在这一个现在里面便有无穷时间空间的影子。（见 Monadology 第六十一节）

从这个交互影响的社会观和世界观上面，便生出我所说的“社会的不朽论”来。我这“社会的不朽论”的大旨是：

我这个“小我”不是独立存在的，是和无量数小我有直接或间接的交互关系的；是和社会的全体和世界的全体都有互为影响的关系的；是和社会世界的过去和未来都有因果关系的。种种从前的因，种种现在无数“小我”和无数他种势力所造成的因，都成了我这个“小我”的一部分。我这个“小我”，加上了种种从前的因，又加上了种种现在的因，传递下去，又要造成无数将来的“小我”。这种种过去的“小我”，和种种现在的“小我”，和种种将来无穷的“小我”，一代传一代，一点加一滴；一线相传，连绵不断；一水奔流，滔滔不绝：——这便是一个“大我”。“小我”是会消灭的，“大我”是永远不灭的。“小我”是有死的，“大我”是永远不死，永远不朽的。“小我”虽然会死，但是每一个“小我”的一切作为，一切功德罪恶，一切语言行事，无论大小，无论是非，无论善恶，一一都永远留存在那个“大我”之中。那个“大我”，便是古往今来一切“小我”的纪功碑、彰善祠、罪状判决书、孝子慈孙百世不能改的恶谥法。这个“大我”是永远不朽的，故一切“小我”的事业、人格、一举一动、一言一笑、一个念头、一场功劳、一桩罪过，也都永远不朽。这便是社会的不朽，“大我”的不朽。

那边“一座低低的土墙，遮着一个弹三弦的人”。那三弦的声浪，在空间起了无数波澜；那被冲动的空气质点，直接间接冲动无数旁的空气质点；这种波澜，由近而远，至于无穷空间；由现在而将来，由此刹那以至于无量刹那，至于无穷时间：——这已是不灭不朽了。那时间，那“低低的土墙”外边来了一位诗人，听见那三弦的声音，忽然起了一个念头；由这一个念头，就成了一首好诗；这首好诗传诵了许多人；人读了这诗，各起种种念头；由这种种念头，更发生无量数的念头，更发生无数的动作，以至于无穷。然而那“低低的土墙”里面那个弹三弦的人又如何知道他所发生的影响呢？

一个生肺病的人在路上偶然吐了一口痰。那口痰被太阳晒干了，化为微尘，被风吹起空中，东西飘散，渐吹渐远，至于无穷时间，至于无穷空间。偶然一部分的病菌被体弱的人呼吸进去，便发生肺病，由他一身传染一家，更由一家传染无数人家。如此展转传染，至于无穷空间，至于无穷时间。然而那先前吐痰的人的骨头早已腐烂了，他又如何知道他所种的恶果呢？

一千五六百年前有一个人叫做范缜说了几句话道：“神之于形，犹利之于刀；未闻刀没而利存，岂容形亡而神在？”这几句话在当时受了无数人的攻击。到了宋朝有个司马光把这几句话记在他的《资治通鉴》里。一千五六百年之后，有一个十一岁的小孩子，——就是我，——看《通鉴》到这几句话，心里受了一大感动，后来便影响了他半生的思想行事。然而那说话的范缜早已死了一千五百年了！

二千六七百年前，在印度地方有一个穷人病死了，没人收尸，尸首暴露在路上，已腐烂了。那边来了一辆车，车上坐着一个王太子，看见了这个腐烂发臭的死人，心中起了一念；由这一念，展转发生无数念。后来那位王太子把王位也抛了，富贵也抛了，父母妻子也抛了，独自去寻思一个解脱生老病死的方法。后来这位王子便成了一个教主，创了一种哲学的宗教，感化了无数人。他的影响势力至今还在；将来即使他的宗教全灭了，他的影响势力终久还存在，以至于无穷。这可是那腐烂发臭的路毙所曾梦想到的吗？

以上不过是略举几件事，说明上文说的“社会的不朽”，“大我的不朽”。这种不朽论，总而言之，只是说个人的一切功德罪恶，一切言语行事，无论大小好坏，一一都留下一些影响在那个“大我”之中，一一都与这永远不朽的“大我”一同永远不朽。

上文我批评那“三不朽论”的三层缺点:（1）只限于极少数的人，（2）没有消极的裁制，（3）所说“功、德、言”的范围太含糊了。如今所说“社会的不朽”，其实只是把那“三不朽论”的范围更推广了。既然不论事业功德的大小，一切都可不朽，那第一第三两层短处都没有了。冠绝古今的道德功业固可以不朽，那极平常的“庸言庸行”，油盐柴米的琐屑，愚夫愚妇的细事，一言一笑的微细，也都永远不朽。那发现美洲的哥仑布固可以不朽，那些和他同行的水手火头，造船的工人，造罗盘器械的工人，供给他粮食衣服银钱的人，他所读的书的著作家，生他的父母，生他父母的父母祖宗，以及生育训练那些工人商人的父母祖宗，以及他以前和同时的社会，……都永远不朽。社会是有机的组织，那英雄伟人可以不朽，那挑水的，烧饭的，甚至于浴堂里替你擦背的，甚至于每天替你家掏粪倒马桶的，也都永远不朽。至于那第二层缺点，也可免去。如今说立德不朽，行恶也不朽；立功不朽，犯罪也不朽；“流芳百世”不朽，“遗臭万年”也不朽；功德盖世固是不朽的善因，吐一口痰也有不朽的恶果。我的朋友李守常先生说得好：“稍一失脚，必致遗留层层罪恶种子于未来无量的人，——即未来无量的我，——永不能消除，永不能忏悔。”这就是消极的裁制了。

中国儒家的宗教提出一个父母的观念，和一个祖先的观念，来做人生一切行为的裁制力。所以说，“一出言而不敢忘父母，一举足而不敢忘父母”。父母死后，又用丧礼祭礼等等见神见鬼的方法，时刻提醒这种人生行为的裁制力。所以又说，“斋明盛服，以承祭祀，洋洋乎如在其上，如在其左右”。又说，“斋三日，则见其所为斋者；祭之日，入室，然必有见乎其位；周还出户，肃然必有闻乎其容声；出户而听，忾然必有闻乎其叹息之声”。这都是“神道设教”，见神见鬼的手段。这种宗教的手段在今日是不中用了。还有那种“默示”的宗教，神权的宗教，崇拜偶像的宗教，在我们心里也不能发生效力，不能裁制我们一生的行为。以我个人看来，这种“社会的不朽”观念很可以做我的宗教了。我的宗教的教旨是：

我这个现在的“小我”，对于那永远不朽的“大我”的无穷过去，须负重大的责任；对于那永远不朽的“大我”的无穷未来，也须负重大的责任。我须要时时想着，我应该如何努力利用现在的“小我”，方才可以不辜负了那“大我”的无穷过去，方才可以不遗害那“大我”的无穷未来？

（跋）这篇文章的主意是民国七年年底当我的母亲的丧事里想到的。那时只写成一部分，到八年二月十九日方才写定付印。后来俞颂华先生在报纸上指出我论社会是有机体一段很有语病，我觉得他的批评很有理，故九年二月间我用英文发表这篇文章时，我就把那一段完全改过了。十年五月，又改定中文原稿，并记作文与修改的缘起于此。

容忍与自由

雷先生！《自由中国》社的各位朋友！我感觉到刚才有位来宾说的话最为恰当。夏涛声先生一进门就对我说："恭喜恭喜！这个年头能活到十年，是不容易的。"我觉得夏先生这话，很值得作为《自由中国》半月刊创刊十周年的颂词。这个年头能活上十年，的确是不容易的。《自由中国》社所以能够维持到今天，可说是雷儆寰先生以及他的一班朋友继续不断努力奋斗的结果。今天十周年的纪念会，我们的朋友，如果是来道喜，应该向雷先生道喜；我只是担任了头几年发行人的虚名。雷先生刚才说：他口袋里有几个文件，没有发表。我想过去的事情，雷先生可以把它写出来。他所提到的两封信，也可以公开的。记得民国三十八年三四月间，我们几个人在上海；那时我们感觉到这个形势演变下去，会把中国分成"自由的"和"被奴役的"两部分，所以我们不能不注意这一个"自由"与"奴役"的分野，同时更不能不注意"自由中国"这个名字。我想，可能那时我们几个人是最早用"自由中国"这个名字的。后来几位朋友想到成立一个"自由中国出版社"。当初并没有想要办杂志，只想出一点小册子。所以"自由中国出版社"刚成立时，只出了一些小册子性质的刊物。我于 4 月 6 日离开上海，搭威尔逊总统轮到美国。在将要离开上海时，他们要我写一篇《自由中国社的宣言》。后来我就在到檀香山途中，凭我想到的写了四条宗旨，寄回来请大家修改。但雷先生他们都很客气，就用当初我在船上所拟的稿子，没有修改一字;《自由中国》半月刊出版以后，每期都登载这四条宗旨。《自由中国》半月刊创刊到现在已十年了。回想这十年来，我们所希望做到的事情没有能够完全做到；所以在这十周年纪念会中，我们不免有点失望。不过我们居然能够有这十年的生命，居然能在这样困难中生存到今天，这不能不归功于雷先生同他的一班朋友的努力；同时我们也很感谢海内外所有爱护《自由中国》的作者和读者。

原来我曾想到今天应该说些什么话；后来没有写好。不过我今天也带来了一点预备说话的资料。在今年三四月间，我写了一封信给《自由中国》编辑委员会同仁；同时我也写了一篇文章，文章登在《自由中国》第二十卷第六期，信登在第七期。那篇文章的题目是《容忍与自由》。后来由毛子水先生写了一篇《〈容忍与自由〉书后》；殷海光先生也写了一篇《胡适论〈容忍与自由〉读后》：都登在《自由中国》二十卷七期上。前几天出版的《自由中国》创刊十周年纪念特刊，有二十几位朋友写文章。毛子水先生也写了一篇《〈自由中国〉十周年感言》，内容同我们在几个月之前所讲的话意思差不多。同时雷先生也有一篇文章，讲我们说话的态度。记得雷先生在五年前已有一篇文章讲到关于舆论的态度。所以这个问题很值得我们想一想。今天我想说的话，也是从几篇文章中的意思，择几点出来说一说。

我在《容忍与自由》一文中提出一点；我总以为容忍的态度比自由更重要，比自由更根本。我们也可说，容忍是自由的根本。社会上没有容忍，就不会有自由。无论古今中外都是这样：没有容忍，就不会有自由。人们自己往往都相信他们的想法是不错的，他们的思想是不错的，他们的信仰也是不错的：这是一切不容忍的本源。如果社会上有权有势的人都感觉到他们的信仰不会错，他们的思想不会错，他们就不许人家信仰自由，思想自由，言论自由，出版自由。

所以我在那个时候提出这个问题来，一方面实在是为了对我们自己说话，一方面也是为了对政府、对社会上有力量的人说话，总希望人家懂得容忍是双方面的事。一方面我们运用思想自由、言论自由的权利时，应该有一种容忍的态度；同时政府或社会上有势力的人，也应该有一种容忍的态度。大家都应该觉得我们的想法不一定是对的，是难免有错的。因为难免有错，便应该容忍逆耳之言；这些听不进去的话，也许有道理在里面。这是我写《容忍与自由》那篇文章主要的意思。后来毛子水先生写了一篇《书后》。他在那篇文章中指出：胡适之先生这篇文章的背后有一个哲学的基础。他引述我于民国三十五年在北京大学校长任内作开学典礼演讲时所说的话。在那次演说里，我引用了宋朝的大学问家吕伯恭先生的两句话，就是："善未易明，理未易察。"宋朝的理学家，都是讲"明善、察理"的。所谓"善未易明，理未易察"，就是说善与理是不容易明白的。我引用这两句话，第二天在报上发表出来，被共产党注意到了。共产党就马上把它曲解，说："胡适之说这两句话是有作用的；胡适之想拿这两句话来欺骗民众，替蒋介石辩护，替国民党辩护。"过了十二三年，毛先生又引用了这两句话。所谓"理未易明"，就是说真理足不容易弄明白的。这不但是我写《容忍与自由》这篇文章的哲学背景，所有一切保障自由的法律和制度，都可以说建立在"理未易明"这句话上面。

最近出版的《自由中国》创刊十周年纪念的特刊中，毛子水先生写了一篇《〈自由中国〉十周年感言》。他在那篇文章中又提到一部世界上最有名的书，就是出版了一百年的穆勒的《自由论》（On Liberty）；从前严又陵先生翻译为《群己权界论》。毛先生说：这本书，到现在还没有一本白话文的中译本。严又陵先生翻译的《群己权界论》，到现在已有五六十年；可惜当时国人很少喜欢"真学问"的，所以并没有什么大影响。毛先生认为主持政治的人和主持言论的人，都不可以不读这部书。穆勒在该书中指出，言论自由为一切自由的根本。同时穆勒又以为，我们大家都得承认我们认为"真理"的，我们认为"是"的，我们认为“最好”的，不一定就是那样的。这是穆勒在那本书的第二章中最精采的意思。凡宗教所提倡的教条，社会上所崇尚的道德，政府所谓对的东两，可能是错的，是没有价值的。你要去压迫和毁灭的东西，可能是真理。假如是真理，你把它毁灭掉，不许它发表，不许它出现，岂不可惜！万一你要打倒的东西，不是真理，而是错误：但在错误当中，也许有百分之几的真理，你把它完全毁灭掉，不许它发表，那几分真理也一同被毁灭掉了。这不也是可惜的吗？再有一点：主持政府的人，主持宗教的人总以为他们的信仰，他们的主张完全是对的；批评他们或反对他们的人是错的。尽管他们所想的是对的，他们也不应该不允许人家自由发表言论。为什么呢？因为如果教会或政府所相信的是真理，但不让人家来讨论或批评它，结果这个真理就变成了一种成见，一种教条。久而久之，因为大家都不知道当初立法或倡教的精神和用意所在，这种教条，这种成见，便慢慢趋于腐烂。总而言之，言论所以必须有自由，最基本的理由是：可能我们自己的信仰是错误的；我们所认为真理的，可能不完全是真理，可能是错的。这就是刚才我说的，在七八百年以前，我们的一位大学者吕伯恭先生所提出来的观念，就是“理未易明”。“理”不是这样容易弄得明白的！毛子水先生说，这是胡适之所讲“容忍”的哲学背景。现在我公开的说，毛先生的解释是很对的。同时我受到穆勒大著《自由论》的影响很大。我颇希望在座有研究有兴趣的朋友，把这部大书译成白话的、加注解的中文本，以飨我们主持政治和主持言论的人士。

在殷海光先生对我的《容忍与自由》一文所写的一篇《读后》里，他也赞成我的意见。他说如果没有“容忍”，如果说我的主张都是对的，不会错的，结果就不会允许别人有言论自由。我曾在《容忍与自由》一文中举一个例子；殷先生也举了一个例子。我的例子，讲到欧洲的宗教革命。欧洲的宗教革命完全是为了争取宗教信仰自由。但我在那篇文章中指出，等到主持宗教革命的那些志士获得胜利以后，他们就慢慢的走到不容忍的路上去。从前他们争取自由；

现在他们自由争取到了，就不允许别人争取自由。我举例说，当时领导宗教革命的约翰高尔文（John Calvin）掌握了宗教大权，就压迫新的批评宗教的言论。后来甚至于把一个提倡新的宗教思想的学者塞维图斯（Servetus）用铁链锁在木桩上，堆起柴来慢慢烧死。这是一个很惨的故事。因为约翰高尔文他相信自己思想不会错，他的思想是代表上帝；他把反对他的人拿来活活的烧死是替天行道。殷海光先生所举的例也很惨。在法国革命之初，大家都主张自由；凡思想自由，信仰自由，宗教自由，言论出版自由，都明定在人权宣言中。但革命还没有完全成功，那时就起来了一位罗伯斯比尔（Robespierre）。他在争到政权以后，就完全用不容忍的态度对付反对他的人，尤其是对许多旧日的皇族。他把他们送到断头台上处死。仅巴黎一地，上断头台的即有二千五百人之多，形成法国大革命期间的恐怖统治。这一班当年主张自由的人，一朝当权，就反过来摧残自由，把主张自由的人烧死了，杀死了。推究其根源，还是因为没有“容忍”。他认为我不会错；你的主张和我的不一样，当然是你错了。我才是代表真理的。你反对我，便是反对真理：当然该死。这就是不容忍。

不过殷先生在那篇文章中又讲了一段话。他说：同是容忍，无权无势的人容忍容易，有权有势的人容忍很难。所以他好像说，胡适之先生应该多向有权有势的人说说容忍的意思，不要来向我们这班拿笔杆的穷书生来说容忍。我们已是容忍惯了。殷先生这番话，我也仔细想过。我今天想提出一个问题来，就是：究竟谁是有权有势的人？还是有兵力、有政权的人才可以算有权有势呢？或者我们这班穷书生、拿笔杆的人也有一点权，也有一点势呢？这个问题也值得我们想一想。我想有许多有权有势的人，所以要反对言论自由，反对思想自由，反对出版自由，他们心里恐怕觉得他们有一点危险。他们心里也许觉得那一班穷书生拿了笔杆在白纸上写黑字而印出来的话，可以得到社会上一部分人的好感，得到一部分人的同情，得到一部分人的支持。这个就是力量。这个力量就是使有权有势的人感到危险的原因。所以他们要想种种法子，大部分是习惯上的，来反对别人的自由。诚如殷海光先生说的，用权用惯了，颐指气使惯了。不过他们背后这个观念倒是准确的；这一班穷书生在白纸上写黑字而印出来的，是一种力量，而且是一种可怕的力量，是一种危险的力量。所以今天我要请殷先生和在座的各位先生想一想，究竟谁是有权有势？今天在座的大概都是拿笔杆写文章的朋友。我认为我们这种拿笔杆发表思想的人，不要太看轻自己。我们要承认，我们也是有权有势的人。因为我们有权有势，所以才受到种种我们认为不合理的压迫，甚至于像“围剿”等。人家为什么要“围剿”？还不是对我们力量的一种承认吗？所以我们这一班主持言论的人，不要太自卑。我们不是弱者；我们也是有权有势的人。不过我们的势力，不是那种幼稚的势力，也不是暴力。我们的力量，是凭人类的良知而存在的。所以我要奉告今天在座的一百多位朋友，不要把我们自己看得太弱小；我们也是强者。但我们虽然也是强者，我们必须有容忍的态度。所以毛子水先生指出我在《容忍与自由》那篇文章里说的话。不仅是对压迫言论自由的人说的，也是对我们主持言论的人自己说的。这就是说，我们自己要存有一种容忍的态度。我在那篇文章中又特别指出我的一位死去的朋友陈独秀先生的主张：他说中国文学一定要拿白话文做正宗；我们的主张绝对的是，不许任何人有讨论的余地。我对于“我们的主张绝对的是”这个态度，认为要不得。我也是那时主张提倡白话文的一个人；但我觉得他这种不能容忍的态度，容易引起反感。

所以我现在要说的就是两句话：第一，不要把我们自己看成是弱者。有权有势的人当中，也包括我们这一班拿笔杆的穷书生；我们也是强者。第二，因为我们也是强者，我们也是有权有势的人，我们绝对不可以滥用我们的权力。我们的权力要善用之，要用得恰当：这就是毛先生主张的，我们说话要说得巧。毛先生在《〈自由中国〉十周年感言》中最后一段说：要使说话有力量，当使说话顺耳，当使说出的话让人家听得进去。不但要使第三者觉得我们的话正直公平，并且要使受批评的人听到亦觉得心服。毛先生引用了《礼记》上的两句话，就是："情欲信；辞欲巧。"内心固然要忠实，但是说话亦要巧。从前有人因为孔子看不起"巧言令色"，所以要把这个"巧"字改成了"考"（诚实的意思）字。毛先生认为可以不必改；这个巧字的意思很好。我觉得毛先生的解释很对。所谓"辞欲巧"，就是说的话令人听得进去。怎么样叫做巧呢？我想在许多在座的学者面前背一段书做例子。有一次我为《中国古代文学史选例》选几篇文章，就在《论语》中选了几篇文章作代表。其中有一段，就文字而论，我觉得在《论语》中可以说是最美的。拿今天所说的说话态度讲，可以说是最巧的。现在我把这段书背出来：——定公问："一言而可以兴邦，有诸？"孔子对曰："言不可以若是；其'几'也！人之言曰：'为君难，为臣不易。'如知为君之难也，不'几'乎一言而兴邦乎？"曰："一言丽丧邦，有诸？"孔子对曰："言不可以若是；其'几'也！人之言曰：'予无乐乎为君；唯其言而莫予违也。'如其善而莫之违也，不亦善乎！如不善而莫之违也，不'几'乎一言而丧邦乎？"《论语》中这一段对话，不但文字美妙，而且说话的人态度非常坚定，而说话又非常客气，非常婉转，够得上毛子水先生所引用的"情欲信，辞欲巧"中的"巧"字。所以我选了这一段作为《论语》中第一等的文字。

现在我再讲一点。譬如雷先生：他是最努力的一个人；他是《自由中国》半月刊的主持人。最近他写了一篇文章，也讲到说话的态度。他用了十个字，就是："对人无成见；对事有是非。"底下他说："对任何人没有成见。……就事论事。由分析事实去讨论问题；由讨论问题去发掘真理。"我现在说话，并不是要驳雷先生；不过我要借这个机会问问雷先生：你是否对人没有成见呢？譬如你这一次特刊上请了二十几个人做文章：你为什么不请代表官方言论的陶希圣先生和胡健中先生做文章？可见雷先生对人并不是没有一点成见的。尤其是今天请客，为什么不请平常想反对我们言论的人，想压迫我们言论的人呢？所以，要做到一点没有成见，的确不是容易的事情。至于"对事有是非"，也是这样。这个是与非，真理与非真理，是很难讲的。我们总认为我们所说的是对的；真理在我们这一边。所以我觉得要想做到毛先生所说“克己”的态度，做到殷海光先生所说“自我训练”的态度，做到雷先生所说“对人无成见，对事有是非”十个字，是很不容易的。如要想达到这个自由，恐怕要时时刻刻记取穆勒《自由论》第二章的说话。我颇希望殷海光先生能把它翻译出来载在《自由中国》这个杂志上，使大家能明白言论自由的真谛，使大家知道从前哲人为什么抱着“善未易明，理未易察”的态度。

雷先生在那篇文章中又说：“我们要用负责的态度，来说有分际的话。”这就是说，我们说话要负责；如果说错了，我愿意坐监牢，罚款，甚至于封闭报馆。讲到说有分际的话，这也不是容易做到的。不过我们总希望雷先生同我们的朋友一起来做。怎么样叫做“说有分际的话”呢？就是说话要有分量。我常对青年学生说：我们有一分的证据，只能说一分的话；我有七分证据，不能说八分的话；有了九分证据，不能说十分的话，也只能说九分的话。我们常听人说到“讨论事实”。什么叫“事实”，很难认清。公公有公公的事实；婆婆有婆婆的事实；儿媳有儿媳的事实；公公有公公的理；婆婆有婆婆的理；儿媳有儿媳的理。我们只应该用负责任的态度，说有分际的话。所谓“有分际”，就是“有几分证据，说几分话”。如果我们大家都能自己勉励自己，做到我们几个朋友在困难中想出来的话，如“容忍”、“克己”、“自我训练”等；我们自己来管束自己，再加上朋友的诫勉；我相信我们可以做到“说话有分际”的地步。同时我相信，今后十年的《自由中国》，一定比前十年的《自由中国》更可以做到这个地步。

科学是人生观的基础

亚东图书馆主人汪孟邹先生，近来把散见国内各种杂志上的讨论科学与人生观的文章搜集印行，总名为《科学与人生观》。我从烟霞洞回到上海时，这部书已印了一大半了。孟邹要我做一篇序。我觉得，在这回空前的思想界大笔战的战场上，我要算一个逃兵了。我在本年三四月间，因为病体未复原，曾想把《努力周报》停刊，当时丁在君先生极不赞成停刊之议，他自己做了几篇长文，使我好往南方休息一会。我看了他的《玄学与科学》，心里很高兴，曾对他说，假使《努力》以后向这个新方向去谋发展，——假使我们以后为科学作战，——《努力》便有了新生命，我们也有了新兴趣，我从南方回来，一定也要加入战斗的。然而我来南方以后，一病就费去了六个多月的时间，在病中我只做了一篇很不庄重的《孙行者与张君劢》，此外竟不曾加入一拳一脚，岂不成了一个逃兵了？我如何敢以逃兵的资格来议论战场上各位武士的成绩呢？

但我下山以后，得遍读这次论战的各方面的文章，究竟忍不住心痒手痒，究竟不能不说几句话。一来呢，因为论战的材料太多，看这部大书的人不免有“目迷五色”的感觉，多作一篇综合的序论也许可以帮助读者对于论点的了解。二来呢，有几个重要的争点，或者不曾充分发挥，或者被埋没在这二十五万字的大海里，不容易引起读者的注意，似乎都有特别点出的需要。因此，我就大胆地作这篇序了。

（一）

这三十年来，有一个名词在国内几乎做到了无上尊严的地位；无论懂与不懂的人，无论守旧和维新的人，都不敢公然对它表示轻视或戏侮的态度。那名词就是“科学”。这样几乎全国一致的崇信，究竟有无价值，那是另一问题。我们至少可以说，自从中国讲变法维新以来，没有一个自命为新人物的人敢公然毁谤“科学”的，直到民国八九年间梁任公先生发表他的《欧游心影录》，科学方才在中国文字里正式受了“破产”的宣告。梁先生说：

……要而言之，近代人因科学发达，生出工业革命，外部生活变迁急剧，内部生活随而动摇，这是很容易看得出的。……依着科学家的新心理学，所谓人类心灵这件东西，就不过物质运动现象之一种。……这些唯物派的哲学家，托庇科学宇下建立一种纯物质的纯机械的人生观。把一切内部生活外部生活都归到物质运动的“必然法则”之下。……不惟如此，他们把心理和精神看成一物，根据实验心理学，硬说人类精神也不过一种物质，一样受“必然法则”所支配。于是人类的自由意志不得不否认了。意志既不能自由，还有什么善恶的责任？……现今思想界最大的危机就在这一点。宗教和旧哲学既已被科学打得个旗靡帜乱，这位“科学先生”便自当仁不让起来，要凭他的试验发明个宇宙新大原理。却是那大原理且不消说，敢是各科的小原理也是日新月异，今日认为真理，明日已成谬见。新权威到底树立不来，旧权威却是不可恢复了。所以全社会人心，都陷入怀疑沉闷畏惧之中，好像失了罗针的海船遇着风雾，不知前途怎生是好。既然如此，所以那些什么乐利主义、强权主义愈发得势。死后既没有天堂，只好尽这几十年尽情地快活，善恶既没有责任，何妨尽我的手段来充满我个人的欲望。然而享用的物质增加速率，总不能和欲望的升腾同一比例，而且没有法子令他均衡。怎么好呢？只有凭自己的力量自由竞争起来，质而言之，就是弱肉强食。近年来什么军阀，什么财阀，都是从这条路产生出来。这回大战争，便是一个报应。……

总之，在这种人生观底下，那么千千万万人前脚接后脚的来这世界走一趟住几十年，干什么呢？独一无二的目的就是抢面包吃。不然就是怕那宇宙间物质运动的大轮子缺了发动力，特自来供给它燃料。果真这样，人生还有一毫意味，人类还有一毫价值吗？无奈当科学全盛时代，那主要的思潮，却是偏在这方面，当时讴歌科学万能的人，满望着科学成功，黄金世界便指日出现。如今功总算成了，一百年物质的进步，比从前三千年所得还加几倍。我们人类不惟没有得着幸福，倒反带来许多灾难。好像沙漠中失路的旅人，远远望见个大黑影，拼命往前赶，以为可以靠它向导，哪知赶上几程，影子却不见了，因此无限凄惶失望。影子是谁，就是这位“科学先生”。欧洲人做了一场科学万能的大梦，到如今却叫起科学破产来。(《梁任公近着》第一辑上卷，页一九—二三）

梁先生在这段文章里很动情感地指出科学家的人生观的流毒：他很明显地控告那“纯物质的纯机械的人生观”把欧洲全社会“都陷入怀疑沉闷畏惧之中”，养成“弱肉强食”的现状，——“这回大战争，便是一个报应”。他很明白地控告这种科学家的人生观造成“抢面包吃”的社会，使人生没有一毫意味，使人类没有一毫价值，没有给人类带来幸福，“倒反带来许多灾难”，叫人类“无限凄惶失望”。梁先生要说的是欧洲“科学破产”的喊声，而他举出的却是科学家的人生观的罪状；梁先生摭拾了一些玄学家诬蔑科学人生观的话头，却便加上了“科学破产”的恶名。

梁先生后来在这一段之后，加上两行自注道：读者切勿误会，因此菲薄科学，我决不承认科学破产，不过也不承认科学万能罢了。

然而谣言这件东西，就同野火一样，是易放而难收的。自从《欧游心影录》发表之后，科学在中国的尊严就远不如前了。一般不曾出国门的老先生很高兴地喊着，“欧洲科学破产了！梁任公这样说的。”我们不能说梁先生的话和近年同善社、悟善社的风行有什么直接的关系；但我们不能不说梁先生的话在国内确曾替反科学的势力助长不少的威风。梁先生的声望，梁先生那枝“笔锋常带情感”的健笔，都能使他的读者容易感受他的言论的影响。何况国中还有张君劢先生一流人，打着柏格森、倭铿、欧立克……的旗号，继续起来替梁先生推波助澜呢？

我们要知道，欧洲的科学已到了根深蒂固的地位，不怕玄学鬼来攻击了。几个反动的哲学家，平素饱餍了科学的滋味，偶尔对科学发几句牢骚话，就像富贵人家吃厌了鱼肉，常想尝尝咸菜豆腐的风味：这种反动并没有什么大危险。那光焰万丈的科学，决不是这几个玄学鬼摇撼得动的。一到中国，便不同了。中国此时还不曾享着科学的赐福，更谈不到科学带来的“灾难”。我们试睁开眼看看：这遍地的乩坛道院，这遍地的仙方鬼照相，这样不发达的交通，这样不发达的实业，——我们哪里配排斥科学？至于“人生观”，我们只有做官发财的人生观，只有靠天吃饭的人生观，只有求神问卜的人生观，只有《安士全书》的人生观，只有《太上感应篇》的人生观——中国人的人生观还不曾和科学行见面礼呢！我们当这个时候，正苦科学的提倡不够，正苦科学的教育不发达，正苦科学的势力还不能扫除那弥漫全国的乌烟瘴气，——不料还有名流学者出来高唱“欧洲科学破产”的喊声，出来把欧洲文化破产的罪名归到科学身上，出来菲薄科学，历数科学家的人生观的罪状，不要科学在人生观上发生影响！信仰科学的人看了这种现状，能不发愁吗？能不大声疾呼出来替科学辩护吗？

这便是这一次“科学与人生观”的大论战所以发生的动机。明白了这个动机，我们方才可以明白这次大论战在中国思想史上占的地位。

（二）

张君劢的《人生观》原文的大旨是：

人生观之特点所在，曰主观的，曰直觉的，曰综合的，曰自由意志的，曰单一性的。惟其有此五点，故科学无论如何发达，而人生观问题之解决，决非科学所能为力，惟赖诸人类之自身而已。

君劢叙述那五个特点时，处处排斥科学，处处用一种不可捉摸的语言——“是非各执，绝不能施以一种试验”“无所谓定义，无所谓方法，皆其身良心之所命起而主张之”“若强为分析，则必失其真义”“皆出于良心之自动，而决非有使之然者”。这样一个大论战，却用一篇处处不可捉摸的论文作起点，这是一件大不幸的事。因为原文处处不可捉摸，故驳论与反驳都容易跳出本题。战线延长之后，战争本意反不很明白了。（我常想，假如当日我们用了梁任公先生的《科学万能之梦》一篇作讨论的基础，我们定可以使这次论争的旗帜格外鲜明，——至少可以免去许多无谓的纷争）我们为读者计，不能不把这回论战的主要问题重说一遍。

君劢的要点是“人生观问题之解决，决非科学所能为力”。我们要答复他，似乎应该先说明科学应用到人生观问题上去，会产生什么样子的人生观；这就是说，我们应该先叙述“科学的人生观”是什么，然后讨论这种人生观是否可以成立，是否可以解决人生观的问题，是否像梁先生说的那样贻祸欧洲，流毒人类。我总观这二十五万字的讨论，终觉得这一次为科学作战的人——除了吴稚晖先生——都有一个共同的错误，就是不曾具体地说明科学的人生观是什么，却去抽象地力争科学可以解决人生观的问题。这个共同的错误原因，约有两种：第一，张君劢的导火线的文章内并不曾像梁任公那样明白指斥科学家的人生观，只是笼统地说科学对于人生观问题不能为力。因此，驳论与反驳论的文章也都走上那“可能与不可能”的笼统讨论上去了。例如丁在君的《玄学与科学》的主要部分只是要证明：凡是心理的内容，真的概念推论，无一不是科学的材料。

然而他却始终没有说出什么是“科学的人生观”。从此以后，许多参战的学者都错在这一点上。如张君劢《再论人生观与科学》只主张：

“人生观超于科学以上”，“科学决不能支配人生”。

如梁任公的《人生观与科学》只说：

人生关涉理智方面的事项，绝对要用科学方法来解决；关于情感方面的事项，绝对的超科学。

如林宰平的《读丁在君先生的玄学与科学》只是一面承认“科学的方法有益于人生观”，一面又反对科学包办或管理“这个最古怪的东西”——人类。如丁在君《答张君劢》也只是说明：

这种（科学）方法，无论用在知识界的哪一部分，都有相当的成绩，所以我们对于知识的信用，比对于没有方法的情感要好；凡有情感的冲动都要想用知识来指导它，使它发展的程度提高，发展的方向得当。

如唐擘黄《心理现象与因果律》只证明：

一切心理现象都是有因的。

他的《一个痴人的说梦》只证明：

关于情感的事项，要就我们的知识所及，尽量用科学方法来解决的。

王抚五的《科学与人生观》也只是说：

科学是凭藉“因果”和“齐一”两个原理而构造起来的；人生问题无论为生命之观念，或生活之态度，都不能逃出这两个原理的金刚圈，所以科学可以解决人生问题。

直到最后范寿康的《评所谓科学与玄学之争》，也只是说：

伦理规范——人生观——一部分是先天的，一部分是后天的。先天的形式是由主观的直觉而得，决不是科学所能干涉。后天的内容应由科学的方法探讨而定，决不是主观所应妄定。

综观以上各位的讨论，人人都在那里笼统地讨论科学能不能解决人生问题或人生观问题。几乎没有一个人明白指出，假使我们把科学适用到人生观上去，应该产生什么样子的人生观，然而这个共同的错误大都是因为君劢的原文不曾明白攻击科学家的人生观，却只悬空武断科学决不能解决人生观问题。殊不知，我们若不先明白科学应用到人生观上去时发生的结果，我们如何能悬空评判科学能不能解决人生观呢？

这个共同的错误——大家规避“科学的人生观是什么”的问题——怕还有第二个原因，就是一班拥护科学的人虽然抽象地承认科学可以解决人生问题，却终不愿公然承认那具体的“纯物质，纯机械的人生观”为科学的人生观。我说他们“不愿”，并不是说他们怯懦不敢，只是说他们对于那科学家的人生观还不能像吴稚晖先生那样明显坚决的信仰，所以还不能公然出来主张。这一点确是这一次大论争的一个绝大的弱点。若没有吴老先生把他的“漆黑一团”的宇宙观和“人欲横流”的人生观提出来做个押阵大将，这一场大战争真成了一场混战，只闹得个一哄散场！

关于这一点，陈独秀先生的序里也有一段话，对于作战的先锋大将丁在君先生表示不满意。独秀说：

他（丁先生）自号存疑的唯心论，这是沿袭赫胥黎、斯宾塞诸人的谬误；你既承认宇宙间有不可知的部分而存疑，科学家站开，且让玄学家来解疑。此所以张君劢说“既已存疑，则研究形而上界之玄学，不应有丑诋之词。”其实我们对于未发见的物质固然可以存疑，而对于超物质而独立存在并且可以支配物质的什么心（心即是物之一种表现），什么神灵与上帝，我们已无疑可存了。说我们武断也好，说我们专制也好，若无证据给我们看，我们断然不能抛弃我们的信仰。

关于存疑主义的积极的精神，在君自己也曾有明白的声明。“拿证据来！”一句话确然是有积极精神的。但赫胥黎等在当用这种武器时，究竟还只是消极的防御居多。在十九世纪的英国，在那宗教的权威不曾打破的时代，明明是无神论者也不得不挂一个“存疑”的招牌。但在今日的中国，在宗教信仰向来比较自由的中国，我们如果深信现有的科学证据只能叫我们否认上帝的存在和灵魂的不灭，那么，我们正不妨老实自居为“无神论者”。这样的自称并不算是武断；因为我们的信仰是根据于证据的：等到有神论的证据充足时，我们再改信有神论，也还不迟。我们在这个时候，既不能相信那没有充分证据的有神论，心灵不灭论，天人感应论，……又不肯积极地主张那自然主义的宇宙观，唯物的人生观，……怪不得独秀要说“科学家站开！且让玄学家来解疑”了。吴稚晖先生便不然。他老先生宁可冒“玄学鬼”的恶名，偏要冲到那“不可知的区域”里去打一阵，他希望“那不可知区域里的假设，责成玄学鬼也带着论理色彩去假设着”（《宇宙观及人生观》，页九）。这个态度是对的。我们信仰科学的人，正不妨做一番大规模的假设。只要我们的假设处处建筑在已知的事实之上，只要我们认我们的建筑不过是一种最满意的假设，可以跟着新证据修正的，——我们带着这种科学的态度，不妨冲进那不可知的区域里，正如姜子牙展开了杏黄旗，也不妨冲进十绝阵里去试试。

（三）

我在上文说的，并不是有意挑剔这一次论战场上的各位武士。我的意思只是要说，这一篇论战的文章只做了一个“破题”，还不曾做到“起讲”。至于“余兴”与“尾声”，更谈不到了。破题的工夫，自然是很重要的。丁在君先生的发难，唐擘黄先生等的响应，六个月的时间，二十五万字的煌煌大文，大吹大擂地把这个大问题捧了出来，叫乌烟瘴气的中国知道这个大问题的重要，——这件功劳真不在小处！

可是现在真有做“起讲”的必要了。吴稚晖先生的《一个新信仰的宇宙观及人生观》已给我们做下一个好榜样。在这篇《科学与人生观》的“起讲”里，我们应该积极地提出什么叫做“科学的人生观”，应该提出我们所谓“科学的人生观”，好教将来的讨论有个具体的争点。否则你单说科学能解决人生观，他单说不能，势必至于吴稚晖先生说的“张丁之战，便延长了一百年，也不会得到究竟”。因为若不先有一种具体的科学人生观作讨论的底子，今日泛泛地承认科学有解决人生观的可能，是没有用的。等到那“科学的人生观”的具体内容拿出来时，战线上的组合也许要起一个大大的变化。我的朋友朱经农先生是信仰科学“前程不可限量”的，然而他定不能承认无神论是科学的人生观。我的朋友林宰平先生是反对科学包办人生观的，然而我想他一定可以很明白地否认上帝的存在。到了那个具体讨论的时期，我们才可以说是真正开战。那时的反对，才是真反对。那时的赞成，才是真赞成。那时的胜利，才是真胜利。

我还要再进一步说：拥护科学的先生们，你们虽要想规避那“科学的人生观是什么”的讨论，你们终于免不了的。因为他们早已正式对科学的人生观宣战了。梁任公先生的“科学万能之梦”，早已明白攻击那“纯物质的，纯机械的人生观”了。他早已把欧洲大战祸的责任加到那“科学家的新心理学”上去了。张君劢先生在《再论人生观与科学》里，也很笼统地攻击“机械主义”了。他早已说“关于人生之解释与内心之修养，当然以唯心派之言为长”了。科学家究竟何去何从？这时候正是科学家表明态度的时候了。

因此，我们十分诚恳地对吴稚晖先生表示敬意，因为他老先生在这个时候很大胆地把他信仰的宇宙观和人生观提出来，很老实地宣布他的“漆黑一团”的宇宙观和“人欲横流”的人生观。他在那篇大文章里，很明白地宣言：

> 那种骇得煞人的显赫的名词，上帝呀，神呀，还是取销了好。（页十二）
>
> 很明白地
>
> 开除了上帝的名额，放逐了精神元素的灵魂。（页二九）

很大胆地宣言：

> 我以为动植物且本无感觉，皆止有其质力交推，有其辐射反应，如是而已。譬之于人，其质构而为如是之神经系，即其力生如是之反应。所谓情感，思想，意志等等，就种种反应而强为之名，美其名曰心理，神其事曰灵魂，质直言之曰感觉，其实统不过质力之相应。（页二二—二三）

他在《人生观》里，很“恭敬地又好像滑稽地”说：

人便是外面止剩两只脚，却得到了两只手，内面有三斤二两脑髓，五千零四十八根脑筋，比较占有多额神经系质的动物。（页三九）

生者，演之谓也，如是云尔。（页四十）

所谓人生，便是用手用脑的一种动物，轮到“宇宙大剧场”的第亿垓八京六兆五万七千幕，正在那里出台演唱。（页四七）

他老先生五年的思想和讨论的结果，给我们这样一个“新信仰的宇宙观及人生观”。他老先生很谦逊地避去“科学的”的尊号，只叫他做“柴积上，日黄中的老头儿”的新信仰。他这个新信仰正是张君劢先生所谓“机械主义”，正是梁任公先生所谓“纯物质的纯机械的人生观”。他一笔勾销了上帝，抹煞了灵魂，戳穿了“人为万物之灵”的玄秘。这才是真正的挑战。我们要看那些信仰上帝的人们出来替上帝向吴老先生作战。我们要看那些信仰灵魂的人们出来替灵魂向吴老先生作战。我们要看那些信仰人生的神秘的人们出来向这“两手动物演戏”的人生观作战。我们要看那些认爱情为玄秘的人们出来向这“全是生理作用，并无丝毫微妙”的爱情观作战。这样的讨论，才是切题的，具体的讨论。这才是真正开火。这样战争的结果，不是科学能不能解决人生的问题了，乃是上帝的有无，鬼神的有无，灵魂的有无，……等等人生切要问题的解答。

只有这种具体的人生切要问题的讨论才可以发生我们所希望的效果，——才可以促进思想上的刷新。

反对科学的先生们！你们以后的作战，请向吴稚晖的“新信仰的宇宙观及人生观”作战。

拥护科学的先生们！你们以后的作战，请先研究吴稚晖的“新信仰的宇宙观及人生观”：完全赞成他的，请准备替他辩护，像赫胥黎替达尔文辩护一样；不能完全赞成他的，请提出修正案，像后来的生物学者修正达尔文主义一样。

从此以后，科学与人生观的战线上的押阵老将吴老先生要倒转来做先锋了！

（四）

说到这里，我可以回到张丁之战的第一个“回合”了。张君劢说：

天下古今之最不统一者，莫若人生观。(《人生观》页一)

丁在君说：

人生观现在没有统一是一件事，永久不能统一又是一件事，除非你能提出事实理由来证明他是永远不能统一的，我们总有求他统一的义务。(《玄学与科学》页三)

玄学家先存了一个成见，说科学方法不适用于人生观；世界上的玄学家一天没有死完，自然一天人生观不能统一。(页四)

“统一”一个字，后来很引起一些人的抗议。例如林宰平先生就控告丁在君，说他“要把科学来统一一切”，说他“想用科学的武器来包办宇宙”。这种控诉，未免过于张大其词了。在君用的“统一”一个字，不过是沿用君劢文章里的话；他们两位的意思大概都不过是大同小异的一致罢了。依我个人想起来，人类的人生观总应该有一个最低限度的一致的可能。唐擘黄先生说的最好：

人生观不过是一个人对于万物同人类的态度，这种态度是随着一个人的神经构造，经验，知识等而变的。神经构造等就是人生观之因。我举一二例来看。

无因论者以为叔本华（Schopenhauer）、哈德门（Hartmann）的人生观是直觉的，其实他们自己并不承认这事。他们都说根据经验阅历而来的。叔本华是引许多经验作证的，哈德门还要说他的哲学是从归纳法得来的。

人生观是因知识而变的。例如，柯白尼“太阳居中说”，同后来的达尔文的“人猿同祖说”发明以后，世界人类的人生观起绝大变动，这是无可疑的历史事实。若人生观是直觉的，无因的，何以随自然界的知识而变更呢？

我们因为深信人生观是因知识经验而变换的，所以深信宣传与教育的效果可以使人类的人生观得着一个最低限度的一致。

最重要的问题是：拿什么东西来做人生观的“最低限度的一致”呢？

我的答案是：拿今日科学家平心静气地，破除成见地，公同承认的“科学的人生观”来做人类人生观的最低限度的一致。

宗教的功效已曾使有神论和灵魂不灭论统一欧洲（其实何止欧洲？）的人生观至千余年之久。假使我们信仰的“科学的人生观”将来靠教育与宣传的功效，也能有“有神论”和“灵魂不灭论”在中世欧洲那样的风行，那样的普遍，那也可算是我所谓“大同小异的一致”了。

我们若要希望人类的人生观逐渐做到大同小异的一致，我们应该准备替这个新人生观作长期的奋斗。我们所谓“奋斗”，并不是像林宰平先生形容的“摩哈默得式”的武力统一；只是用光明磊落的态度，诚恳的言论，宣传我们的“新信仰”，继续不断的宣传，要使今日少数人的信仰逐渐变成将来大多数人的信仰。我们也可以说这是“作战”，因为新信仰总免不了和旧信仰冲突的事；但我们总希望作战的人都能尊重对方人格，都能承认那些和我们信仰不同的人不一定都是笨人与坏人，都能在作战之中保持一种“容忍”（Toleration）的态度：我们总希望那些反对我们的新信仰的人，也能用“容忍”的态度来对我们，用研究的态度来考察我们的信仰。我们要认清：我们的真正敌人不是对方；我们的真正敌人是“成见”，是“不思想”。我们向旧思想和旧信仰作战，其实只是很诚恳地请求旧思想和旧信仰势力之下的朋友们起来向“成见”和“不思想”作战。凡是肯用思想来考察他的成见的人，都是我们的同盟！

（五）

总而言之，我们以后的作战计划是宣传我们的新信仰，是宣传我们的新人生观（我所谓“人生观”，依唐擘黄先生的界说，包括吴稚晖先生所谓“宇宙观”）。这个新人生观的大旨，吴稚晖先生已宣布过了。我们总括他的大意，加上一点扩充和补充，在这里再提出这个新人生观的轮廓：

一、根据于天文学和物理学的知识，叫人知道空间的无穷之大。

二、根据于地质学及古生物学的知识，叫人知道时间的无穷之长。

三、根据于一切科学，叫人知道宇宙及其中万物的运行变迁皆是自然的，自己如此的，——正用不着什么超自然的主宰或造物者。

四、根据于生物的科学的知识，叫人知道生物界的生存竞争的浪费与惨酷，——因此，叫人更可以明白那“有好生之德”的主宰的假设是不能成立的。

五、根据于生物学，生理学，心理学的知识，叫人知道人不过是动物的一种，他和别种动物只有程度的差异，并无种类的区别。

六、根据于生物的科学及人类学，人种学，社会学的知识，叫人知道生物及人类社会演进的历史和演进的原因。

七、根据于生物的及心理的科学，叫人知道一切心理的现象都是有因的。

八、根据于生物学及社会学的知识，叫人知道道德礼教是变迁的，而变迁的原因都是可以用科学方法寻求出来的。

九、根据于新的物理化学的知识，叫人知道物质不是死的，是活的；不是静的，是动的。

十、根据于生物学及社会学的知识，叫人知道个人——“小我”——是要死灭的；而人类——“大我”——是不死的，不朽的；叫人知道“为全种万世而生活”就是宗教，就是最高的宗教；而那些替个人谋死后的“天堂”“净土”

的宗教，乃是自私自利的宗教。

这种新人生观是建筑在二三百年的科学常识之上的一个大假设，我们也许可以给它加上“科学的人生观”的尊号。但为避免无谓的争论起见，我主张叫它做“自然主义的人生观”。

在那个自然主义的宇宙里，在那无穷之大的空间里，在那无穷之长的时间里，这个平均高五尺六寸，上寿不过百年的两手动物——人——真是一个藐乎其小的微生物了。在那个自然主义的宇宙里，天行是有常度的，物变是有自然法则的，因果的大法支配着他——人——的一切生活，生存竞争的惨剧鞭策着他的一切行为，——这个两手动物的自由真是很有限的了。然而那个自然主义的宇宙里的这个渺小的两手动物却也有他的相当的地位和相当的价值。他用的两手和一个大脑，居然能做出许多器具，想出许多方法，造成一点文化。他不但驯服了许多禽兽，他还能考究宇宙间的自然法则，利用这些法则来驾驭天行，到现在他居然能叫电气给他赶车，以太给他送信了。他的智慧的长进就是他的能力的增加；然而智慧的长进却又使他的胸襟扩大，想象力提高。他也曾拜物拜畜生，也曾怕神怕鬼，但他现在渐渐脱离了这种种幼稚的时期，他现在渐渐明白：空间之大只增加他对于宇宙的美感；时间之长只使他格外明了祖宗创业之艰难；天行之有常只增加他制裁自然界的能力。甚至于因果律的笼罩一切，也并不见得束缚他的自由，因为因果律的作用一方面使他可以由因求果，由果推因，解释过去，预测未来；一方面又使他可以运用他的智慧，创造新因以求新果。甚至于生存竞争的观念也并不见得就使他成为一个冷酷无情的畜生，也许还可以格外增加他对于同类的同情心，格外使他深信互助的重要，格外使他注重人为的努力以减免天然竞争的惨酷与浪费。——总而言之，这个自然主义的人生观里，未尝没有美，未尝没有诗意，未尝没有道德的责任，未尝没有充分运用“创造的智慧”的机会。

我这样粗枝大叶的叙述，定然不能使信仰的读者满意，或使不信仰的读者心服。这个新人生观的满意的叙述与发挥，那正是这本书和这篇序所期望能引起的。

我所提倡的拜金主义

吴稚晖先生在今年五月底曾对我说：“适之先生，你千万再不要提倡那害人误国的国故整理了。现在最要紧的是要提倡一种纯粹的拜金主义。”

我因为个人兴趣上的关系，大概还不能完全抛弃国故的整理。

但对于他说的拜金主义的提倡，我却表示二十四分的赞成。

拜金主义并没有什么深奥的教旨，吴稚晖先生在他的《一个新信仰的宇宙观与人生观》里，曾发挥过这种教义。简单说来，拜金主义只有三个信条：

第一，要自己能挣饭吃。

第二，不可抢别人的饭吃。

第三，要能想出法子来，开出生路来，叫别人有挣饭吃的机会。

《珠砂痣》里有一句说白：“原来银子是一件好宝贝。”这就是拜金主义的浅说。银子为什么是一件好宝贝呢？因为没有银子便是贫穷，贫穷便是一切罪恶的来源。《珠砂痣》里那个男子因为贫穷，便肯卖妻子，卖妻子便是一桩罪恶。你仔细想想，哪一件罪恶不是由于贫穷的？小偷、大盗、扒儿手、绑票、卖娼、贪赃、卖国，哪一件不是由于贫穷？

所以古人说：

衣食足而后知荣辱，

仓廪实而后知礼节。

这便是拜金主义的人生观。

一班瞎了眼睛，迷了心头孔的人，不知道人情是什么，偏要大骂西洋人，尤其是美国人，骂他们“崇拜大拉”（Worship the dollar）！你要知道，美国人因为崇拜大拉，所以已经做到了真正“夜不闭户，路不拾遗”的理想境界了。（几个大城市里自然还有罪恶，但乡间真能夜不闭户，路不拾遗是西洋的普遍现状）我们不配骂人崇拜大拉；请回头看看我们自己崇拜的是什么！

一个老太婆，背着一只竹箩，拿着一根铁扦，天天到弄堂里去扒垃圾堆，去寻那垃圾堆里一个半个没有烧完的煤球，一寸两寸稀烂奇脏的破布。——这些人崇拜的是什么！

要知道，这种人连半个没有烧完的煤球也不肯放过，还能有什么“道德”、“牺牲”、“廉洁”、“路不拾遗”？

所以现今的要务是要充分提倡拜金主义，提倡人人要能挣饭吃。

上海青年会里的朋友们，现在办了一种职业学校，要造成一些能自己挣饭吃的人才，这真是大做好事，功德无量。我想社会上一定有些假充道学的人，嫌这个学校的拜金气味太重，所以写这篇短文，预先替他们做点辩护。

赠与今年的大学毕业生

这一两个星期里，各地的大学都有毕业的班次，都有很多的毕业生离开学校去开始他们的成人事业。学生的生活是一种享有特殊优待的生活，不妨幼稚一点，不妨吵吵闹闹，社会都能纵容他们，不肯严格地要他们负行为的责任。现在他们要撑起自己的肩膀来挑他们自己的担子了。在这个国难最紧急的年头，他们的担子真不轻！我们祝他们的成功，同时也不忍不依据自己的经验，赠他们几句送行的赠言，——虽未必是救命毫毛，也许做个防身的锦囊罢！

你们毕业之后，可走的路不出这几条：绝少数的人还可以在国内或国外的研究院继续做学术研究；少数的人可以寻着相当的职业；此外还有做官，办党，革命三条路；此外就是在家享福或者失业闲居了。第一条继续求学之路，我们可以不讨论。走其余几条路的人，都不能没有堕落的危险。堕落的方式很多，总括起来，约有这两大类：

第一是容易抛弃学生时代求知识的欲望。你们到了实际社会里，往往学非所用，往往所学全无用处，往往可以完全用不着学问，而一样可以胡乱混饭吃，混官做。在这种环境里即使向来抱有求知识学问的人，也不免心灰意懒，把求知的欲望渐渐冷淡下去。况且学问是要有相当的设备的；书籍，实验室，师友的切磋指导，闲暇的工夫，都不是一个平常要糊口养家的人的能容易办到的。没有做学问的环境，又谁能怪我们抛弃学问呢？

第二是容易抛弃学生时代理想的人生的追求。少年人初次与冷酷的社会接触，容易感觉理想与事实相去太远，容易发生悲观和失望。多年怀抱的人生理想，改造的热诚，奋斗的勇气，到此时候，好像全不是那么一回事了。渺小的个人在那强烈的社会炉火里，往往经不起长时期的烤炼就熔化了，一点高尚的理想不久就幻灭了。抱着改造社会的梦想而来，往往是弃甲曳兵而走，或者做了恶势的俘虏。你在那俘虏牢狱里，回想那少年气壮时代的种种理想主义，好像都成了自误误人的迷梦！从此以后，你就甘心放弃理想人生的追求，甘心做现成社会的顺民了。

要防御这两方面的堕落，一面要保持我们求知识的欲望，一面要保持我们对人生的追求。有什么好方法子呢？依我个人的观察和经验，有三种防身的药方是值得一试的。

第一个方子只有一句话："总得时时寻一两个值得研究的问题！"问题是知识学问的老祖宗；古往今来一切知识的产生与积聚，都是因为要解答问题，——要解答实用上的困难和理论上的疑难。所谓"为知识而求知识"，其实也只是一种好奇心追求某种问题的解答，不过因为那种问题的性质不必是直接应用的，人们就觉得这是"无所为"的求知识了。我们出学校之后，离开了做学问的环境，如果没有一个两个值得解答的问题在脑子里盘旋，就很难保持求学问的热心。可是，如果你有了一个真有趣的问题逗你去想他，天天引诱你去解决他，天天对你挑衅你无可奈何他，——这时候，你就会同恋爱一个女子发了疯一样，坐也坐不下，睡也睡不安，没工夫也得偷出工夫去陪她，没钱也得撙衣节食去巴结她。没有书，你自会变卖家私去买书；没有仪器，你自会典押衣物去置办仪器；没有师友，你自会不远千里去寻师访友。你只要有疑难问题来逼你时时用脑子，你自然会保持发展你对学问的兴趣，即使在最贫乏的智识环境中，你也会慢慢地聚起一个小图书馆来，或者设置起一所小试验室来。所以我说：第一要寻问题。脑子里没有问题之日，就是你的智识生活寿终正寝之时！古人说，“待文王而兴者，凡民也。若夫豪杰之士，虽无文王犹兴。”试想伽利略（Calileo）和牛顿（Newton）有多少藏书？有多少仪器？他们不过是有问题而已。有了问题而后，他们自会造出仪器来解决他们的问题。没有问题的人们，关在图书馆里也不会用书，锁在试验室里也不会有什么发现。

第二个方子也只有一句话：“总得多发展一点非职业的兴趣。”离开学校之后，大家总是寻个吃饭的职业。可是你寻得的职业未必就是你所学的，或者未必是你所心喜的，或者是你所学的而和你性情不相近的。在这种情况之下，工作往往成了苦工，就感觉不到兴趣了。为糊口而做那种非“性之所近而力之所能勉”的工作，就很难保持求知的兴趣和生活的理想主义。最好的救济方法只有多多发展职业以外的正当兴趣与活动。一个人应该有他的职业，也应该有他非职业的玩意儿，可以叫做业余活动。往往他的业余活动比他的职业还更重要，因为一个人成就怎样，往往靠他怎样利用他的闲暇时间。他用他的闲暇来打麻将，他就成了个赌徒；你用你的闲暇来做社会服务，你也许成个社会改革者；或者你用你的闲暇去研究历史，你也许成个史学家。你的闲暇往往定你的终身。英国十九世纪的两个哲人，弥儿（J.S.Mill）终身做东印度公司的秘书，然而他的业余工作使他在哲学上、经济学上、政治思想史上都占一个很高的位置；斯宾塞（Spencer）是一个测量工程师，然而他的业余工作使他成为前世纪晚期世界思想界的一个重镇。古来成大学问的人，几乎没有一个不善用他的闲暇时间的。特别在这个组织不健全的中国社会，职业不容易适合我们的性情，我们要想生活不苦痛不堕落，只有多方发展业余的兴趣，使我们的精神有所寄托，使我们的剩余精力有所施展。有了这种心爱的玩意儿，你就做六个钟头的抹桌子工作也不会感觉烦闷了，因为你知道，抹了六个钟的桌子之后，你可以回家做你的化学研究，或画完你的大幅山水，或写你的小说戏曲，或继续你的历史考据，或做你的社会改革事业。你有了这种称心如意的活动，生活就不枯寂了，精神也就不会烦闷了。

第三个方法也只有一句话："你总得有一点信心。"我们生当这个不幸的时代，眼中所见，耳中所闻，无非是叫我们悲观失望的。特别是在这个年头毕业的你们，眼见自己的国家民族沉沦到这步田地，眼看世界只是强权的世界，望极天边好像看不见一线的光明，——在这个年头不发狂自杀，已算是万幸了，怎么还能够保持一点内心的镇定和理想的信任呢？我要对你们说：这时候正是我们要培养我们的信心的时候！只要我们有信心，我们还有救。古人说："信心（Faith）可以移山。"又说："只要工夫深，生铁磨成绣花针。"你不信吗？当拿破仑的军队征服普鲁士占据柏林的时候，有一位教授叫做菲希特（Fichte）的，天天在讲堂劝他的国人要有信心，要信仰他们的民族是有世界的特殊使命的，是必定要复兴的。菲希特死的时候，谁也不能预料德意志统一帝国何时可以实现。然而不满五十年，新的统一的德意志帝国居然实现了。

一个国家的强弱盛衰，都不是偶然的，都不能逃出因果的铁律的。我们今日所受的苦痛和耻辱，都只是过去种种恶因种下的恶果。我们要收获将来的善果，必须努力种现在新因。一粒一粒的种，必有满仓满屋的收，这是我们今日应有的信心。

我们要深信：今日的失败，都由于过去的不努力。

我们要深信：今日的努力，必定有将来的大收成。

佛典里有一句话："福不唐捐。"唐捐就是白白地丢了。我们也应该说："功不唐捐！"没有一点努力是会白白地丢了的。在我们看不见想不到的时候，在我们看不见想不到的方向，你瞧！你下的种子早已生根发叶开花结果了！

你不信吗？法国被普鲁士打败之后，割了两省地，赔了五十万万法朗的赔款。这时候有一位刻苦的科学家巴斯德（Pasteur）终日埋头在他的化学试验室里做他的化学试验和微菌学研究。他是一个最爱国的人，然而他深信只有科学可以救国。他用一生的精力证明了三个科学问题：（1）每一种发酵作用都是由于一种微菌的发展；（2）每一种传染病都是一种微菌在生物体内的发展；（3）传染病的微菌，在特殊的培养之下可以减轻毒力，使他们从病菌变成防病的药苗。——这三个问题在表面上似乎都和救国大事业没有多大关系。然而从第一个问题的证明，巴斯德定出做醋酿酒的新法，使全国的酒醋业每年减除极大的损失。从第二个问题的证明，巴斯德教全国的蚕丝业怎样选种防病，教全国的畜牧农家怎样防止牛羊瘟疫，又教全世界怎样注重消毒以减少外科手术的死亡率。从第三个问题的证明，巴斯德发明了牲畜的脾热瘟的疗治药苗，每年替法国农家减除了二千万法朗的大损失；又发明了疯狗咬毒的治疗法，救济了无数的生命。所以英国的科学家赫胥黎（Huxley）在皇家学会里称颂巴斯德的功绩道：“法国给了德国五十万万法朗的赔款，巴斯德先生一个人研究科学的成就足够还清这一笔赔款了。”

巴斯德对于科学有绝大的信心，所以他在国家蒙奇辱大难的时候，终不肯抛弃他的显微镜与试验室。他绝不想他有显微镜底下能偿还五十万万法朗的赔款，然而在他看不见想不到的时候，他已收获了科学救国的奇迹了。

朋友们，在你最悲观失望的时候，那正是你必须鼓起坚强的信心的时候。你要深信：天下没有白费的努力。成功不必在我，而功力必不唐捐。

信心与反省

这一期（《独立》一〇三期）里有寿生先生的一篇文章，题为《我们要有信心》。在这文里，他提出一个大问题：中华民族真不行吗？他自己的答案是：我们是还有生存权的。

我很高兴我们的青年在这种恶劣空气里还能保持他们对于国家民族前途的绝大信心。这种信心是一个民族生存的基础，我们当然是完全同情的。

可是我们要补充一点：这种信心本身要建筑在稳固的基础之上，不可站在散沙之上，如果信仰的根据不稳固，一朝根基动摇了，信仰也就完了。

寿生先生不赞成那些旧人“拿什么五千年的古国哟，精神文明哟，地大物博哟，来遮丑。”这是不错的。然而他自己提出的民族信心的根据，依我看来，文字上虽然和他们不同，实质上还是和他们同样地站在散沙之上，同样地挡不住风吹雨打。例如他说：

> 我们今日之改进不如日本之速者，就是因为我们的固有文化太丰富了。富于创造性的人，个性必强，接受性就较缓。

这种思想在实质上和那五千年古国精神文明的迷梦是同样的无稽的夸大。第一，他的原则“富于创造性的人，个性必强，接受性就较缓”，这个大前提就是完全无稽之谈，就是懒惰的中国士大夫捏造出来替自己遮丑的胡说。事实上恰是相反的：凡富于创造性的人必敏于模仿，凡不善模仿的人决不能创造。创造是一个最误人的名词，其实创造只是模仿到十足时的一点点新花样。古人说的最好：“太阳之下，没有新的东西。”一切所谓创造都从模仿出来。我们不要被新名词骗了。新名词的模仿就是旧名词的“学”字；“学之为言效也”是一句不磨的老话。例如学琴，必须先模仿琴师弹琴；学画必须先模仿画师作画；就是画自然界的景物，也是模仿。模仿熟了，就是学会了，工具用的熟了，方法练的细密了，有天才的人自然会“熟能生巧”，这一点工夫到时的奇巧新花样就叫做创造。凡不肯模仿，就是不肯学人的长处。不肯学如何能创造？伽利略（Glileo）听说荷兰有个磨镜匠人做成了一座望远镜，他就依他听说的造法，自己制造了一座望远镜。这就是模仿，也就是创造。从十七世纪初年到如今，望远镜和显微镜都年年有进步，可是这三百年的进步，步步是模仿，也步步是创造。一切进步都是如此：没有一件创造不是先从模仿下手的。孔子说的好：

> 三人行，必有我师焉：择其善者而从之，其不善者而改之。

这就是一个圣人的模仿。懒人不肯模仿，所以决不会创造。一个民族也和个人一样，最肯学人的时代就是那个民族最伟大的时代；等到他不肯学人的时候，他的盛世已过去了，他已走上衰老僵化的时期了，我们中国民族最伟大的时代，正是我们最肯模仿四邻的时代：从汉到唐宋，一切建筑、绘画、雕刻、音乐、宗教、思想、算学、天文、工艺，那一件里没有模仿外国的重要成分？佛教和他带来的美术建筑，不用说了。从汉朝到今日，我们的历法改革，无一次不是采用外国的新法；最近三百年的历法是完全学西洋的，更不用说了。到了我们不肯学人家的好处的时候，我们的文化也就不进步了。我们到了民族中衰的时代，只有懒劲学印度人的吸食鸦片，却没有精力学满洲人的不缠脚，那就是我们自杀的法门了。

第二，我们不可轻视日本人的模仿。寿生先生也犯了一般人轻视日本的恶习惯，抹杀日本人善于模仿的绝大长处。日本的成功，正可以证明我在上文说的“一切创造都从模仿出来”的原则。寿生说：

> 从唐以至日本明治维新，千数百年间，日本有一件事足为中国取镜者吗？中国的学术思想在她手里去发展改进过吗？我们实无法说有。

这又是无稽的诬告了。三百年前，朱舜水到日本，他居留久了，能了解那个岛国民族的优点，所以他写信给中国的朋友说，日本的政治虽不能上比唐、虞，可以说比得上三代盛世。这是一个中国大学者在长期寄居之后下的考语。是值得我们的注意的。日本民族的长处全在他们肯一心一意的学别人的好处。他们学了中国的无数好处，但始终不曾学我们的小脚，八股文，鸦片烟。这不够“为中国取镜”吗？他们学别国的文化，无论在那一方面，凡是学到家的，都能有创造的贡献。这是必然的道理。浅见的人都说日本的山水人物画是模仿中国的；其实日本画自有他的特点，在人物方面的成绩远胜过中国画，在山水方面也没有走上四王的笨路。在文学方面，他们也有很大的创造。近年已有人赏识日本的小诗了。我且举一个大家不甚留意的例子。文学史家往往说日本的《源氏物语》等作品是模仿中国唐人的小说《游仙窟》等画的。现今《游仙窟》已从日本翻印回中国来了，《源氏物语》也有了英国人卫来先生（Athur waley）的五巨册的译本。我们若比较这两部画，就不能不惊叹日本人创造力的伟大。如果“源氏”真是从模仿《游仙窟》出来的，那真是徒弟胜过师傅千万倍了！寿生先生原文里批评日本的工商业，也是中了成见的毒。日本今日工商业的长脚发展，虽然也受了生活程度比人低和货币低落的恩惠，但他的根基实在是全靠科学与工商业的进步。今日大阪与兰肯歇的竞争，骨子里还是新式工业与旧式工业的竞争。日本今日自造的纺织器是世界各国公认为最新最良的。今日英国纺织业也不能不购买日本的新机器了。这是从模仿到创造的最好的例子。不然，我们工人的工资比日本更低，货币平常也比日本钱更贱，为什么我们不能“与他国资本家抢商场”呢？我们到了今日，若还要抹杀事实，笑人模仿，而自居于“富于创造性者”的不屑模仿，那真是盲目的夸大狂了。

第三，再看看“我们的固有文化”是不是真的“太丰富了”。寿生和其他夸大本国固有文化的人们，如果真肯平心想想，必然也会明白这句话也是无根的乱谈。这个问题太大，不是这篇短文里所能详细讨论的，我只能指出几个比较重要之点。使人明白我们的固有文化实在是很贫乏的，谈不到“太丰富”的梦话。近代的科学文化，工业文化，我们可以撇开不谈，因为在那些方面，我们的贫乏未免太丢人了。我们且谈谈老远的过去时代罢。我们的周秦时代当然可以和希腊罗马相提并论，然而我们如果平心研究希腊罗马的文学，雕刻，科学，政治，单是这四项就不能不使我们感觉我们的文化的贫乏了。尤其是造型美术与算学的两方面，我们真不能不低头愧汗。我们试想想，《几何原本》的作者欧几里得正和孟子先后同时；在那么早的时代，在二千多年前，我们在科学上早已大落后了！（少年爱国的人何不试拿《墨子·经上篇》里的三五条几何学界说来比较《几何原本》？）从此以后，我们所有的，欧洲也都有；我们所没有的，人家所独有的，人家都比我们强。试举一个例子：欧洲有三个一千年的大学，有许多个五百年以上的大学，至今继续存在，继续发展，我们有没有？至于我们所独有的宝贝，骈文，律诗，八股，小脚，太监，姨太太，五世同居的大家庭，贞节牌坊，地狱活现的监狱，廷杖，板子夹棍的法庭，……虽然“丰富”，虽然“在这世界无不足以单独成一系统”，究竟都是使我们抬不起头来的文物制度。即如寿生先生指出的“那更光辉万丈”的宋明理学，说起来也真正可怜！讲了七八百年的理学，没有一个理学圣贤起来指出裹小脚是不人道的野蛮行为，只见大家崇信“饿死事极小，失节事极大”的吃人礼教：请问那万丈光辉究竟照耀到那里去了？

以上说的，都只是略略指出寿生先生代表的民族信心是建筑在散沙上面，经不起风吹草动，就会倒塌下来的。信心是我们需要的，但无根据的信心是没有力量的。

可靠的民族信心，必须建筑在一个坚固的基础之上，祖宗的光荣自是祖宗之光荣，不能救我们的痛苦羞辱。何况祖宗所建的基业不全是光荣呢？我们要指出：我们的民族信心必须站在“反省”的唯一基础之上。反省就是要闭门思过，要诚心诚意的想，我们祖宗的罪孽深重，我们自己的罪孽深重；要认清了罪孽所在，然后我们可以用全副精力去消灾灭罪。寿生先生引了一句“中国不亡是无天理”的悲叹词句，他也许不知道这句伤心的话是我十三四年前在中央公园后面柏树下对孙伏园先生说的，第二天被他记在《晨报》上，就流传至今。我说出那句话的目的，不是要人消极，是要人反省；不是要人灰心，是要人起信心，发下大弘誓来忏悔；来替祖宗忏悔，替我们自己忏悔；要发愿造新因来替代旧日种下的恶因。

今日的大患在于全国人不知耻。所以不知耻者，只是因为不曾反省。一个国家兵力不如人，被人打败了，被人抢夺了一大块土地去，这不算是最大的耻辱。一个国家在今日还容许整个的省分遍种鸦片烟，一个政府在今日还要依靠鸦片烟的税收——公卖税，吸户税，烟苗税，过境税——来做政府的收入的一部分，这是最大的耻辱。一个现代民族在今日还容许他们的最高官吏公然提倡什么“时轮金刚法会”“息灾利民法会”，这是最大的耻辱。一个国家有五千年的历史，而没有一个四十年的大学，甚至于没有一个真正完备的大学，这是最大的耻辱。一个国家能养三百万不能捍卫国家的兵，而至今不肯计划任何区域的国民义务教育，这是最大的耻辱。

真诚的反省自然发生与真诚的愧耻。孟子说的好：“不耻不若人，何若人有？”真诚的愧耻自然引起向上的努力，要发弘愿努力学人家的好处，铲除自家的罪恶。经过这种反省与仟悔之后，然后可以起新的信心：要信仰我们自己正是拨乱反正的人，这个担子必须我们自己来挑起。三四十年的天足运动已经差不多完全铲除了小脚的风气：从前大脚的女人要装小脚，现在小脚的女人要装大脚了。风气转移的这样快，这不够坚定我们的自信心吗？

历史的反省自然使我们明了今日的失败都因为过去的不努力，同时也可以使我们格外明了“种瓜得瓜，种豆得豆”的因果铁律。铲除过去的罪孽只是割断已往种下的果。我们要收新果，必须努力造新因。祖宗生在过去的时代，他们没有我们今日的新工具，也居然能给我们留下了不少的遗产。我们今日有了祖宗不曾梦见的种种新工具，当然应该有比祖宗高明千百倍的成绩，才对得起这个新鲜的世界。日本一个小岛国，那么贫瘠的土地，那么少的人民，只因为伊藤博文，大久保利通，西乡隆盛等几十个人的努力，只因为他们肯拼命的学人家，肯拼命地用这个世界的新工具，居然在半个世纪之内一跃而为世界三五大强国之一。这不够鼓舞我们的信心吗？

反省的结果应该使我们明白那五千年的精神文明。那“光辉万丈”的宋明理学，那并不太丰富的固有文化，都是无济于事的银样蜡枪头。我们的前途在我们自己的手里。我们的信心应该望在我们的将来。我们的将来全靠我们下什么种，出多少力。“播了种一定会有收获，用了力决不至于白费”：这是翁文灏先生要我们有的信心。

再论信心与反省

在《独立》第一〇三期，我写了一篇《信心与反省》，指出我们对国家民族的信心不能建筑在歌颂过去上，只可以建筑在“反省”的唯一基础之上。在那篇讨论里，我曾指出我们的固有文化是很贫乏的，决不能说是“太丰富了”的。我们的文化，比起欧洲一系的文化来，“我们所有的，人家也都有；我们所没有的，人家所独有的，人家都比我们强。至于我们所独有的宝贝，骈文，律诗，八股，小脚，……又都是使我们抬不起头来的文物制度”。所以我们应该反省：认清了我们的祖宗和我们自己的罪孽深重，然后肯用全力去消灾灭罪；认清了自己百事不如人，然后肯死心塌地地去学人家的长处。

我知道这种论调在今日是很不合时宜的，是触犯忌讳的，是至少要引起严厉的抗议的。可是我心里要说的话，不能因为人不爱听就不说了。正因为人不爱听，所以我更觉得有不能不说的责任。

果然，那篇文章引起了一位读者子团先生的悲愤，害他终夜不能睡眠，害他半夜起来写他的抗议，直写到天明。他的文章，《怎样才能建立起民族的信心》是一篇很诚恳的，很沉痛的反省。我很尊敬他的悲愤，所以我很愿意讨论他提出的论点，很诚恳的指出他那“一半不同”正是全部不同。

子团先生的主要论点是：

我们民族这七八十年以来，与欧美文化接触，许多新奇的现象炫盲了我们的眼睛，在这炫盲当中，我们一方面没出息地丢了我们固有的维系并且引导我们向上的文化，另一方面我们又没有能够抓住外来文化之中那种能够帮助我们民族更为强盛的一部分。结果我们走入迷途，堕落下去！

忠孝仁爱信义和平是维系并且引导我们民族向上的固有文化，科学是外来文化中能够帮助我们民族更为强盛的一部分。

子团先生的论调，其实还是三四十年前的老辈的论调。他们认得了富强的需要，所以不反对西方的科学工业；但他们心里很坚决的相信一切伦纪道德是我们所固有而不须外求的。老辈之中，一位最伟大的孙中山先生，在他的通俗讲演里，也不免要敷衍一般夸大狂的中国人，说："中国先前的忠孝仁爱信义种种的旧道德"都是"驾乎外国人"之上。中山先生这种议论在今日往往被一般人利用来做复古运动的典故，所以有些人就说"中国本来是一个由美德筑成的黄金世界"了！（这是民国十八年叶楚伧先生的名言）

子团先生也特别提出孙中山先生的伟大，特别颂扬他能"在当时一班知识阶级盲目崇拜欧美文化的狂流中，巍然不动地指示我们救国必须恢复我们固有文化，同时学习欧美科学"。但他如果留心细读中山先生的讲演，就可以看出他当时说那话时是很费力的，很不容易自圆其说的。例如讲"修身"，中山先生很明白地说：

但是从修身一方面来看，我们中国人对于这些功夫是很缺乏的。中国人一举一动都欠捡点，只要和中国人来往过一次，便看得很清楚。（《三民主义》六）

他还对我们说：

> 所以今天讲到修身，诸位新青年，便应该学外国人的新文化。(《三民主义》六)

可是他一会儿又回过去颂扬固有的旧道德了。本来有保守性的读者只记得中山先生颂扬旧道德的话，却不曾细想他所颂扬的旧道德都只是几个人类共有的理想，并不是我们这个民族实行最力的道德。例如他说的“忠孝仁爱信义和平”，哪一件不是东西哲人共同提倡的理想？除了割股治病，卧冰求鲤，一类不近人情的行动之外，哪一件不是世界文明人类公有的理想？孙中山先生也曾说过：

> 照这样实行一方面讲起来，仁爱的好道德，中国人现在似乎远不如外国。……但是仁爱还是中国的旧道德。我们要学外国，只要学他们那样实行，把仁爱恢复起来，再去发扬光大，便是中国固有的精神。(同上书)

在这短短一段话里，我们可以看出中山先生未尝不明白在仁爱的“实行”上，我们实在远不如人。所谓“仁爱还是中国的旧道德”者，只是那个道德的名称罢了。中山先生很明白的教人：修身应该学外国人的新文化，仁爱也“要学外国”。但这些话中的话都是一般人不注意的。

在这些方面，吴稚晖先生比孙中山先生彻底多了。吴先生在他的《一个新信仰的宇宙观及人生观》里，很大胆的说中国民族的“总和道德是低浅的”，同时他又指出西洋民族：什么仁义道德，孝悌忠信，吃饭睡觉，无一不较上三族(阿拉伯，印度，中国)的人较有作法，较有热心。……讲他们的总和道德叫做高明。这是很公允的评判。忠孝信义仁爱和平，都是有文化的民族共有的理想；

在文字理论上，犹太人，印度人，阿拉伯人，希腊人，以至近世各文明民族，都讲的头头是道。所不同者，全在吴先生说的“有作法，有热心”两点。若没有切实的办法，没有真挚的热心，虽然有整千万册的理学书，终无救于道德的低浅。宋明的理学圣贤，谈性谈心，谈居敬，谈致良知，终因为没有作法，只能走上“终日端坐，如泥塑人”的死路上去。

我所以要特别提出子团先生的论点，只因为他的悲愤是可敬的，而他的解决方案还是无补于他的悲愤。他的方案，一面学科学，一面恢复我们固有的文化，还只是张之洞一辈人说的“中学为体，西学为用”的方案。老实说，这条路是走不通的。如果过去的文化是值得恢复的，我们今天不至糟到这步田地了。况且没有那科学工业的现代文化基础，是无法发扬什么文化的“伟大精神”的。忠孝仁爱信义和平是永远存在书本子里的；但是因为我们的祖宗只会把这些好听的名词都写作八股文章，画作太极图，编作理学语录，所以那些好听的名词都不能变成有作法有热心的事实。西洋人跳出了经院时代之后，努力做征服自然的事业，征服了海洋，征服了大地，征服了空气电气，征服了不少的原质，征服了不少的微生物，——这都不是什么“保存国粹”“发扬固有文化”的口号所能包括的工作，然而科学与工业发达的自然结果是提高了人民的生活，提高了人类的幸福，提高了各个参加国家的文化。 结果就是吴稚晖先生说的“总和道德叫做高明”。

世间讲“仁爱”的书，莫过于《华严经》的《净行品》，那一篇妙文教人时时刻刻不可忘了人类的痛苦与缺陷，甚至于大便小便时都要发愿不忘众生：

> 左右便利，当愿众生，蠲除污秽，无淫怒痴。
>
> 已而就水，当愿众生，向无上道，得出世法。
>
> 以水涤秽，当愿众生，具足净忍，毕竟无垢。
>
> 以水盥掌，当愿众生，得上妙手，受特佛法。

……

但是一个和尚的弘愿，究竟能做到多少实际的“仁爱”？回头看看那一心想征服自然的科学救世者，他们发现了一种病菌，制成了一种血清，可以救活无量数的人类，其为“仁爱”，岂不是千万倍的伟大？

以上的讨论，好像全不曾顾到“民族的信心”的一个原来问题。这是因为子团先生的来论，剥除了一些动了感情的话，实在只说了一个“中学为体，西学为用”的老方案，所以我要指出这个方案的“一半”是行不通的：忠孝仁爱信义和平等等并不是“维系并且引导我们民族向上的固有文化”，他们不过是人类共有的几个理想，如果没有作法，没有热力，只是一些空名词而已。这些好名词的存在并不曾挽救或阻止“八股，小脚，太监，姨太太，贞节牌坊，地狱的监牢，夹棍板子的法庭”的存在。这些八股，小脚，……等等“固有文化”的崩溃，也全不是程颢，朱熹，顾亭林，戴东原……等等圣贤的功绩，乃是“与欧美文化接触”之后，那科学工业造成的新文化叫我们相形之下太难堪了，这些东方文明的罪孽方才逐渐崩溃的。我要指出：我们民族这七八十年来与欧美文化接触的结果，虽然还不曾学到那个整个的科学工业的文明（可怜丁文江，翁文灏，颜任光诸位先生都还是四十多岁的少年，他们的工作刚开始哩！），究竟已替我们的祖宗消除了无数的罪孽，打倒了“小脚，八股，太监，五世同居的大家庭，贞节牌坊，地狱活现的监狱，夹棍板子的法庭”的一大部分或一小部分。这都是我们的“数不清的圣贤天才”从来不曾指摘讥弹的；这都是“忠孝仁爱信义和平”的固有文化从来不曾“引导向上”的。这些祖宗罪孽的崩溃，固然大部分是欧美文明的恩赐，同时也可以表示我们在这七八十年中至少也还做到了这些消极的进步。子固先生说我们在这七八十年中“走入迷途，堕落下去”，这真是无稽的诬告！中国民族在这七八十年中何尝“堕落”？在几十年之中，废除了三千年的太监，一千年的小脚，六百年的八股，五千年的酷刑，这是“向上”，不是堕落！

不过我们的“向上”还不够，努力还不够。八股废止至今不过三十年，八股的训练还存在大多数老而不死的人的心灵里，还间接直接地传授到我们的无数的青年人的脑筋里。今日还是一个大家做八股的中国，虽然题目换了。小脚逐渐绝迹了，夹棍板子，砍头碎剐废止了，但裹小脚的残酷心理，上夹棍打屁股的野蛮心理，都还存在无数老少人们的心灵里。今日还是一个残忍野蛮的中国，所以始终还不曾走上法治的路，更谈不到仁爱和平了。

所以我十分诚挚地对全国人说：我们今日还要反省，还要闭门思过，还要认清祖宗和我们自己的罪孽深重，决不是这样浅薄的“与欧美文化接触”就可以脱胎换骨的。我们要认清那个容忍拥戴“小脚，八股，太监，姨太太，骈文，律诗，五世同居的大家庭，贞节牌坊，地狱的监牢，夹棍板子的法庭”到几千几百年之久的固有文化，是不足迷恋的，是不能引我们向上的。那里面浮沉着的几个圣贤豪杰，其中当然有值得我们崇敬的人，但那几十颗星儿终究照不亮那满天的黑暗。我们的光荣的文化不在过去，是在将来，是在那扫清了祖宗的罪孽之后重新改造出来的文化。替祖国消除罪孽，替子孙建立文明，这是我们人人的责任。古代哲人曾参说的最好：

士不可以不弘毅：任重而道远。

先明白了“任重而道远”的艰难，自然不轻易灰心失望了。凡是轻易灰心失望的人，都只是不曾认清他挑的是一个百斤的重担，走的是一条万里的长路。今天挑不动，努力磨练了总有挑得起的一天。今天走不完，走得一里前途就缩短了一里。“播了种一定会有收获，用了力决不至于白费”，这是我们最可靠的信心。

第二章

快乐教育

我母亲管束我最严，她是慈母兼任严父。但她从来不在别人面前骂我一句，打我一下，我做错了事，她只对我一望，我看见了她的严厉眼光，便吓住了。犯的事小，她等到第二天早晨我眠醒时才教训我。犯的事大，她等到晚上人静时，关了房门，先责备我，然后行罚，或罚跪，或拧我的肉。无论怎样重罚，总不许我哭出声音来，她教训儿子不是借此出气叫别人听的。

我的母亲

我小时候身体弱，不能跟着野蛮的孩子们一块儿玩。我母亲也不准我和他们乱跑乱跳。小时不曾养成活泼游戏习惯，无论在什么地方，我总是文绉绉地。所以家乡老辈都说我“像个先生样子”，遂叫我做“穈先生”。这个绰号叫出去之后，人都知道三先生的小儿子叫做穈先生了。既有“先生”之名，我不能不装出点“先生”样子，更不能跟着顽童们“野”了。有一天，我在我家八字门口和一班孩子“掷铜钱”，一位老辈走过，见了我，笑道：“穈先生也掷铜钱吗？”我听了羞愧的面红耳热，觉得太失了“先生”身份！

大人们鼓励我装先生样子，我也没有嬉戏的能力和习惯，又因为我确是喜欢看书，故我一生可算是不曾享过儿童游戏的生活。每年秋天，我的庶祖母同我到田里去“监割”（顶好的田，水旱无忧，收成最好，佃户每约田主来监割，打下谷子，两家平分）。我总是坐在小树下看小说。十一二岁时，我稍活泼一点，居然和一群同学组织了一个戏剧班，做了一些木刀竹枪，借得了几副假胡须，就在村口田里做戏。我做的往往是诸葛亮、刘备一类的文角儿；只有一次我做史文恭，被花荣一箭从椅子上射倒下去，这算是我最活泼的玩艺儿了。

我在这九年（一八九五—一九〇四）之中，只学得了读书写字两件事。在文字和思想的方面，不能不算是打了一点底子。但别的方面都没有发展的机会。有一次我们村“当朋”（八都凡五村，称为“五朋”，每年一村轮着做太子会，名为“当朋”）筹备太子会，有人提议要派我加入前村的昆腔队里学习吹笙或吹笛。族里长辈反对，说我年纪太小，不能跟着太子会走遍五朋。于是我便失掉了学习音乐的唯一机会。三十年来，我不曾拿过乐器，也全不懂音乐；究竟我有没有一点学音乐的天资，我至今不知道。至于学图画，更是不可能的事。我常常用竹纸蒙在小说书的石印绘像上，摹画书上的英雄美人。有一天，被先生看见了，挨了一顿大骂，抽屉里的图画都被搜出撕毁了。于是我又失掉了学做画家的机会。

但这九年的生活，除了读书看书之外，究竟给了我一点做人的训练。在这一点上，我的恩师便是我的慈母。

每天天刚亮时，我母亲便把我喊醒，叫我披衣坐起。我从不知道她醒来坐了多久了。她看我清醒了，便对我说昨天我做错了什么事，说错了什么话，要我认错，要我用功读书。有时候她对我说父亲的种种好处，她说：“你总要踏上你老子的脚步。我一生只晓得这一个完全的人，你要学他，不要跌他的股。”（跌股便是丢脸出丑）她说到伤心处，往往掉下泪来。到天大明时，她才把我的衣服穿好，催我去上早学。学堂门上的锁匙放在先生家里；我先到学堂门口一望，便跑到先生家里去敲门。先生家里有人把锁匙从门缝里递出来，我拿了跑回去，开了门，坐下念生书。十天之中，总有八九天我是第一个去开学堂门的。等到先生来了，我背了生书，才回家吃早饭。

我母亲管束我最严，她是慈母兼任严父。但她从来不在别人面前骂我一句，打我一下，我做错了事，她只对我一望，我看见了她的严厉眼光，便吓住了。犯的事小，她等到第二天早晨我眠醒时才教训我。犯的事大，她等到晚上人静时，关了房门，先责备我，然后行罚，或罚跪，或拧我的肉。无论怎样重罚，总不许我哭出声音来，她教训儿子不是借此出气叫别人听的。

有一个初秋的傍晚，我吃了晚饭，在门口玩，身上只穿着一件单背心。这时候我母亲的妹子玉英姨母在我家住，她怕我冷了，拿了一件小衫出来叫我穿上。我不肯穿，她说："穿上吧，凉了。"我随口回答："娘（凉）什么！老子都不老子呀。"我刚说了这句话，一抬头，看见母亲从家里走出，我赶快把小衫穿上。但她已听见这句轻薄的话了。晚上人静后，她罚我跪下，重重的责罚了一顿。她说："你没了老子，是多么得意的事！好用来说嘴！"她气得坐着发抖，也不许我上床去睡。我跪着哭，用手擦眼泪，不知擦进了什么微菌，后来足足害了一年多的翳病。医来医去，总医不好。我母亲心里又悔又急，听说眼翳可以用舌头舔去，有一夜她把我叫醒，她真用舌头舔我的病眼。这是我的严师，我的慈母。

我母亲二十三岁做了寡妇，又是当家的后母。这种生活的痛苦，我的笨笔写不出一万分之一二。家中财政本不宽裕，全靠二哥在上海经营调度。大哥从小便是败子，吸鸦片烟，赌博，钱到手就光，光了便回家打主意，见了香炉便拿出去卖，捞着锡茶壶便拿出押。我母亲几次邀了本家长辈来，给他定下每月用费的数目。但他总不够用，到处都欠下烟债赌债。每年除夕我家中总有一大群讨债的，每人一盏灯笼，坐在大厅上不肯去。大哥早已避出去了。大厅的两排椅子上满满的都是灯笼和债主。我母亲走进走出，料理年夜饭，谢灶神，压岁钱等事，只当做不曾看见这一群人。到了近半夜，快要"封门"了，我母亲才走后门出去，央一位邻居本家到我家来，每一家债户开发一点钱。做好做歹的，这一群讨债的才一个一个提着灯笼走出去。一会儿，大哥敲门回来了。我母亲从不骂他一句。并且因为是新年，她脸上从不露出一点怒色。这样的过年，我过了六七次。

大嫂是个最无能而又最不懂事的人，二嫂是个能干而气量很窄小的人。他们常常闹意见，只因为我母亲的和气榜样，他们还不曾有公然相骂相打的事。她们闹气时，只是不说话，不答话，把脸放下来，叫人难看；二嫂生气时，脸色变青，更是怕人。她们对我母亲闹气时，也是如此。我起初全不懂得这一套，后来也渐渐懂得看人的脸色了。我渐渐明白，世间最可厌恶的事莫如一张生气的脸；世间最下流的事莫如把生气的脸摆给旁人看。这比打骂还难受。

我母亲的气量大，性子好，又因为做了后母后婆，她更事事留心，事事格外容忍。大哥的女儿比我只小一岁，她的饮食衣服总是和我的一样。我和她有小争执，总是我吃亏，母亲总是责备我，要我事事让她。后来大嫂二嫂都生了儿子了，她们生气时便打骂孩子来出气，一面打，一面用尖刻有刺的话骂给别人听。我母亲只装做不听见。有时候，她实在忍不住了，便悄悄走出门去，或到左邻立大嫂家去坐一会，或走后门到后邻度嫂家去闲谈。她从不和两个嫂子吵一句嘴。

每个嫂子一生气，往往十天半个月不歇，天天走进走出，板着脸，咬着嘴，打骂小孩子出气。我母亲只忍耐着，到实在不可再忍的一天，她也有她的法子。这一天的天明时，她便不起床，轻轻的哭一场。她不骂一个人，只哭她的丈夫，哭她自己苦命，留不住她丈夫来照管她。她先哭时，声音很低，渐渐哭出声来。我醒了起来劝她，她不肯住。这时候，我总听得见前堂（二嫂住前堂东房）或后堂（大嫂住后堂西房）有一扇房门开了，一个嫂子走出房向厨房走去。不多一会，那位嫂子来敲我们的房门了。我开了房门，她走进来，捧着一碗热茶，送到我母亲床前，劝她止哭，请她喝口热茶。我母亲慢慢停住哭声，伸手接了茶碗。那位嫂子站着劝一会，才退出去。没有一句话提到什么人，也没有一个字提到这十天半个月来的气脸，然而各人心里明白，泡茶进来的嫂子总是那十天半个月来闹气的人。奇怪的很，这一哭之后，至少有一两个月的太平清静日子。

我母亲待人最仁慈，最温和，从来没有一句伤人感情的话；但她有时候也很有刚气，不受一点人格上的侮辱。我家五叔是个无正业的浪人，有一天在烟馆里发牢骚，说我母亲家中有事总请某人帮忙，大概总有什么好处给他。这句话传到了我母亲耳朵里，她气得大哭，请了几位本家来，把五叔喊来，她当面质问他，她给了某人什么好处。直到五叔当众认错赔罪，她才罢休。

我在我母亲的教训之下住了九年，受了她的极大极深的影响。我十四岁（其实只有十二零两三个月）便离开她了，在这广漠的人海里独自混了二十多年，没有一个人管束过我。如果我学得了一丝一毫的好脾气，如果我学得了一点点待人接物的和气，如果我能宽恕人，体谅人，——我都得感谢我的慈母。

女子问题

我本没有预备讲这个题目，到安庆后，有一部分人要求讲这个，这问题也是很重要的，所以就临时加入了。

人类有一种“半身不遂”的病，在中风之后，有一部分麻木不仁；这种人一半失了作用，是很可怜的。诸位！我们社会上也害了这“半身不遂”的病几千年了，我们是否应当加以研究？

世界人类分男女两部，习惯上对于男子很发展，对于女子却剥夺她的自由，不准她发展，这就是社会的“半身不遂”的病。社会有了“半身不遂”的病，当然不是健全的社会了。女子问题发生，给我们一种觉悟，不再牺牲一半人生的天才自由，让女子本来有的天才，享受应有的权利，和男子共同担任社会的担子；使男子成一个健全的人，女子也成一个健全的人！于是社会便成了一个健全的社会！

我们以前从不将女子当做人：我们都以为她是父亲的女儿，以为她是丈夫的老婆，以为她是儿子的母亲；所以有“在家从父，出嫁从夫，夫死从子”的话，从来总不认她是一个人！在历史上，只有孝女，贤女，烈女，贞女，节妇，慈母，却没有一个“女人”！诸位！在历史上也曾见过传记称女子是人的么?

研究女子教育是研究什么？——昔日提倡女子教育的，是提倡良妻贤母；须知道良妻贤母是“人”，无所谓“女子”的！女子愿做良妻贤母，便去做她的良妻贤母，假使女子不愿意做良妻贤母，依旧可以做她的人的。先定了这个目标，然后再说旁的。

女子问题可以分两部分讲：

（一）女子解放。

（二）女子改造。

解放一部分是消极的：解放中包含有与束缚对待的意思，所以是消极的。改造却是积极的：改造是研究如何使女子成为人，用何种方法使女子自由发展。

（一）女子解放 解放必定先有束缚。这有两种讲法：一是形体的，一是精神的。

先讲形体的解放。在从前男子拿玩物看待女子，女子便也以玩物自居；许多不自由的刑具，女子都取而加在自己身上，现在算是比较的少了。如缠足，穿耳朵，束胸……等等都是，可以算得形体上已解放了。这种不过谈女子解放中的初级。试问除了少数受过教育的女子而外，中国有多少女子不缠足？如果我们不能实行天足运动，我们就不配谈女子解放！——我来安庆的时候，所见的女子，大半是缠足；这可以用干涉，讲演种种方法禁止她们，我希望下次再来安庆的时候，见不着一个缠足女子！——再谈束胸，起初因为美观起见，并不问合卫生与否。我的一个朋友曾经对我说，假使个个女子都束胸，以后都不可以做人的母亲了！

次讲精神的解放。在解放上面，以精神解放最为重要。精神解放怎样讲？——就是几千年来，社会上男子用了许多方法压制女子，引诱女子，便是女子精神上的手镣脚铐。择几桩大的说：

第一，未讲之先，提出一个标准来：——标准就是“为什么？”——“女子不为后嗣”：中国古时候，最重的是“有后”——女子不算——家中有财产，女儿不能承受；没有儿子的，一定去在弟兄的儿子中间找一个来承继受领。女子的不能为后嗣，大半为着经济缘故；所以应当从经济方面提倡独立。有一个人临死，分财产做三股，两个女儿得两股，一个侄子得一股，但是他的本家，还要打官司。这个观念如若不打破，对于经济，对于道德，都有极大的关系。还有“娶妾”：一个人年长了，没有儿子，大家便劝他娶妾，——就是他的夫人，也要劝他，不如此，人家便要说她不贤慧——请问这一种恶劣的行为，是从什么地方产生的？再进一步说，既然同认女子是个人，又何以不能承受财产，不能为后？——这是应当打破的邪说之一！

第二，“女子贞操问题”：何谓贞操？——贞操是因男女间感情浓厚，不愿意再及于第三者身上。依新道德讲，男女都应当守贞操；历史上沿习却不然，男子可以嫖，可以纳妾；女子既不可以和人家通奸，反要受种种的限制，大概拿牌坊引诱，使女子守一个无爱情没有见过面的人，一部分女子，因而被他们引诱了。如此的社会，实在是杀人不抵命的东西！贞操实是双方男女共有的，我从前说：“男子嫖婊子，与女子和人通奸，是有同等的罪！”所以：“男子叫女子守节，女子也可以叫男子守节！男子如果可以讨姨太太，女子也就可以娶姨老爷！”谢太傅——谢安——晚年想纳妾，但他却怕老婆；他的朋友劝他，说公例可以纳妾；他的夫人在里面应道：“婆例不可！”——历来都用惯了“公例”，未常实行“婆例”。这种虚伪的贞操，委实可以打破。再简单说：“贞操是根据爱情的，是双方的！男子可以不守节，女子也可以不守节！”

第三，“女子责在阃内说”：女子的职务，在家庭以内，这种学说也是捆女子的一根铁索，如果不打断，就难说到解放。有许多女子，足能够做学问，可以学美术，文学……，可以当教员……；有许多男子，只配抱孩子煮饭的。有许多事，男子不能做而女子能做。如果不打破这种学说，只是养成良妻贤母，实在不行。我们要使女子发展天才，决不能叫她永远须在家里头。女子会抱孩子煮饭，也只是女子中的一部分，女子决不全是会抱孩子煮饭的；有天才的女子，却往往因为这个缘故，不得尽量的发展，就说女子不能做他种事业，但她们做教师便比男子好得多了。总结一句：我们不应当拿家里洗衣，煮饭，抱孩子许多事体来难女子。我们吃饭，可以吃一品香海洞春厨子做的，衣服可以拿到洗衣厂里去洗！

第四，“防闲的道德论”：由古代相传，男子对女子总有怀疑的态度，总有防闲的道德。现在人对女子，依旧有这一种态度。我所说安庆讲演会里职员，有许多女子加入，便引起了社会上的非难。我将告诉他们：“防闲决不是道德！”如把鸟雀关在笼中，一放他便飞了；不然，一年两年的工夫，也就闷死了。当我在西洋的时候，见中国许多留学生，常常闹笑话，在交际场中，遇见了女子和他接洽，他便以为有意。由此，我连带想起一件故事。某人的笔记上说：“有一个老和尚，养了一个小孩子，作为小和尚；老和尚对他防闲得利害，使他不知世故。某年，老和尚带这小和尚下山，小和尚一件东西也不认识，逢到东西，老和尚不等他问，便一一的告诉他，恰巧有个女子经过，老和尚恐怕他沾染红尘，便不和他说。小和尚就问，老和尚便扯道，这是吃人的老鬼。等到回山的时候，老和尚便问他下山一日，有所爱否？小和尚说，所爱的只是吃人的老鬼！”“防闲的道德，就是最不道德！”我国学生，何以多说是不道德？实是因为防闲太利害了，一遇到恶人，便要堕落！我希望以后要打破防闲的道德论！平心而论，完全自由，也有流弊，不过总不可因噎废食的。不要以一二人的堕落而及于全部。而且自由的流弊，决不是防闲所可免，若求自由无流弊，必定要再加些自由于上面；自由又自由，丝毫流弊都没有了！因为怕流弊而禁止自由，流弊必定更多，且更不自由了！社会上应存“容人的态度”，须知社会上决没有无流弊的。张小姐闹事，只是张小姐；李小姐闹事，只是李小姐；决不能因为一两人而及于全体的！愿再加解放许多自由，叫他们晓得所以，自然没有流弊了！

（二）女子改造　改造方面，比较简单些。解放是对外的要求；改造却是对内的要求，但也不完全靠自己的!

先说内部。女子本身的改造，无论女子本身或提倡女子问题的，都要认明目标：第一，“自立的能力”：女子问题第一个要点，就在这问题，女子嫁人，总要攀高些，却不问自立；我觉女子要做人，须注意“自立”，假如女子不能自立，决不能够解放去奋斗的。第二，“独立的精神”：这个名词，是老生常谈，不过我说的是精神上，不怕社会压制；社会反对，也是要干的！像现在这种时代是很不容易谈解放的。不顾社会非难，可以独行其是。第三，“先驱者的责任”：做先锋的责任，在谈女子问题中是很重要的。我们一举一动，在社会上极受影响。先驱者的责任，只要知道公德，不要过问私德；一人如此，可以波及全体的。不要使我个人行为，在女子运动上加了一个污点！我最不相信道德，但为了这个起见，也不得不相信了！我常常说：“当学生的，如其提倡废考，不如提倡严格考试；社交解放的先驱者，如提倡自由恋爱，不如提倡独身主义！”这是诸位要注意的!

敬告中国的女子

一

我们中国的人，从前都把那些女人当做男子的玩物一般，只要他容貌标致，装饰奇异，就是好女子。全不晓得叫那些女子读些有用的书，求些有用的学问。那些女子既不读书，自然不懂什么道理，既没有学问，自然凡事都靠了男人，自己一点也不能自立。因为这个缘故，所以我们中国虽有了四万万人，内中那没用的女人到居了二万万，那些男人赚来的钱，把去养这些女人，都还不够。我们中国如何不穷到这么地步呢？那些女人，既然没有本事，若是他们还读了些书，能够在家中教训儿女，到［倒］也罢了。不料他们听了一句什么“女子无才便是德”的放屁话，什么书也不去读。咳！我们中国的女人，真真是一种的废物了。

我有一句话，要向我们中国的女子说：“你们要做一个好好的人呢？还是要做一种没用的废物呢？”我晓得你们一定回答我说：“我们又不是发痴，为什么自己要做废物呢？”哈哈！你们要不做废物，却不是嘴边说说就可以做得到的，我如今且说几宗要紧的方法，请你［们］大家听听。

第一样不要缠足。我们中国女子缠足的风气，从来已经长久了。

小女子小的时候，便把她双脚缠得紧紧的，后来越缠越小，便成了那三寸金莲尖如菱角的一双小脚。那小时缠足的苦处，我做白话的，说也说不完，好在你们都是受过这种苦处的过来人，也不用我仔细说了。至于你们肯受这种缠足的苦处，倒也有几种说法，有些人说脚缠小了，走起路来，那一种娇娆的模样，甚是好看，所以要缠足的。咳！这些话真是大错，一个好好的人，大模大样的自由行走，何尝不好，为什么反要说那站也站不稳的假样子是好看呢？并且这缠脚的风俗，起于五代的时候，五代以前，唐朝汉朝周朝的女子，都不缠脚，难道这许多朝代，都没有美女么？如今大家都说西施是最标致的美女，那西施是周朝的人，她何尝缠足呢？可见得标致不标致和那缠足不缠足是不相干涉了。又有些人说，脚缠小了，行走不便，可以不会做那些丑事，所以要缠足的。哈哈！这些话更是不通，那些女子若是个个都懂了道理，自然不肯去做那不好的事，譬如古时那曹大家（汉朝的人）、木兰（南北朝的人）、缇萦（汉朝的人），那些贤德女子，那里是缠足［的］呢？再如那当婊子的，她们真是缠足的了，为什么还要做那些无耻的事呢？可见得那缠足不缠足，和那贤德不贤德更是不相干涉了。照这样看来，那缠足的风俗是没有一点好处，大约你们也都晓得了。

如今且让我说几宗缠足的害处，给你们听听：

三寸金莲自古无，观音大士赤双趺。
不知裹足从何起，起自人间贱丈夫。

二

缠足的害处，也说不尽那么多，现在且说几宗最大的。

第一害身体。一个人对于爷娘生出来的好身体，正该去留心保护他，切莫使他有一点的坏处，这才是正大的道理。为什么反要去把一双好好的脚，包裹得紧紧的，使他坐立不稳血脉不行呢？列位要晓得一个人全靠那周身的血脉流通，方才能够使得身体强壮，那血脉若不行，自然身体一日弱似一日，那气力也便一些都没有了。

若是那些身体强壮的，也还可以勉强支持，倘是那些身体素来不大强壮的女子，受了这种苦处，那身体便格外羸弱，到后来生男育女的时候，因为她的身体不好，那乳水便一定不多的。原来人家小孩子的身体气魄，都和他们爷娘的身体气魄很有关系，这些身体软弱的爷娘，怎么还能够养出身体强壮的儿女呢？所以中国人的身体，总和病人一般的，奄奄无生气，难怪外国人都叫我们是病夫国呵！

可见得缠脚这一件事，是不但有害于自己的身体，而且有害于将来的子孙。咳！可怕呀！

第二做事不便。男子也是一个人，女子也是一个人，然而人家生了男子，便欢天喜地的快活，若是生了女孩，便骂他是赔钱货。

咳！你们请想一想，这是为了什么缘故呢？岂不是因为男人将来会做些事业，所以喜欢他吗？岂不是因为女人不会做事，所以讨厌她吗？列位，请再想一想，男人为什么能够做事？女人为什么不能做呢？列位呵！这个缘故，虽然不止一端，但是照我看起来，缠脚这一件事，恐怕要算是最大的缘故了。做女人的，从五六岁的时候，就被那些没有人心的爷娘，把她的脚紧紧的包起来了，当那个时候，她们受那种苦处也还受不完，那里还有工夫来学做什么事呢？所以女子在这时候，只晓得缠小脚，并不晓得学别事，小的时候不肯学，到了老大的时候，就是要学也来不及了，何况她们从小因为小脚行走不便懒惰惯了的哩。因为这个缘故，所以中国的女子，几乎没有一个会做事的。咳！外国的女子，也有会做书的，也有会做教席的，都是能够自己过活。即如我们中国古时有个女子叫做木兰，她竟能自己代她的父亲出去打仗，立了大功。又有一个女子，叫做梁夫人，她竟能帮助她的男人，打败了金兀术。那些人和现在中国的女子，同是一样的，为什么那些人就那样有用，现在的女子为什么这样没用呢？这就是因为外国人和古时的人都不缠足，所以能够做这些事业，现在中国的女子都缠了足，所以便不能够去做事。咳！你们对于我们中国的古人和外国的女子，心里也觉得惭愧么？大凡女子缠了脚，不要说这些出兵打仗、做书、做报的大事情不能去做，就是那些烧茶、煮饭的、缝缝洗洗的小事情也未必人人能做的，咳！这岂不是真正的一种废物么。

缠小了脚，不会做事，你们大约都知道的了。不料这缠足还有一层大害处，因为女子缠了足行走不便，若在平时，也还可以勉强过日子，若是遇了什么祸事，那就是更苦了。譬如人家遇了火灾，或是遇了兵乱，那些缠脚女子，一定吃大亏的。就如上月香港有一只轮船叫做“汉口”，这船忽然起了大火，全船都烧去了，那些搭客，也烧死许多。其中惟有我们中国的缠脚女子，烧死的更多，几乎没有多个逃出来的，这就是缠脚的榜样了。又如数十年前，“长毛”起兵，那些逃难的女人，总多是因为缠了脚行走不便，被“长毛”杀了的，于今你们虽不知道，请你们去问问那些老辈，就晓得了。还有明朝末年的时候，有个张献忠，他在四川一带作乱，捉了几十名小脚女子，拿［把］她们的小脚都砍下来，堆成一座小小的小脚山。他有一个妾的脚，缠得顶小，张献忠就把它砍了下来，做了那小脚山的山顶，把火去烧，叫做点天烛。这都是缠足的“好”结果呵。

以上所说缠足的害处，虽然不十分完全，但是那“缠足是大有害处的”这一句话，大约列位是已经相信的了。如今我且再总结一句，敬告我们中国的女子，道：“你们若不情愿做废物，一定不可缠足，若缠了足，便是废物中的废物了。”所以这“不要缠脚”一件事，便是“不做废物”的第一层方法了。

三

第二样要读书。列位呀！我们中国不是有一句“女子无才便是德”的古语吗？这句话可不是说女子是不应该有才干的么？为什么我现在倒要女子读书呢？原来那“无才便是德”这句话，是很没有道理的。一个人一定要有才方能做事，无才便是一个废物了。就如汉朝有一位班昭，是最有名的才女，他的哥哥班固，做了一部《汉书》，没有做好就死了，后来班昭竟接续下去做成了这书，又做了一部《女诫》；又有一个女子，叫做缇萦，他的父亲犯了罪，亏得缇萦上了一本奏章救了他；唐朝陈邈的妻子郑氏，着一部《女孝经》；晋朝有一个谢道韫，会做诗赋又会辩驳；这都是有才的女子，难道他们有才便无德么？不过因为后来的女子，把这“才”字看得小了，他们以为会做几句诗，会看几部淫词小说就可以算得才女了，不知道这些事不但算不得什么“才”，而且有许多害处（即如看淫词小说便有大害），所以人家要说“女子无才便是德”的话。如今我所说的“才”字，却不是这么说法，请列位听我一一道来。

第一，大凡一个人年小的时候，知识没有充足，心思也没有一定，都是跟好学好跟坏便学坏的，所以小的时候，一定要受过顶好的教育，方才可以做一个完完全全的好人。若是从小受了那些野蛮的教育，到了长大的日子，便自己要学好也来不及了。俗话说得好“三岁定八十”。那真是不错的呀！外国的小儿，没有进学堂的时候，在家都要受他们父母的教训，这就叫做“家庭教育”。但是做父亲的，总不时时在家，所以这事便是做娘的责任了。我们中国人小的时候，做娘的多不能教训儿子，虽然也有些会教儿子的，但是他们没有读书，自然没有见识，所说的不过是那些“做官”、“中状元”、“赚钱”的话头，那能够教育什么人才呢？少时既不能教，大的时候还想做一个好人么？这都是因为女子不读书的缘故，所以女子一定要读书才能够懂得些正大道理，晓得些普通学问，道理和学问都懂得了，自然能够教出好儿女来。人家都想有好儿女，却不晓得教女子读书，好像农夫不去种田，倒想去收好谷，那能够想得到手呢？

列位呀！女子读书，可不是很要紧的吗？

第二，大凡天下女子的心思比男子更细密，又没有那些应酬的劳苦，倘使他们肯用心去求学问，所成就的学问，一定比男子高些。

有可以求学问的资格，却自己糟蹋了，就使我们中国人愚到这般地步，岂不可惜吗？

第三，以上所说，多是读书的大用处，如今且说那些小事。就如乡村人家，买两担柴，记几笔账，看几封信，若是男子不在家，妇人不读书，那就不得不去求别人了，岂不是不便吗？这些小事也不会做，那还可以算得一个有用的人吗？真个是我所说的“废物”罢了。咳！读书可不要紧吗？

以上所说，我那“不要缠足”、“要读书”两件事也说完了，我的笔也枯了，手也疼了，也想赶快把我这篇白话做完结了，所以我如今且总结几句话告诉列位道：汉朝有个蔡邕做了一部《女训》。

他说：“人的心思，和人的面孔一样，面孔不修饰，就龌龊了，心思不修饰，也就变坏了，人家女子都晓得把面孔装饰得好看，却不晓得修饰他的心思。咳！真是愚得很呀！”

列位呀！这《女训》上所说的话，实在不错，现在的女子，只晓得梳头、缠足、搽胭抹粉，妆扮得好看，却不肯把这对镜梳头，忍痛裹足的工夫，用在读书里面，请你想想看不读书怎么能修饰心思呢？这都因为他们不晓得“修饰面孔”和“修饰心思”两件事谁轻谁重的缘故。我如今且说一件故事，就如《三国志》里面的诸葛亮，大约列位都晓得他是极有本事的了，然而他的妻子黄氏，面孔却奇丑无比，像一个夜叉一般，但是她的学问却很好，诸葛亮的本事，大半都是靠她的帮助的，后来诸葛亮出兵在外，她能教训他的儿子诸葛瞻也成了一个忠臣，可见得面貌好丑，是最不要紧的，只是学问却是不可少的。今日我们中国的女子，为什么情愿费了许多工夫，丢了最要紧的学问不去做，却要去做这些梳头、缠足、穿耳、搽粉的事呢？可不是那《女训》上说的愚人么？可不是我从前所说的废物么？所以我说中国的女子，若不情愿做废物，第一样便不要缠脚，第二样便要读书。若能照这两件事行去，我做报的人，便拍手大叫着:“中国女界万岁！中国万岁！！中国未来的国民万岁！！！”再不絮絮烦烦的来说这些白话了。哈哈！

……

贞操问题

一

周作人先生所译的日本人谢野晶子的《贞操论》(《新青年》四卷五号)，我读了很有感触。这个问题，在世界上受了几千年的无意识的迷信，到近几十年中，方才有些西洋学者正式讨论这问题的真意义。文学家如易卜生的《群鬼》和 Thomas Hardy 的《苔史》(Tess)，都带着讨论这个问题。如今家庭专制最利害的日本居然也有这样大胆的议论！这是东方文明史上一件极可贺的事。

当周先生翻译这篇文字的时候，北京一家很有价值的报纸登出一篇恰相反的文章。这篇文章是海宁朱尔迈的《会葬唐烈妇记》。(七月二十三四北京《中华新报》)上半篇写唐烈妇之死如下：

> 唐烈妇之死，所阅灰水，钱卤，投河，雉经者五，前后绝食者三；又益之以砒霜，则其亲试于杀人之方者凡九。自除夕上溯其夫亡之夕，凡九十有八日。夫以九死之惨毒，又历九十八日之长，非所称百挫于折有进而无退者乎？……

下文又借出一件“俞氏女守节”的事来替唐烈妇作陪衬：

女年十九，受海盐张氏聘，未于归，夫夭，女即绝食七日；家人劝之力，始进糜曰，“吾即生，必至张氏，宁服丧三年，然后归报地下。”

最妙的是朱尔迈的论断：

嗟乎，俞氏女盖闻烈妇之风而兴起者乎？……俞氏女果能死于绝食七日之内岂不甚幸？乃为家人阻之，俞氏女亦以三年为己任，余正恐三年之间，凡一千八十日有奇，非如烈妇之九十八日也。且绝食之后，其家人防之者百端，……虽有死之志，而无死之间，可奈何？烈妇倘能阴相之以成其节，风化所关，猗欤甚矣！

这种议论简直是全无心肝的贞操论。俞氏女还不曾出嫁，不过因为信了那种荒谬的贞操迷信，想做那“青史上留名的事”，所以绝食寻死，想做烈女。这位朱先生要维持风化，所以忍心害理的巴望那位烈妇的英灵来帮助俞氏女赶快死了，“岂不甚幸”！这种议论可算得贞操迷信的极端代表。《儒林外史》里面的王玉辉看他女儿殉夫死了，不但不哀痛，反仰天大笑道：“死得好！死得好！”（**五十二回**）王玉辉的女儿殉已嫁之夫，尚在情理之中。王玉辉自己“生这女儿为伦纪生色”，他看他女儿死了反觉高兴，已不在情理之中了。至于这位朱先生巴望别人家的女儿替他未婚夫做烈女，说出那种“猗欤盛哉”的全无心肝的话，可不是贞操迷信的极端代表吗？

贞操问题之中，第一无道理的，便是这个替未婚夫守节和殉烈的风俗。在文明国里，男女用自由意志，由高尚的恋爱，订了婚约，有时男的或女的不幸死了，剩下的那一个因为生时爱情太深，故情愿不再婚嫁。这是合情理的事。

若在婚姻不自由之国，男女订婚以后，女的还不知男的面长面短，有何情爱可言？不料竟有一种陋儒，用“青史上留名的事”来鼓励无知女儿做烈女，“为伦纪生色”，“风化所关，猗欤盛矣！”我以为我们今日若要作具体的贞操论，第一步就该反对这种忍心害理的烈女论，要渐渐养成一种舆论，不但永不把这种行为看作“猗欤盛矣”可旌表褒扬的事，还要公认这是不合人情，不合天理的罪恶；还要公认劝人做烈女，罪等于故意杀人。

这不过是贞操问题的一方面。这个问题的真相，已经与谢野晶子说得很明白了。她提出几个疑问，内中有一条是:“贞操是否单是女子必要的道德，还是男女都必要的呢？”这个疑问，在中国更为重要。中国的男子要他们的妻子替他们守贞守节，他们自己却公然嫖妓，公然纳妾，公然“吊膀子”。再嫁的妇人在社会上几乎没有社交的资格；再婚的男子，多妻的男子，却一毫不损失他们的身分。这不是最不平等的事吗？怪不得古人要请“周婆制礼”来补救“周公制礼”的不平等了。

我不是说，因为男子嫖妓，女子便该偷汉；也不是说，因为老爷有姨太太，太太便该有姨老爷。我说的是，男子嫖妓，与妇人偷汉，犯的是同等的罪恶；老爷纳妾，与太太偷人，犯的也是同等的罪恶。

为什么呢？因为贞操不是个人的事，乃是人对人的事；不是一方面的事，乃是双方面的事。女子尊重男子的爱情，心思专一，不肯再爱别人，这就是贞操。贞操是一个“人”对别一个“人”的一种态度。因为如此，男子对于女子，也该有同等的态度。若男子不能照样还敬，他就是不配受这种贞操的待遇。这并不是外国进口的妖言，这乃是孔丘说的“已所不欲，勿施于人。”孔丘说：

君子之道四，丘未能一焉：所求乎子以事父，未能也；所求乎臣以事君，未能也；所求乎弟以事兄，未能也；所求乎朋友，先施之，未能也。

孔丘五伦之中，只说了四伦，未免有点欠缺。他理该加上一句道：

所求乎吾妇，先施之，未能也。

这才是大公无私的圣人之道！

二

我这篇文字刚才做完，又在上海报上看见陈烈女殉夫的事。今先记此事大略如下：

陈烈女名宛珍，绍兴县人，三世居上海。年十七，字王远甫之子菁士。菁士于本年三月廿三日病死，年十八岁。陈女闻死耗，即沐浴更衣，潜自仰药。其家人觉察，仓皇施救，已无及。女乃泫然曰："儿志早决，生虽未获见夫，殁或相从地下……"言讫，遂死，死时距其未婚夫之死仅三时而已。（**此据上海绍兴同乡会所出征文启**）

过了两天，又见上海县知事呈江苏省长请予褒扬的呈文，中说：

> 呈为陈烈女行实可风，造册具书证明，请予按例褒扬事。……（事实略）……兹据呈称，……并开具事实，附送褒扬费银六元前来。……知事复查无异。除先给予"贞烈可风"匾额，以资旌表外，谨援《褒扬条例》……之规定，造具清册，并附证明书，连同褒扬费，一并备文呈送，仰祈鉴核，俯赐咨行内务部将陈烈女按例褒扬，实为德便。

我读了这篇呈文，方才知道我们中华民国居然还有什么《褒扬条例》。于是我把那些条例寻来一看，只见第一条九种可褒扬的行谊的第二款便是"妇女节烈贞操可以风世者"；第七款是"著述书籍，制造器用，于学术技艺或发明或改良之功者"；第九款是"年逾百岁者"！一个人偶然活到了一百岁，居然也可以与学术技艺上的著作发明享受同等的褒扬！这已是不伦不类可笑得很了。再看那条例《施行细则》解释第一条第二款的“妇女节烈贞操可以风世者”如下：

第二条:《褒扬条例》第一条第二款所称之“节”妇，其守节年限自三十岁以前守节至五十岁以后者。但年未五十而身故，其守节已及六年者同。

第三条：同条款所称之“烈”妇“烈”女，凡遇强暴不从致死，或羞忿自尽，及夫亡殉节者，属之。

第四条：同条款所称之“贞”女，守贞年限与节妇同。其在夫家守贞身故，及未符年例而身故者，亦属之。

以上各条乃是中国贞操问题的中心点。第二条褒扬“自三十岁以前守节至五十岁以后”的节妇，是中国法律明明认三十岁以下的寡妇不该再嫁；再嫁为不道德。第三条褒扬“夫亡殉节”的烈妇烈女，是中国法律明明鼓励妇人自杀以殉夫；明明鼓励未嫁女子自杀以殉未嫁之夫。第四条褒扬未嫁女子替未婚亡夫守贞二十年以上，是中国法律明明说未嫁而丧夫的女子不该再嫁人，再嫁便是不道德。

这是中国法律对于贞操问题的规定。

依我个人的意思看来，这三种规定都没有成立的理由。

第一，寡妇再嫁问题。这全是一个个人问题。妇人若是对她已死的丈夫真有割不断的情义，她自己不忍再嫁；或是已有了孩子，不肯再嫁；或是年纪已大，不能再嫁；或是家道殷实，不愁衣食，不必再嫁；——妇人处于这种境地，自然守节不嫁。还有一些妇人，对她丈夫，或有怨心，或无恩意，年纪又轻，不肯抛弃人生正当的家庭快乐；或是没有儿女，家又贫苦，不能度日；——妇人处于这种境遇没有守节的理由，为个人计，为社会计，为人道计，都该劝她改嫁。贞操乃是夫妇相待的一种态度。夫妇之间爱情深了，恩谊厚了，无论谁生谁死，无论生时死后，都不忍把这爱情移于别人，这便是贞操。夫妻之间若没有爱情恩意，即没有贞操可说。

若不问夫妇之间有无可以永久不变的爱情，若不问做丈夫的配不配受他妻子的操贞，只晓得主张做妻子的总该替她丈夫守节；这是一偏的贞操论，这是不合人情公理的伦理。再者，贞操的道德，“照各人境遇体质的不同，有时能守，有时“忠臣不事二君，烈女不更二夫”；只晓得说“饿死事极小，失节事极大”；（用程子语）这是忍心害理，男子专制的贞操论。——以上所说，大旨只要指出寡妇应否再嫁全是个人问题，有个人恩情上，体质上，家计上种种不同的理由，不可偏于一方面主张不近情理的守节。因为如此，故我极端反对国家用法律的规定来褒扬守节不嫁的寡妇。褒扬守节的寡妇，即是说寡妇再嫁为不道德，即是主张一偏的贞操论。法律既不能断定寡妇再嫁为不道德，即不该褒扬不嫁的寡妇。

第二，烈妇殉夫问题。寡妇守节最正当的理由是夫妇间的爱情。妇人殉夫最正当的理由也是夫妇间的爱情。爱情深了，生离尚且不能堪，何况死别？再加以宗教的迷信，以为死后可以夫妇团圆。因此有许多妇人，夫死之后，情愿杀身从夫于地下。这个不属于贞操问题。但我以为无论如何，这也是个人恩爱问题，应由个人自由意志去决定。无论如何，法律总不该正式褒扬妇人自杀殉夫的举动。一来呢，殉夫既由于个人的恩爱，何须用法律来褒扬鼓励？二来呢，殉夫若由于死后团圆的迷信，更不该有法律的褒扬了。三来呢，若用法律来褒扬殉夫的烈妇，有一些好名的妇人，便要借此博一个“青史留名”；是法律的褒扬反发生一种沽名钓誉，作伪不诚的行为了！

第三，贞女烈女问题。未嫁而夫死的女子，守贞不嫁的，是“贞女”；杀身殉夫的是“烈女”。我上文说过，夫妇之间若没有恩爱，即没有贞操可说。依此看来，那未嫁的女子，对于她丈夫有何恩爱？既无恩爱，更有何贞操可守？我说到这里，有个朋友驳我道，“这话别人说了还可，胡适之可不该说这话。为什么呢？你自己曾做过一首诗，诗里有一段道：

我不认得他，他不认得我，我却常念他，这是为什么？

岂不因我们，分定常相亲？由分生情意，所以非路人。
海外土生子，生不识故里，终有故乡情，其理亦如此。

依你这诗的理论看来，岂不是已订婚而未嫁娶的男女因为名分已定，也会有一种情意。既有了情意，自然发生贞操问题。你如今又说未婚嫁的男女没有恩爱，故也没有贞操可说，可不是自相矛盾吗？”

我听了这段驳论，几乎开口不得。想了一想，我才回答道：我那首诗所说名分上发生的情意，自然是有的；若没有那种名分上的情意，中国的旧式婚姻决不能存在。如旧日女子听人说他未婚夫的事，即面红害羞，即留神注意，可见她对她未婚夫实有这种名分上所发生的情谊。但这种情谊完全属于理想的。这种理想的情谊往往因实际上的反证，遂完全消灭。如女子悬想一个可爱的丈夫，及到嫁时，只见一个极下流不堪的男子，她如何能坚持那从前理想中的情谊呢？我承认名分可以发生一种情谊，我并且希望一切名分都能发生相当的情谊。但这种理想的情谊，依我看来实在不够发生终身不嫁的贞操，更不够发生杀身殉夫的节烈。即使我更让一步，承认中国有些女子，例如吴趼人《恨海》里那个浪子的聘妻，深中了圣贤经传的毒，由名分上真能生出极浓挚的情谊，无论她未婚夫如何淫荡，人格如何堕落，依旧贞一不变。试问我们在这个文明时代，是否应该赞成提倡这种盲从的贞操？这种盲从的贞操，只值得一句“其愚不可及也”的评论，却不值得法律的褒扬。法律既许未嫁的女子夫死再嫁，便不该褒扬处女守贞。至于法律褒扬无辜女子自杀以殉不曾见面的丈夫，那更是男子专制时代的风俗，不该存在于现今的世界。

总而言之，我对于中国人的贞操问题，有三层意见。

第一，这个问题，从前的人都看作“天经地义”，一味盲从，全不研究“贞操”两字究竟有何意义。我们生在今日，无论提倡何种道德，总该想想那种道德的真意义是什么。墨子说得好：

子墨子问于儒者曰，“何故为乐？”曰：“乐以为乐也。”子墨子曰：“子未我应也。今我问曰：‘何故为室？’曰：‘冬避寒焉，夏避暑焉，室以为男女之别也’，则子告我为室之故矣。今我问曰：‘何故为乐？’曰：‘乐以为乐也。’是犹曰，‘何故为室？’曰：‘室以为室也。’”（公孟篇）

今试问人“贞操是什么？”或“为什么你褒扬贞操？”他一定回答道，“贞操就是贞操。我因为这是贞操，故褒扬他。”这种“室以为室也”的论理，便是今日道德思想宣告破产的证据。故我做这篇文字的第一个主意只是要大家知道“贞操”这个问题并不是“天经地义”，是可以彻底研究，可以反复讨论的。

第二，我以为贞操是男女相待的一种态度，乃是双方交互的道德，不是偏于女子一方面的。由这个前提，便生出几条引申的意见：（一）男子对于女子，丈夫对于妻子，也应有贞操的态度；（二）男子做不贞操的行为，如嫖妓娶妾之类，社会上应该用对待不贞妇女的态度来对待他；（三）妇女对于无贞操的丈夫，没有守贞操的责任；（四）社会法律既不认嫖妓纳妾为不道德，便不该褒扬女子的“节烈贞操”。

第三，我绝对的反对褒扬贞操的法律。我的理由是：

（一）贞操既是个人男女双方对待的一种态度，诚意的贞操是完全自动的道德，不容有外部的干涉，不须有法律的提倡。

（二）若用法律的褒扬为提倡贞操的方法，势必至造成许多沽名钓誉，不诚不实，无意识的贞操举动。

（三）在现代社会，许多贞操问题，如寡妇再嫁，处女守贞，等等问题的是非得失，却都还有讨论余地，法律不当以武断的态度制定褒贬的规条。

（四）法律既不奖励男子的贞操，又不惩男子的不贞操，便不该单独提倡女子的贞操。

（五）以近世人道主义的眼光看来，褒扬烈妇烈女杀身殉夫，都是野蛮残忍的法律，这种法律，在今日没有存在的地位。

说婚姻

婚姻为人生极大问题，万不可忽略，但是据在下看来，我们中国人，未免把这婚姻一事看得太轻了。列位要晓得，这便是国危种弱的根苗，这便是强种救国的关键，在下万不敢不来直切痛快的说一番，使我们中国人大家留心留心！

现在的新学家，都说中国的婚姻是极专制的，是极不自由的。

中国的婚姻所以不进步，也只为父母太专制的缘故。一个人如此说，二个人也如此说，便把现在所有的青年子弟，都哄得什么似的，都说这中国婚姻，是极专制的，是极要改做自由结婚的。唉！列位，这句话是大错的，是大错的。如今且请列位听我一一道来。

在下今天是要说，我们中国的婚姻，是极不专制的，是极随便的，因为太不专制了，太放任了，所以才有这种极恶的结果。列位要不肯相信在下的话，且让在下说几件最普通的证据［给］大家听听。

（一）你看人家有了儿子，到了十几岁，便说是时候到了，要娶亲了。那时候，将来儿子学好不学好，养得活老婆养不活老婆，做父母的都不留一些儿心，一心只想人家叫他一声公公婆婆，便是了。

那儿子娶亲以后和睦不和睦，相安不相安都不管了。列位，这不是随便么?

（二）人家有了儿女，到了年纪，便有那些做媒的媒婆，到女家来开了年庚八字，送到男家去。他到女家便说那男家如何有钱，女婿如何聪明，说得天花乱坠。他到了男家便说女儿如何美貌，女家嫁妆如何丰厚，也说一个锦上添花。列位，你想古人把媒婆算作三姑六婆之一，可见那做媒婆的人，断没有一个好的。俗语说得好:“媒婆一张嘴，活的说得死”，你想这样的人的说话是可以信得的么？这种人那婚姻大事，岂可付托于他，岂可靠得住？然而我们中国那些为人父为人母的人，看那媒婆说一句，他便听一句，也不管这媒婆是人是鬼，可信不可信，你想做父母的人，如何可以把儿女的终身大事，付托这种小人。唉！这是专制呢？还是随便呢?

在我们安徽，这一种媒婆竟是把做媒当做一种专门行业做的，这一种人定是孤独或是贫苦无家可归，无饭可吃，全靠这一张嘴骗几餐酒肉，赚几个口孽钱来度日，所以这做媒一事，几几乎全是那一种下流泼妇的饭碗了。你想人家儿女的百年大事，却拿去给这种小人泼妇当一件买卖做。唉！这又是谁的罪过呵!

（三）做父母的，把儿女的终身大事，付托媒婆已经是随便极了，不料那做父母的，还要把儿女婚姻的责任付与一种瞎了眼睛五官不全的算命先生，开了八字年庚请他推算，合也不合？相克么？相冲么？于是那儿女的终身大事，遂决于这瞎子片言之下。列位，一个人究竟有八字无八字，那八字究竟有准无准，这个话说起来，很费时候，如今且告诉列位一句书是:“托于鬼神时日卜筮以乱众者诛”，这句书出在《礼记》上，意思是说如有人敢借这求神、问鬼、择日、算命、卜卦等等名目来惑乱人心，这人便该受杀头之罪，这真是圣王之道。现在那些算命的不是托于时日卜筮以乱众的么？只可惜几千年来只出了几百个脓包皇帝混账官员，那里懂得这种道理，纵容得这一班五官不全的瞎子无法无天的作起威福来了，甚至于到了如今竟然把那全国青年男女的婚姻大事，都敢操之一手了。你想放着好好的人不去请教，到要去间那种残疾的杀坯，这一种做父母的，还是专制呢？还是随便呢？唉！

这算命的道理，将来兄弟还要痛论一番，列位请少待。

（四）做父母的，随便到这步地位，也可以算得极顶了。不料那做父母的，还要把这主婚的权利，送给那些木雕泥塑的菩萨，把那男女二人的年庚八字，送到那菩萨面前，点了香烛，磕了头，求两根签诗，掷一下筈，那签诗的吉凶，筈的阴阳，便是那男女婚姻的结果了。唉！在下先前不是说过的么，“男女婚姻乃是人生的一件大事，断不可忽略的”，怎么那做人父母的，自己分明是个人，为什么倒要去问那冥顽不灵的烂泥菩萨呢？那世界上究竟有菩萨呢？没有菩萨呢？在下现在也没有许多时候来说明这条个问题，如今也说一句话：“我现在是极不信菩萨的，是要骂菩萨的要打菩萨的，菩萨如果有灵何不马上显些感应，把我的手风了做不得报，使我死心塌地一心信佛，那便是真正有菩萨了。”列位且待至本报第二十五期，要是兄弟还做得报，写得字，那时候奉劝列位，也不要信菩萨了罢！

闲话少说，言归正传，如今且问列位，我们中国的婚姻，是木雕泥塑的死菩萨主持的，这是专制呢？还是随便呢？

照兄弟的意思看来，中国的婚姻，是极随便极放任的了。为什么呢？你看兄弟上面所述的几条，那一条，父母担一毫责任？你看中国男女的终身，一误于父母之初心，二误于媒妁，三误于算命先生，四误于土偶木头，随随便便，便把中国四万万人，合成了许许多多的怨耦，造成了无数不和睦的家族。唉！看官要晓得，夫妇不相爱，家族不和睦，那还养育得好子孙么？我中国几千年来，人种一日贱一日，道德一日堕落一日，体格一日弱似一日，都只为做父母的太不留意于子女的婚姻了，太不专制了。兄弟现在说这话，兄弟也晓得一定要得罪了许多的志士青年，然而兄弟的良心，逼我要说，兄弟也不得不说了。

兄弟所说“中国婚姻不专制”是已说过了，虽不敢说痛快直截，大约列位看官中也有一二位相信的了。但是上面所说的是中国的弊端，有了这个弊，便该想一个法子来救弊才是。那救弊之法是怎样呢？

照我的意思，这救弊之法，须要参酌中外的婚姻制度，执乎其中，才可用得。第一是，要父母主婚；第二是，要子女有权干预。

这二条办法，是因为我们生在中国，才如此做，要就“中国”二字上因时制宜的。列位且听我一一说来。

第一，父母主婚。现在上海有一部书叫做《法意》，是法国一位大儒孟德斯鸿做的。他那书中有一段，说得最好，兄弟把来翻做白话，给大家看看。那书中道：我所以要说婚姻要父母主张者，因为做父母的，慈爱最深，况且多活了几岁年纪，见识思想毕竟比做子女的强些，见得到些，要是专靠子女的心思，那做子女的，年纪既轻，阅历世故自然极浅了。况且少年心思必不周到，一时之间，为情欲所蔽，往往把眼面前的东西，当做极好，再也不会瞻前顾后，他们的选择怎么靠得住呢！这话是一点也不会错的，不用兄弟再说了。但是他那书中还有一句话，说：“做父母的和子女最亲切而且知道子女的性格，别人断比不上。”这句话行到中国，便有些不合用了。古语道得好：“人莫知其子之恶，莫知其苗之硕。”可见得父母爱子过深，反不明白做儿女的性格了。全国的人，内中自然有一二明白的人，但是溺爱不明的人居多，所以那些讲新学的人便说这是一定要男女自由结婚的。兄弟却不如此。因为父母溺爱不明，难道做子女的便都是事理通达的人么？所以兄弟说一定要父母主婚，这是极正当极合时势的办法，兄弟却要恭恭敬敬的告诉我中国千千万万的做父母的，极希望那些做父母的，个个都把儿女的婚姻，看做一家一族的最大问题。不但看做一家一族的最大问题，而且要看做中国的大问题，稍稍留一些儿心，担一些儿担子。反转来说，这虽是全国的问题，然而娶两房好媳妇，嫁两个好女婿，这也是做父母的幸福，难道列位做父母的竟有福不会享么？列位做父母的，再要是一定要糊糊涂涂的过信媒人过信瞎子，过信土偶木人，那便是列位自己不要享福，那便是列位自己愿做中国的大罪人。哈哈！那可怪不得那些青年男女要说家庭革命了。

第二，子女有权干预。做父母的，能照兄弟所说的话做去，那是极好的了，但是内中有些父母的嗜好，和做子女的不同。譬如儿子爱学问爱德行，父母却爱银钱，爱美貌，父母尽父母的心力做去，却不合儿子的性情，可不是反了吗？可不是一样的不和睦么？所以兄弟也想一条先事预防的法子，是要使做儿女［的］有干预之权，做父母的也要和儿女相酌而行，这才是完全的好法子了。

还有一层，近来上海各地，有些男女志士，或是学问相长，或是道德相敬，有父母的，便由父母主婚，无父母的，便由师长或朋友介绍，结为婚姻。行礼的时候，何等郑重，何等威仪，这便是一种文明结婚，也是参合中外的婚礼而成的。但是这是为一班有学问有品行的人说法的，而且只可于风气开通的地方行罢了！要在内地一般未开通的父母子女，那还是用用兄弟前面所说的话好呵！

兄弟的话说也说得笔秃口枯了，列位看官，切不可囫囵吞的读过，不然兄弟这一番苦心就白白地废掉了，岂不可惜！

慈幼的问题

我的一个朋友对我说过一句很深刻的话："你要看一个国家的文明，只消考察三件事：第一，看他们怎样待小孩子；第二，看他们怎样待女人；第三，看他们怎样利用闲暇的时间。"

这三点都很扼要，只可惜我们中国经不起这三层考察。这三点之中，无论那一点都可以宣告我们这个国家是最野蛮的国家。我们怎样待孩子？我们怎样待女人？我们怎样用我们的闲暇工夫？——凡有夸大狂的人，凡是夸大我们的精神文明的人，都不可不想想这三件事。

其余两点，现今且不谈，我们来看看我们怎样待小孩子。

从生产说起。我们到今天还把生小孩看作最污秽的事，把产妇的血污看作最不净的秽物。血污一冲，神仙也会跌下云头！这大概是野蛮时代遗传下来的迷信。但这种迷信至今还使绝大多数的人民避忌产小孩的事，所以"接生"的事至今还在绝无知识的产婆的手里，手术不精，工具不备，消毒的方法全不讲究，救急的医药全不知道。顺利的生产有时还不免危险，稍有危难的症候便是有百死而无一生。生下来了，小孩子的卫生又从来不讲究。小孩总是跟着母亲睡，哭时便用奶头塞住嘴，再哭时便摇他，再哭时便打他。饮食从没有分量，疾病从不知隔离。有病时只会拜神许愿，求仙方，叫魂，压邪。中国小孩的长大全是靠天，只是侥幸长大，全不是人事之功。

小孩出痘出花，都没有科学的防卫。供一个“麻姑娘娘”，供一个“花姑娘娘”，避避风，忌忌口；小孩子苦安全过去了，烧香谢神；小孩若遇了危险，这便是“命中注定”！

普通人家的男孩子固然没有受良好教育的机会，女孩子便更痛苦了。女孩子到了四五岁，母亲便把她的脚裹扎起来，小孩疼的号哭叫喊，母亲也是眼泪直滴。但这是为女儿的终身打算，不可避免的，所以母亲噙着眼泪，忍着心肠，紧紧地扎缚，密密地缝起，总要使骨头扎断。血肉干枯，变成三四寸的小脚，然后父母才算尽了责任，女儿才算有了做女人的资格！

孩子到了六七岁以上，女孩子固然不用进学堂去受教育，男孩子受的教育也只是十分野蛮的教育。女孩在家里裹小脚，男孩在学堂念死书。怎么“念死书”呢？他们的文字都是死人的文字，字字句句都要翻译才能懂，有时候翻译出来还不能懂。例如《三字经》上的“苟不教”，我们小孩子念起来只当是“狗不叫”，先生却说是“倘使不教训”。又如《千字文》上的“天地玄黄，宇宙洪荒”，我从五岁时读起，现在做了十年大学教授，还不懂得这八个字究竟说的是什么话！所以叫做“念死书”。

因为念的是死书，所以要下死劲去念。我们做小孩子时候，天刚亮，便进学堂去“上早学”，空着肚子，鼓起喉咙，念三四个钟头才回去吃早饭。从天亮直到天黑，才得回家。晚上还要“念夜书”。这种生活实在太苦了，所以许多小孩子都要逃学。逃学的学生，提回来之后，要受很严厉的责罚，轻的打手心，重的打屁股。有许多小孩子身体不好的，往往有被学堂磨折死的，也有得神经病终身的。

这是我们怎样待小孩子！

我们深深感谢帝国主义者，把我们从这种黑暗的迷梦里惊醒起来。我们焚香顶礼感谢基督教的传教士带来了一点点西方新文明和新人道主义，叫我们知道我们这样待小孩子是残忍的，惨酷的，不人道的，野蛮的。我们十分感谢这班所谓“文化侵略者”提倡“天足会”“不缠足会”，开设新学堂，开设医院，开设妇婴医院。

我们用现在的眼光来看他们的工作，他们的学堂不算好学堂，他们的医院也不算好医院。但是他们是中国新教育的先锋，他们是中国“慈幼运动”的开拓者，他们当年的缺陷，是我们应该原谅宽恕的。

几十年来，中国小孩子比较的减少了一点痛苦，增加了一点乐趣。但“慈幼”的运动还只在刚开始的时期，前途的工作正多，前途的希望也正大。我们在这个时候，一方面固然要宣传慈幼运动的重要，一方面也应该细细计划慈幼事业的问题和他们的下手方法。中华慈幼协济会的主持人已请了许多专家分任各种问题的专门研究，我今天也想指出慈幼事业的几个根本问题，供留心这事的人的参考。

我以为慈幼事业在今日有这些问题：一、产科医院和“巡行产科护士”（Visitingnurses）的提倡。产科医院的设立应该作为每县每市的建设事业的最紧急部分，这是毫无可疑的。但欧美的经验使我们知道下等社会的妇女对于医院往往不肯信任，她们总不肯相信医院是为她们贫人设的，她们对于产科医院尤其怀疑畏缩。所以有“巡行护士”的法子，每一区区域内有若干护士到人家去访问视察，得到孕妇的好感，解释她们的怀疑，帮助她们解除困难，指点她们讲究卫生。这是慈幼事业的根本要着。

二、儿童卫生固然重要，但儿童卫生只是公共卫生的一个部分。提倡公共卫生即是增进儿童卫生。公共卫生不完备，在蚊子苍蝇成群的空气里，在臭水沟和垃圾堆的环境里，在浓痰满地病菌飞扬的空气里，而空谈慈幼运动，岂不是一个大笑话？

三、女子缠足的风气在内地还不曾完全消灭，这也是慈幼运动应该努力的一个方向。

四、慈幼运动的中心问题是养成有现代知识训练的母亲。母亲不能慈幼，或不知怎样慈幼，则一切慈幼运动都无是处。现在的女子教育似乎很忽略这一方面，故受过中等教育的女子往往不知道怎样养育孩子。上月西湖博览会的卫生馆有一间房子墙上陈列许多产科卫生的图画，和传染病的图画。我看见一些女学生进来参观，她们见了这种图画往往掩面飞跑而过。这是很可惜的。女子教育的目的固然是要养成能独立的“人”，同时也不能不养成做妻做母的知识。从前昏谬的圣贤说，“未有学养子而后嫁者也”。现在我们正要个个女子先学养子，学教子，学怎样保卫儿童的卫生，然后谈恋爱，择伴侣。故慈幼运动应该注重:（甲）女学的扩充，（乙）女子教育的改善。

五、儿童的教育应该根据于儿童生理和心理。这是慈幼运动的一个基本原则。向来的学堂完全违背儿童心理，只教儿童念死书，下死劲。近年的小学全用国语教课，减少课堂工作，增加游戏运动，固然是一大进步。但我知道各地至今还有许多小学校不肯用国语课本，或用国语课本而另加古文课本；甚至于强迫儿童在小学二三年级作文言文，这是明明违背民国十一年以来的新学制，并且根本不合儿童生理和心理。慈幼的意义是改善儿童的待遇，提高儿童的幸福。这种不合儿童生理和心理的学校，便是慈幼运动的大仇敌，因为他们的行为便是虐待儿童，增加学校生活的苦痛。他们所以敢于如此，只因为社会上许多报纸和政府的一切法令公文都还是用死文字做的，一般父兄恐怕儿女不懂古文将来谋生困难，故一些学校便迎合这种父兄心理，加添文言课本，强迫作文言文。故慈幼运动者在这个时候一面应该调查各地小学课程，禁止小学校用文言课本或用文言作文，一面还应该为减少儿童痛苦起见，努力提倡国语运动，请中央及各地方政府把一切法令公文改成国语，使顽固的父兄教员无所藉口。这是慈幼运动在今日最应该做而又最容易做的事业。

论家庭教育

唉，可怜呵！可怜我中国几万万同胞，懵懵懂懂无知无识的生在世界上，给人家瞧不起，给人家当奴才当牛马。这种种的苦趣，种种的耻辱，究竟祸根在哪里？病源在哪里呵？照我看起来，总归是没有家庭教育的结果罢了。

什么叫做家庭教育呢？就是一个人小的时候在家中所受的教训。

列位看官，你们不听见俗语中有一句话么："山树条，从小弯"；（这是我们徽州的俗语）又说道："三岁定八十"，可见一个人小的时候，最是要紧。将来成就大圣大贤大英雄大豪杰，或是成就一个大奸大盗小窃偷儿，都在这"家庭教育"四个字上分别出来。儿子孙子将来或是荣宗耀祖，或是玷辱祖宗，也都在这"家庭教育"四个字上分别出来。看官要晓得这少年时代，便是一个人最要紧的关头。这家庭教育便是过这关头的令箭，所以我今天便详详细细的说一番。

列位且听我道来。我们中国古时候，最注重这家庭教育。儿子还在母亲怀中没有生下来，便要行那胎教。做母亲的，席不正不坐；行步不敢不正；不听非礼之音；不说非礼之言，这便叫做胎教。儿子生下地来，便要拣一个好的保姆，好好的教导他。六岁教他什么，七岁教他什么，八岁九岁教什么，到了十岁才出来从师读书。十岁以内，便都是父母的教训，这便叫做家庭教育。

看官须记清，我中国古时的人，都是受过家庭教育来的了。看官要晓得，这家庭教育最重要的便是母亲。因为做父亲的，断不能不出外干事，断不能常常住在家中，所以这教儿子的事情，便是那做母亲的专责了。古时的人把娶妻的事情看得极重，女子教育还不致十分抛却。又把儿子看得极重，以为做父母的身后一切责任都靠儿子，所以这家庭教育十分发达。只可怜一天不如一天，一朝不如一朝，女子的教育一日不如一日，家庭教育便一日衰似一日了。做母亲的把儿子看做宝贝一般，一些也不敢得罪，吃要吃得好，穿要穿得好，做了极狡猾极凶极恶的事情，做母亲的还要说这是我儿子的才干呢。这样的事情，把做儿子的纵容得无法无天，什么事都会干出来。有时候父亲看了不过意，说他几句，骂他几声，做母亲的还要偏护着儿子，种种替他遮掩。唉！这便是中国国民愚到这样地位的原因。这个问题，要再不改良，我们中国的人，要都变作蠢蠢的牛马了。

现在要改良家庭教育，第一步便要开广女学堂。为什么呢？因为列位看官中，听了兄弟的话，或者有人回去要办起家庭教育来了。但是列位府上的嫂子们，未必个个都会懂得，列位要说改良，他们仍旧照老规矩，极力纵容，极力遮掩，列位又怎样奈何他呢？所以兄弟的意思，很想多开些女学堂。列位要晓得，这女学堂便是制造好母亲的大制造厂。列位要想得好儿子，便要兴家庭教育；要兴家庭教育，便要大开女学堂。列位万不可不留意于此呵。

开女学堂的办法，或者有什么地方办个到，所以兄弟很巴望列位看官个个回去，劝劝你们的嫂子们，说儿子是一定要教训的，儿子不教训，弄坏了，将来你们老了，倚靠何人。总而言之，这家庭教育在如今，格外要紧，格外不能不办。兄弟是从来不说玩话的呵！

跟着自己的兴趣走

目前很多学生选择科系时，从师长的眼光看，都不免带有短见，倾向于功利主义方面。天才比较高的都跑到医工科去，而且只走人实用方面，而又不选择基本学科，譬如学医的，内科、外科、产科、妇科，有很多人选，而基本学科譬如生物化学、病理学，很少青年人去选读，这使我感到今日的青年不免短视，带着近视眼镜去看自己的前途与将来。我今天头一项要讲的，就是根据我们老一辈的对选科系的经验，贡献给各位。我讲一段故事。

记得四十八年前，我考取了官费出洋，我的哥哥特地从东三省赶到上海为我送行，临行时对我说，我们的家早已破坏中落了，你出国要学些有用之学，帮助复兴家业，重振门楣，他要我学开矿或造铁路，因为这是比较容易找到工作的，千万不要学些没用的文学、哲学之类没饭吃的东西。我说好的，船就要开了，那时和我一起去美国的留学生共有七十人，分别进入各大学。在船上我就想，开矿没兴趣，造铁路也不感兴趣，于是只好采取调和折衷的办法，要学有用之学，当时康奈尔大学有全美国最好的农学院，于是就决定进去学科学的农学，也许对国家社会有点贡献吧！那时进康大的原因有二：一是康大有当时最好的农学院，且不收学费，而每个月又可获得八十元的津贴；我刚才说过，我家破了产，母亲待养，那时我还没结婚，一切从命，所以可将部分的钱拿回养家。另一是我国有百分之八十的人是农民，将来学会了科学的农业，也许可以有益于国家。

入校后头一星期就突然接到农场实习部的信，叫我去报到。那时教授便问我："你有什么农场经验？"我答："没有。""难道一点都没有吗？""要有嘛，我的外公和外婆，都是道地的农夫。"教授说："这与你不相干。"我又说："就是因为没有，才要来学呀！"后来他又问："你洗过马没有？"我说："没有。"我就告诉他中国人种田是不用马的。于是老师就先教我洗马，他洗一面，我洗另一面。他又问我会套车吗，我说也不会。于是他又教我套车，我套一边，套好跳上去，兜一圈子。接着就到农场做选种的实习工作，手起了泡，但仍继续的忍耐下去。农复会的沈宗瀚先生写一本《克难苦学记》，要我和他作一篇序，我也就替他做一篇很长的序。我们那时学农的人很多，但只有沈宗瀚先生赤过脚下过田，是唯一确实有农场经验的人。学了一年，成绩还不错，功课都在八十五分以上。第二年我就可以多选两个学分，于是我选种果学，即种苹果学。分上午讲课与下午实习。上课倒没有什么，还甚感兴趣，下午实验，走入实习室，桌上有各色各样的苹果三十个，颜色有红的，有黄的。有青的……形状有圆的、有长的、有椭圆的、有四方的……。要照着一本手册上的标准，去定每一苹果的学名，蒂有多长？花是什么颜色？肉是甜是酸？是软是硬？弄了两个小时。弄了半个小时一个都弄不了，满头大汗，真是冬天出大汗。抬头一看，呀！不对头，那些美国同学都做完跑光了，把苹果拿回去吃了。他们不需剖开，因为他们比较熟悉，查查册子后面的普通名词就可以定学名，在他们是很简单。我只弄了一半，一半又是错的。回去就自己问自己学这个有什么用？要是靠当时的活力与记性，用上一个晚上来强记，四百多个名字都可记下来应付考试。但试想有什么用呢？那些苹果在我国烟台也没有，青岛也没有，安徽也没有……我认为科学的农学无用了，于是决定改行，那时正是民国元年，国内正在革命的时候，也许学别的东西更有好处。

那么，转系要以什么为标准呢？依自己的兴趣呢？还是看社会的需要？我年轻时候《留学日记》，有一首诗，现在我也背不出来了。我选课用什么做标准？听哥哥的话？看国家的需要？还是凭自己？只有两个标准：一个是“我”；一个是“社会”，看看社会需要什么？国家需要什么？中国现代需要什么？但这个标准——社会上三百六十行，行行都需要，现在可以说三千六百行，从诺贝尔得奖人到修理马桶的，社会都需要，所以社会的标准并不重要。因此，在定主意的时候，便要依着自我的兴趣了——即性之所近，力之所能。我的兴趣在什么地方？与我性质相近的是什么？问我能做什么？对什么感兴趣？我便照着这个标准转到文学院了。但又有一个困难，文科要缴费，而从康大中途退出，要赔出以前二年的学费，我也顾不得这些。经过四位朋友的帮忙，由八十元减到三十五元，终于达成愿望。在文学院以哲学为主，英国文学、经济、政治学之门为副。后又以哲学为主，经济理论、英国文学为副科。到哥伦比亚大学后，仍以哲学为主，以政治理论、英国文学为副。我现在六十八岁了，人家问我学什么？我自己也不知道学些什么？我对文学也感兴趣，白话文方面也曾经有过一点小贡献。在北大，我曾做过哲学系主任，外国文学系主任、英国文学系主任，中国文学系也做过四年的系主任，在北大文学院六个学系中，五系全做过主任。现在我自己也不知道学些什么，我刚才讲过现在的青年大倾向于现实了，不凭性之所近，力之所能去选课。譬如一位有作诗天才的人，不进中文系学做诗，而偏要去医学院学外科，那么文学院便失去了一个一流的诗人，而国内却添了一个三四流甚至五流的饭桶外科医生，这是国家的损失，也是你们自己的损失。

在一个头等第一流的大学，当初日本筹划帝大的时候，真的计划远大，规模宏伟，单就医学院就比当初日本总督府还要大。科学的书籍都是从第一号编起。基础良好，我们接收已有十余年了，总算没有辜负当初的计划。今日台大可说是台湾唯一最完善的大学，各位不要有成见，带着近视眼镜来看自己的前途，看自己的将来。听说入学考试时有七十二个志愿可填，这样七十二变，变到最后不知变成了什么，当初所填的志愿，不要当做最后的决定，只当做暂时的方向。要在大学一、二年的时候，东摸摸西摸摸的瞎摸。不要有短见，十八九岁的青年仍没有能力决定自己的前途、职业。进大学后第一年到处去摸、去看，探险去，不知道的我偏要去学。如在中学时候的数学不好，现在我偏要去学，中学时不感兴趣，也许是老师不好。现在去听听最好的教授的讲课，也许会提起你的兴趣。好的先生会指导你走上一个好的方向，第一、二年甚至于第三年还来得及，只要依着自己“性之所近，力之所能”的做去，这是清代大儒章学诚的话。

现在我再说一个故事，不是我自己的，而是近代科学的开山大师——伽利略，他是意大利人，父亲是一个有名的数学家，他的父亲叫他不要学他这一行，学这一行是没饭吃的，要他学医。他奉命而去。当时意大利正是文艺复兴的时候，他到大学以后曾被教授和同学捧誉为“天才的画家”，他也很得意。父亲要他学医，他却发现了美术的天才。他读书的佛劳伦斯地方是一工业区，当地的工业界首领希望在这大学多造就些科学的人才，鼓励学生研究几何，于是在这大学里特为官儿们开设了几何学一科，聘请一位叫 Ricci 氏当教授。有一天，他打从那个地方过，偶然的定脚在听讲，有的官儿们在打瞌睡，而这位年轻的伽利略却非常感兴趣。于是不断地一直继续下去，趣味横生，便改学数学，由于浓厚的兴趣与天才，就决心去东摸摸西摸摸，摸出一条兴趣之路，创造了新的天文学、新的物理学，终于成为一位近代科学的开山大师。

大学生选择学科就是选择职业。我现在六十八岁了，我也不知道所学的是什么？希望各位不要学我这样老不成器的人。勿以七十二志愿中所填的一愿就定了终身，还没有的，就是大学二、三年也还没定。各位在此完备的大学里，目前更有这么多好的教授人才来指导，趁此机会加以利用。社会上需要什么，不要管它，家里的爸爸、妈妈、哥哥、朋友等，要你做律师、做医生，你也不要管他们，不要听他们的话，只要跟着自己的兴趣走。想起当初我哥哥要我学开矿，造铁路，我也没听他的话，自己变来变去变成一个老不成器的人。后来我哥哥也没说什么。只管我自己，别人不要管他。依着“性之所近，力之所能”学下去，其未来对国家的贡献也许比现在盲目所选的或被动选择的学科会大得多，将来前途也是无可限量的。

考试与教育

我在民国二十三年，曾在考试院住过几天，也在此会场讲过话，所以这次重来，非常愉快。尤其看到考试院的建筑没有被破坏，并知道今年参加高考的人数超过以前任何时期，现在交通如此不方便，而全国各大城市参加高考的人数，竟达万人以上（就在我们北大的课室中，也有不少的人在应试）。我感觉到，自民国二十年举行第一次考试以来，这十六年间，考试制度的基础已相当巩固。我是拥护考试制度的一个人，目睹考试制度的巩固，与应考人数的增多，至为高兴。

今天考试院的几位朋友，要我来谈谈考试与教育的问题。当然考试与教育，与学校，都有很深的关系。中国的考试制度，可算有二千多年历史。在汉朝初开国的几十年，本来没有书生担负政治上的重要责任，后来汉武帝的宰相公孙弘，向武帝建议两件大事：其一是“予博士以弟子”。因过去只有博士，而没有学生，公孙弘主张给博士收学生，每个博士给予学生十人，后来学生数目逐渐增加，至王莽时代，增至一万人，迨东汉中期，更增至三万人。

其二就是考试制度。公孙弘见国家的法令与皇帝的诏书，不但百姓不能了解，甚至政府的官吏亦多不懂，故献议武帝，采用考试的办法，即指定若干经典为范围，凡能背诵一部的，便予以官吏职位。这是最早的考试制度，约在纪元前一百二十四年开始实行，到现在已经二千一百年。有了这种考试制度，便可以吸收学校训练出来的人才。风气一开，就另外产生一种私人创办的学校。在后汉时，此种学校达一百余所，各校学生有五六百人的，也有一二千人的。但因私人住宅无法容纳，所以在学校附近，就有许多做小买卖的商店应运而生，以供应学生的衣着和食宿。

其后学校的开办，主要的便是为适应此种考试制度而设，学校学生根据政府订定的标准，大家去努力竞争。最初应考的人，还有阶级的限制，就是只有士大夫阶级才能应试。后来这种阶级观念也打破了，只问是否及格，而不问来历。考试制度其后也逐渐改进，在唐朝时，还有人到处送自己的卷子，此种办法易影响主考人的观念，所以大家觉得不妥当，而加以禁止。到宋朝真宗时代，更采用密封糊名的办法，完全凭客观的成绩来录取人才。

由于考试制度的渐趋严密和阶级制度的逐渐打破，所以无论出身如何寒微的人，都有应考的机会和出任官吏的可能。

以前我在外国，有人要我讲中国的考试制度，我便引用一个戏台上的故事，就是《鸿鸾禧》所描写的“金玉奴棒打薄情郎”。这个戏也许大家都看过，是叙述一个乞丐头儿金松的女儿金玉奴，在一个寒冷的冬天打开大门看见有人僵倒在地上，便和他父亲把这个人救活了。那个人是一位来京应试的穷书生，因为没有钱，又饥又饿，所以冻僵在门前。后来金玉奴请他的父亲把他收留了，这个书生不久便做了金松的女婿，并且考中了进士，还不能做知县，只在县中做县尉县丞之类的小官，但是他做了官之后，总觉得当一个乞丐头的女婿没有面子，所以在上任的路上，便要设法解决他的太太。在一个月明星稀的晚上，他叫她走出船头，硬把她推下水去，但想不到金玉奴却被后面一只船的人救起来。这个船上的主人，便是那书生的上司，他询明情由，就收金玉奴为养女，等到那书生到差之后，仍将她嫁回给他。于是在洞房之夜，金玉奴便演出了棒打薄情郎这幕喜剧。

这个故事是说明那个时候的人，谁都可以参加考试和有膺选的机会，完全没有阶级的限制。这种以客观的标准和公开竞争的考试制度，打破了社会阶级的存在，同时也是保持中国二千多年来的统一安定的力量。

我认为中国到现在还是没有阶级存在的，穷富并不是阶级，因为有钱的人，可能因一次战争或投机失败而破产，贫穷的人，亦可以积累奋斗而致富，不像印度那样，有许多明显的阶级存在。我国的阶级观念，已为考试制度所打破。

再说考试制度对于国家的统一，也有很大的关系。从前的交通非常不便，不像现在到甘肃、到四川，坐飞机只花几个小时就可以到，并且还有火车、汽车和轮船等交通工具。在古时那种阻塞的情形下，中央可以不用武力而委派各地以至边疆的官吏，来维持国家的统一达两千多年，这实在是有其内在的原因，就是由于考试制度的公开和公平。当时中央派至各地的官吏（现在称之为封建制度，我却认为并不怎样封建，因为不是带了许多兵马去的）皆由政府公开，考选而来。政府考选人才，固然注意客观的标准，同时也顾及到各地的文化水准，因此录取的人员，并不偏于一方或一省，而普及全国。在文化水准低的地方，也可以发现天才，有天才的人，便可以考中状元，所以当选的机会各地是平等的。

同时还有一种回避的制度，就是本省的人不能任本省的官吏，而必须派往其他省份服务，有时候江南的人，派到西北去，有时候西北的人派到东南来。这种公道的办法，大家没有理由可以反对抵制。所以政府不用靠兵力和其他工具来统治地方，这是考试制度影响的结果。

今天我到考试院来，班门弄斧的说了一套关于考试制度的话，一定很多人不愿意听，所以我要向大家告罪。

再说到本题来，即从汉朝以后，考试和教育的关系。那时候的学校，差不多都是为文官考试制度而设，迄至隋唐，流于以文取士的制度。本来考试内容，包含多种，除进士外，有天文、医学、法律、武艺等等，不过进士却成为特别注重的一科。进士是考诗经、词赋的，即是以创作文学为标准，社会的眼光，也特别重视这一科。有女儿的人家，要选进士为女婿，女子的理想丈夫，就是状元进士。这种社会风气，改变了考试的内容。本来古代考试，不单纯是作诗词或八股文章，不过因为后来大家看不起学法律和医药的人，觉得这种学问，并不是伟大的创作，而进士却能在严格的范围内来创作文学，当然应看作是天才了。社会这种要求，并不是没有道理，不过因为太看重进士，所以便偏于以进士科为考试制度的标准。

王安石时，他想变更这种风气而提倡法治，研究法律。但是他失败以后，便依然回复到做八股文章，走上错误的道路，但这种错误是基于当时的社会背景的。

因为考试内容的改变，便影响到学校的教育。考试要用诗赋，学堂的教育便要讲诗赋，考试要作八股文章，学堂教育便要讲八股文章。社会的要求和小姐们的心理，影响了考试制度，考试制度也影响了学校教育的内容。

由进士科考取的人才，多数是天才，天才除了做诗赋和八股之外，当然还可以发挥其天才做其他的事业，所以这并不是完全失败的制度。此处并非说我同情进士制（我是最反对做律诗和八股文的），不过我们要知道这是有历史背景的。

我近年来，在国外感觉到，中国文化对世界有一很大的贡献，就是这种文官考试制度。没有其他的民族和国家，其考试制度会有二千多年历史的。我们即以隋朝到现在来说，已有一千四百年，唐朝迄今，有一千三百年，宋朝迄今，也有九百多年。没有别的国家，能有这样早的考试制度。我国以一个在山东牧豕出身的公孙弘先生，能于二千年前有这种见地，实在是件了不起的事。

再从世界的眼光来看，中国考试制度。也影响了别的国家。哈佛大学的《亚洲研究杂志》，前年刊登一篇北京大学教授丁士仪先生写的文章，题为《中国文官考试制度影响英国文官考试制度的研究》。丁先生特别搜寻英国国会一百多年来赞成和反对采用中国文官制度的历次讨论纪录，用作引证。并说明十八世纪（其实早在十七世纪）便有耶稣会的传教士介绍中国的历史文化和政治制度到欧洲，其中便曾有人提到中国的考试制度。首先在法国革命时（纪元 1791 年），法国革命政府宣布要用考试制度，这思想是受了中国影响的，不过后来革命政府失败，所以没有实现这个制度。其后这种思想，由欧洲大陆传入英国，英国当时有所谓“公理学派”，主张改革政治、改革社会以谋取最大多数人类的最大幸福为目标（这个学派也可称为幸福主义学派），他们同样看重了中国的文官考试制度，主张英国也应加以采用。

后来英国议会讨论这个问题时，有赞成和反对的两派意见。赞成派的理由，是中国能维持几千年的统一局面，主要的是因为政府采用这种公开的客观的考试制度；反对派则认为中国自鸦片战争以来，历次对外打败仗，所以不应仿效中国的制度。由此可知无论赞成的和反对的，都承认这是中国发明的制度。

后来英国先在印度和缅甸试行这种制度，到十九世纪以后，再在国内施行。

其后德国也采用考试制度，不久复传到美国。这都是直接或间接受到中国影响的。

在太平天国时代（十九世纪中叶），英国出版一本书叫做《中国人与中国革命》，这本书前面，有个附录，是一个英国官员向英政府及人民写的条陈，要求英国采用中国的文官考试制度。

由这些事例，可以看出中国文官考试制度影响之大，及其价值之被人重视，这也是我们中国对世界文化贡献的一件可以自夸的事。

现在我们的考试，已经不采用诗词了（考试院的各位先生平常作诗作词，不过是一种余兴），考试的内容已和世界各国相差无多。比之古代，虽然进步了很多，但是我们回过头看，现在却缺少了上面所讲的社会上的心理期望。

现在人家择女婿，不以高考及格为条件的，小姐们的理想丈夫，也不是高考第一名的先生！现在大家所仰慕的，高考还不够，要留学生，顶好是个博士，而且是研究工程的，这是一个显明的事实。

尽管现在社会对考试制度已较民国二十年时，认识得清楚，参加考试的人数也已增多，但是小姐们并不很看重高考及格的人员。我们不可忽视，小姐是有影响考试制度的相当权力的。

怎样才能使社会人士和小姐们养成对考试制度的重视呢？我还没有方案来答复大家这个问题。

我曾和戴院长谈过北京大学一个学生的故事。这个学生，今年毕业，是学法律的，中英文都很好，他的毕业论文，全篇用英文写成，故被目为该系成绩最优的一个。学校要留他当助教，他说“谢谢，我不干。”北平地方法院的首席检察官在学校兼课，也邀他到法院去帮忙，他也说“谢谢，我不干。”后来一查，他的毕业论文虽作了，却没有参加毕业考试，原来他到一个私立银行当研究生去了，他的薪津比敝校的校长还要多，他用不着参加考试，因为这个私立银行是不用铨叙的。

我有三十二张博士文凭（有一张是自己用功得来，另三十一张是名誉博士），又当了大学校长，但是我所拿的薪津，和一个银行练习生相差不多。我并不是拿钱做标准来较量，但是在这种状态之下，如何能使社会上的人士对考试及格的人起一种信仰呢？

我希望各位在研究国内外各种高深学问之余，再抽时间看明朝以来三百年间流行的才子佳人小说，研究一下怎样才可以恢复过去社会上对考试制度敬重的心理，就算我出这个题目来考考大家。

没有胃口与信心浅薄

我们中国人有一种最普遍的死症，医书上还没有名字，我姑且叫他做“没有胃口”。无论什么好东西，到了我们嘴里，舌头一舔，刚觉有味，才吞下肚去，就要作呕了。胃口不好，什么美味都只能“浅尝而止”，终不能下咽，所以我们天天皱起眉头，做出苦样子来，说：没有好东西吃！这个病症，看上去很平常，其实是死症。

前些年，大家都承认中国需要科学；然而科学还没有进口，早就听见一班妄人高唱“科学破产”了；不久又听见一班妄人高唱“打倒科学”了。前些年，大家又都承认中国需要民主宪政；然而宪政还没有入门，国会只召集过一个，早就听见一班“学者”高唱“议会政治破产”“民主宪政是资本主义的副产物”了。

更奇怪的是今日大家对于教育的不信任。我做小孩子的时候，常听见人说这类的话：“普鲁士战胜法兰西，不在战场上而在小学校里。”“英国的国旗从日出处飘到日入处，其原因要在英国学堂的足球场上去寻找。”那时的中国人真迷信教育的万能！山东有一个乞丐武训，他终身讨饭，积下钱来就去办小学堂；他开了好几个小学堂，当时全国人都知道“义丐武训”的大名。这个故事，最可以表示那个时代的人对于教育的狂热。民国初元，范源濂等人极力提倡师范教育，他们的见解虽然太偏重“普及”而忽略了“提高”的方面，然而他们还是向来迷信教育救国的一派的代表。民国六年以后，蔡元培等人注意大学教育，他们的弊病恰和前一派相反，他们用全力去做“提高”的事业，却又忽略了教育“普及”的方面。但无论如何，范蔡清人都还绝对信仰教育是救国的唯一路子。民八至民九，杜威博士在中国各地讲演新教育的原理与方法，也很引起了全国人的注意。那时阎锡山在娘子关内也正在计划山西的普及教育，太原的种种补充小学师资的速成训练班正在极热烈的猛进时期，当时到太原游览参观的人都不能不深刻的感觉山西的一班领袖对于普及教育的狂热。

曾几何时，全国人对于教育好像忽然都冷淡了！渐渐的有人厌恶教育了，渐渐的有人高喊“教育破产”了。

从狂热的迷信教育，变到冷淡的怀疑教育，这里面当然有许多复杂的原因。第一是教育界自己毁坏他们在国中的信用：自从民八双十节以后北京教育界抬出了“索薪”的大旗来替代了“造新文化”的运动，甚至于不恤教员罢课至一年以上以求达到索薪的目的，从此以后，我们真不能怪国人瞧不起教育界了。第二是这十年来教育的政治化，使教育变空虚了；往往学校所认为最不满意的人，可以不读书，不做学问，而仅仅靠着活动的能力取得禄位与权力；学校本身又因为政治的不安定，时时发生令人厌恶的风潮。第三，这十几年来（直到最近时期），教育行政的当局无力管理教育，就使私立中学与大学尽量的营业化；往往失业的大学生与留学生，不用什么图书仪器的设备，就可以挂起中学或大学的招牌来招收学生；野鸡学校越多，教育的信用当然越低落了。第四，这十几年来，所谓高等教育的机关，添设太快了，国内人才实在不够分配，所以大学地位与程度都降低了，这也是教育招人轻视的一个原因。第五，粗制滥造的毕业生骤然增多了，而社会上的事业不能有同样速度的发展，政府机关又不肯充分采用考试任官的方法，于是“粥少僧多”的现象就成为今日的严重问题，做父兄的，担负了十多年的教育费，眼见子弟拿着文凭寻不到饭碗，当然要埋怨教育本身的失败了。

这许多原因（当然不限于这些），我们都不否认。但我要指出，这种种原因都不够证成教育的破产。事实上，我们今日还只是刚开始试办教育，还只是刚起了一个头，离那现代国家应该有的教育真是去题万里！本来还没有“教育”可说，怎么谈得到“教育破产”？产还没有置，有什么可破？今日高唱“教育破产”的妄人，都只是害了我在上文说的“没有胃口”的病症。他们在一个时代也曾跟着别人喊着要教育，等到刚尝着教育的味儿，他们早就皱起眉头来说教育是吃不得的了！我们只能学耶稣的话来对这种人说：“啊！你们这班信心浅薄的人啊！”

我要很诚恳的对全国人诉说：今日中国教育的一切毛病，都由于我们对教育太没有信心，太不注意，太不肯花钱。教育所以“破产”，都因为教育太少了，太不够了。教育的失败，正因为我们今日还不曾真正有教育。

为什么一个小学毕业的孩子不肯回到田间去帮他父母做工呢？并不是小学教育毁了他。第一，是因为田间小孩子能读完小学的人数太少了，他觉得他进了一种特殊阶级，所以不屑种田学手艺了。第二，是因为那班种田做手艺的人也连小学都没有进过，本来也就不欢迎这个认得几担大字的小学生。第三，他的父兄花钱送他进学堂，心眼里本来也就指望他做一个特殊阶级，可以夸耀邻里，本来也就最不指望他做块“回乡豆腐干”重回到田间来。

对于这三个根本原因，一切所谓“生活教育”“职业教育”，都不是有效的救济。根本的救济在于教育普及，使个个学龄儿童都得受义务的（不用父母花钱的）小学教育；使人人都感觉那一点点的小学教育并不是某种特殊阶级的表记，不过是个个“人”必需的东西，——和吃饭睡觉呼吸空气一样的必需的东西。人人都受了小学教育，小学毕业生自然不会做游民了。

中学教育和大学教育的许多怪现状，也不全是教育本身的毛病，也往往是这个过渡时期（从没有教育过渡到刚开始有教育的时期）不可避免的现状。因为教育太稀有，太贵；因为小学教育太不普及，所以中等教育便成了极少数人家子弟的专有品，大学教育更不用说了。今日大多数升学的青年，不一定都是应该升学的，只因为他们的父兄有送子弟升学的财力，或者因为他们的父兄存了“将本求利”的心思勉力借贷供给他们升学的。中学毕业要贴报条向亲戚报喜，大学毕业要在祠堂前竖旗杆，这都不是今日已绝迹的事。这样稀有的宝贝（今日在初中的人数约占全国人口一千分之一；在高中的人数约占全国人口四千分之一；在专科以上学校的人数约占全国人口一万分之一！）当然要高自位置，不屑回到内地去，宁作都市的失业者而不肯做农村的尊师了。

今日中等教育与高等教育所以还办不好，基本的原因还在于学生的来源太狭，在于下层的教育基础太窄太小，（十九年度全国高中普通科毕业生数不满八千人，而二十年度专科以上学校一年级新生有一万五千多人！）来学的多数是为熬资格而来，不是为求学问而来。因为要的是资格，所以只要学校肯给文凭便有学生。因为要的是资格，所以教员越不负责任，越受欢迎，而严格负责的训练管理往往反可以引起风潮；学问是可以牺牲的，资格和文凭是不可以牺牲的。

欲要救济教育的失败，根本的方法只有用全力扩大那个下层的基础，就是要下决心在最短年限内做到初等义务教育的普及。国家与社会在今日必须排命扩充初等义务教育，然后可以用助学金和免费的制度，从那绝大多数的青年学生里，选拔那些真有求高等知识的天才的人去升学。受教育的人多了，单有文凭上的资格就不够用了，多数人自然会要求真正的知识与技能了。

这当然是绝大的财政负担，其经费数目的伟大可以骇死今日中央和地方天天叫穷的财政家。但这不是决不可能的事。在七八年前，谁敢相信中国政府每年能担负四万万元的军费？然而这个巨大的军费数目在今日久已是我们看惯毫不惊讶的事实了！

所以今日最可虑的还不是没有钱，只是我们全国人对于教育没有信心。我们今日必须坚决的信仰：五千万失学儿童的救济比五千架飞机的功效至少要大五万倍！

我们对于学生的希望

今天是五月四日。我们回想去年今日，我们两人都在上海欢迎杜威博士，直到五月六日方才知道，北京五月四日的事。日子过的真快，匆匆又是一年了！

当去年的今日，我们心里只想留住杜威先生在中国讲演教育哲学；在思想一方面提倡实验的态度和科学的精神；在教育一方面而输入新鲜的教育学说，引起国人的觉悟，大家来做根本的教育改革。这是我们去年今日的希望。不料时势的变化大出我们的意料之外，这一年以来，教育界的风潮几乎没有一个月平静的；整整的一年光阴就在风潮扰攘里过去了。

这一年的学生运动，从远大的观点看起来，自然是几十年来的一件大事。从这里面发出来的好效果，自然也不少：

引起学生的自动的精神，是一件；

引起学生对于社会国家的兴趣，是二件；

引出学生的作文演说的能力，组织的能力，办事的能力，是三件；

使学生增加团体生活的经验，是四件；

引起许多学生求知识的欲望，是五件；

这都是旧日的课堂生活所不能产生的，我们不能不认为学生运动的重要的贡献。

社会若能保持一种水平线以上的清明，一切政治上鼓吹和设施，制度上的评判和革新，都应该有成年的人去料理；未成年的一班人（学生时代之男女），应该有安心求学的权利，社会也用不着他们求做学校生活之外的活动。但是我们现在不幸生在这个变态的社会里，没有这种常态社会中人应该有的福气；社会上许多事被一班成年的或老年的人弄坏了，别的阶级又都不肯出来干涉纠正，于是这种干涉纠正的责任，遂落在一般未成年的男女学生的肩膀上。这是变态的社会里一种不可免的现象。现在有许多人说学生不应该干预政治，其实并不是学生自已要这样干，这都是社会和政府硬逼出来。如果社会国家的行为没有受学生干涉纠正的必要，如果学生能享受安心求学的幸福而不受外界的强烈的刺激和良心上的督责，他们又何必甘心抛了宝贵的光阴，冒着生命的危险，来做这种学生运动呢？

简单一句话：在变态的社会国家里面，政府太卑劣腐败了，国民又没有正式的纠正机关（如代表民意的国会之类），那时候，干预政治的运动，一定要从青年的学生界发生的。汉末的太学生，宋代的太学生，明末的结社，戊戌政变以前的公车上书，辛亥以前的留学生革命党，俄国从前的革命党，德国革命前的学生运动，印度和朝鲜现在的运动，中国去年的“五四”运动与“六三”运动，都是同一个道理，都是有发生的理由的。

但是我们不要忘记，这种运动是非常的事，是变态的社会里不得已的事，但是他不是很不经济的不幸事。因为是不得已，故他的发生是可以原谅的；因为是很不经济的不幸事，故这种运动是暂时不得已的救急的办法，却不可长期存在的。

荒唐的中年老年人闹下了乱子，却要未成年的学子抛弃学业，荒废光阴，来干涉纠正，这是天下最不经济的事。况且中国眼前的学生运动更是不经济。

何以故呢？试看自汉末以来学生运动，试看俄国、德国、印度、朝鲜的学生运动，哪有一种用罢课作武器的？即如去年的“五四”与“六三”，这两次的成绩可是单靠罢课作武器的吗？单靠用罢课作武器，是最不经济的方法，是下下策，屡用不已，是学生运动破产的表现！罢课于旁人无损，于自己却有大损失，这是人人共知的。但我们看来，用罢课作武器，还有精神上的很大损失：

（一）养成依赖群众的恶心理。现在的学生很像忘了个人自己有许多事可做。他们很像以为不全体罢课便无事可做。个人自己不肯牺牲，不敢做事，却要全体罢了课来呐喊助威，自己却躲在大众群里跟着呐喊，这种依赖群众的心理是懦夫的心理！

（二）养成逃学的恶习惯。现在罢课的学生，究竟有几个人出来认真做事？其余无数的学生，既不办事，又不自修，究竟为了什么事罢课？从前还可说是“激于义愤”的表示，大家都认作一种最重大的武器，不得已而用之。久而久之，学生竟把罢课的事看作平常的事。我们要知道，多数学生把罢课看作很平常的事，这便是逃学习惯已养成的证据。

（三）养成无意识的行为的恶习惯。无意识的行为，就是自己说不出为什么要做的行为。现在不但学生把罢课看做很平常的事，社会也把学生罢课看做很平常的事，一件很重大的事，变成了很平常的事，还有什么功效灵验呢？既然明知没有灵验功效，却偏要去做；一处无意识的做了，别处也无意识的盲从，这种心理的养成，实在是眼前和将来最可悲观的现象。

以上说的是我们对于现在学生运动的观察。

我们对于学生的希望，简单说来，只有一句话：“我们希望学生从今以后要注意课堂里，操场上，课余时间里的学生活动。只有这种学生活动是能持久又最有功效的学生运动。”

这种学生活动有三个重要部分：（1）学问的生活，（2）团体的生活，（3）社会服务的生活。

第一，学问的生活。这一年以来，最可使人乐观的一种好现象，就是许多学生于知识学问的兴趣渐渐增加了。新出的出版物的销数增加，可以估量求知识的兴趣增加。我们希望现在的学生充分发展这点新发生的兴趣，注重学问的生活。要知道社会国家的大问题，决不是没有学问的人能解决的。我们说的"学问的生活"并不限于从前的背书抄讲义的生活。我们希望学生"无论中学、大学"都能注重下列的几项细目：

（1）注重外国文。现在中文的出版物实在不够满足我们求知的欲望。求新知识的门径在于外国文。每个学生至少须要能用一种外国语看书。学外国语须要经过查生字，记生字的第一难关。千万不要怕难。若是学堂里的外国文教员确是不好，千万不要让他敷衍你们，不妨赶他跑。

（2）注重观察事实与调查事实。这是科学训练的第一步。要求学校里用实验来教授科学。自己去采集标本，自去观察调查。观察调查须要有个目的（例如本地的人口、风俗、出产、植物、鸦片烟馆等项的调查），还要注重团体的互助，分工合作，做成有系统的报告。现在的学生天天谈《二十一条》，究竟二十一条是什么东西，有几个人说得出吗？天天谈"高徐济顺"，究竟有几个人指得出这条路在什么地方吗？这种不注重事实的习惯，是不可不打破的。打破这种习惯的唯一法子，就是养成观察调查的习惯。

（3）建设的促进学校的改良。现在的学校课程和教员，一定有许多不能满足学生求学的欲望的。我们学生不要专做破坏的攻击，须要用建设的精神，促进学校的改良。与其提倡考试的废止，不如提倡考试的改良；如其攻击校长不多买博物标本，不如提倡学生自己采集标本。这种建设促进，比教育部和教育厅的命令功效大得多咧。

（4）注重自修。灌进去的知识学问，没有多大用处的。真正可靠的学问，都是从自修得来的。自修的能力是求学问的唯一条件。不养成自修的能力，决不能求学问。自修应注重的事是：

（一）看书的能力。

（二）要求学校购备参考书报，如大字典、词典、重要的大部书之类。

（三）结合同学多买书报，交换阅看。

（四）要求教员指导自修的门径和自修的方法。

第二，团体的生活。“五四”运动以来，总算增加了许多的学生的团体生活的经验。但是现在的学生团体有两大缺点：

（一）是内容太偏枯了。

（二）是组织大不完备了。

内容偏枯的补救，应注意各方面的“俱分并进”。

（1）学术的团体生活，如学术研究会或讲演会之类。应该注重自动的调查、报告、试验、讲演。

（2）体育的团体生活，如足球、运动会、童子军、野外幕居、假期旅行等等。

（3）游艺的团体生活，如音乐、图书、戏剧等等。

（4）社交的团体生活，如同学茶话会、家人恳亲会、师生恳亲会、同乡会等等。

（5）组织的团体生活，如本校学生会、自治会、各校联合会、学生联合总会之类。

要补救组织不完备，应注重世界通行的议会法规的重要条件。简单的说来，至少须有下列的几个条件：

（1）法定开会人数。这是防弊的要件。

（2）动议的手续。与修正议案的手续。这是会议法规里最繁难又最重要的一项。

（3）发言的顺序。这是维持秩序的要件。

（4）表决的方法。

（一）须规定某种议案必须全体几分之几的可决，某种必须到会人数几分之几的可决，某种仅须过半数的可决。

（二）须规定某种重要议案必须用无记名投票，某种必须用有记名投票，某种可用举手的表决。

（5）凡是代表制的联合会，无论校内校外，皆须有复决制。遇重大的案件，代表会议议决案必须再经过会员的总投票，总会的议决案，必须再经过各分会的复决。

（6）议案提出后，应有规定的讨论时间，并须限制每人发言的时间与次数。

现在许多学生会的章程只注重职员的分配，却不等重这些最紧要的条件，这是学生团体失败的一个大原因。此外还须注意团体生活最不可少的两种精神：

（1）容纳反对党的意见。现在学生会议的会场上，对于不肯迎合群众心理的言论，往往有许多威压的表示，这是暴民专制，不是民治精神。民治主义的第一个条件就是要使各方面的意见都可以自由发表。

（2）人人要负责任。天下有许多事都是不肯负责任的“好人”弄坏的。好人坐在家里叹气，坏人在议场做戏，天下事所以败坏了。不肯出头负责任的人，便是团体的罪人，便不配做民治国家的国民。民治主义的第二个条件是人人要负责任，要尊重自己的主张，要用正当的方法来传播自己的主张。

第三，社会服务的生活。学生运动是学生对于社会国家的利害发生兴趣的表示，所以各处都有平民夜学，平民讲演的发起。我们希望今后的学生继续推广这种社会服务的事业。这种事业，一来是救国的根本办法；二来是学生的现力做得到的；三来可以发展学生自己的学问与才干；四来可以训练学生待人接物的经验。我们希望学生注意以下几点：

（1）平民夜校。注重本地的需要，介绍卫生的常识，职业的常识，和公民的常识。

（2）通俗讲演。现在那些“同胞快醒，国要亡了”、“杀卖国贼”、“爱国是人生的义务”等等空话的讲演，是不能持久的，说了两三遍就没有用了。我们希望学生注重科学常识的讲演，改良风俗的讲演，破除迷信的讲演。譬如你今天演说“下雨”，你不能不先研究雨是怎样来的，何以从天上下来；听的人也可以因此知道雨不是龙王菩萨洒下来的，也可以知道雨不是道士和尚求得下来的。又如你明天演说“种田何以须用石灰作肥料”，你就不能不研究石灰的化学性，听的人也可以因此知道肥料的道理。这种讲演，不但于人有益，于自己也极有益。

（3）破除迷信的事业。我们希望学生不但用科学的道理来解释本地的种种迷信，并且还要实行破除迷信的事业。如求神合婚、求仙言、放焰口、风水等等迷信，都该破除。学生不来破除迷信，迷信是永远不会破除的。

（4）改良风俗的事业。我们希望学生用力去做改良风俗的事业。譬如女子缠足的，现在各处多有。学生应该组织天足会，相戒不娶小脚的女子。不能解放你的姊妹的小脚，他就不配谈“女子解放”。又如鸦片烟与吗啡，现在各处仍旧很销行，学生应该组织调查队，侦探队，或报告官府，或自动的捣毁烟间与吗啡店。你不能干涉你村上的鸦片吗啡，你也不配干预国家的大事。

以上说的是我们对于学生的希望。

学生运动已发生了，是青年一种活动力的表现，是一种好现象，决不能压下去的；也决不可把它压下去的。我们对于办教育的人的忠告是：“不要梦想压制学生运动；学潮的救济只有一个法子，就是引导学生向有益有用的路上去活动。”学生运动现在四面都受攻击，“五四”的后援也没有了，“六三”的后援也没有了。我们对于学生的忠告是：“单靠用罢课作武装是下下策，可一而再再而三的么？学生运动如果要想保存“五四”和“六三”的荣誉，只有一个法子，就是改变活动的方向，把“五四”和“六三”的精神用到学校内外有益有用的学生活动上去。”

我们讲的话，是很直率，但这都是我们的老实话。

第三章

快活书话

发表是吸收知识和思想的绝妙方法。吸收进来的知识思想，无论是看书来的，或是听讲来的，都只是模糊零碎，都算不得我们自己的东西。自己必须做一番手脚，或做提要，或做说明，或做讨论自己重新组织过，申叙过，用自己的语言记述过——那种知识思想方才可算是你自己的了。

读　书

“读书”这个题，似乎很平常，也很容易。然而我却觉得这个题目很不好讲。据我所知，“读书”可以有三种说法：

一、要读何书？关于这个问题，《京报》副刊上已经登了许多时候的“青年必读书”；但是这个问题，殊不易解决，因为个人的见解不同，个性不同。各人所选只能代表各人的嗜好，没有多大的标准作用。所以我不讲这一类的问题。

二、读书的功用？从前有人作“读书乐”，说什么“书中自有千钟粟，书中自有黄金屋，书中自有颜如玉”，现在我们不说这些话了。要说，读书是求知识，知识就是权力。这些话都是大家会说的，所以我也不必讲。

三、读书的方法？我今天是要想根据个人经验，同诸位谈谈读书的方法。我的第一句话是很平常的，就是说，读书有两个要素：

第一要精；

第二要博。

现在先说什么叫“精”。

我们小的时候读书，差不多每个小孩都有一条书签，上面写十个字，这十个字最普遍的就是“读书三到：眼到，口到，心到”。现在这种书签虽不用，三到的读书法却依然存在。不过我以为读书三到是不够的；须有四到，是：“眼到，口到，心到，手到”。我就拿它来说一说。

眼到是要个个字认得，不可随便放过。这句话起初看去似乎很容易，其实很不容易。读中国书时，每个字的一笔一画都不放过。近人费许多功夫在校勘学上，都因古人忽略一笔一画而已。读外国书要把 ABCD 等字母弄得清清楚楚。所以说这是很难的。如有人翻译英文，把“port”看作“pork”，把“oats”看作“oaks”，于是葡萄酒一变而为猪肉，小草变成了大树。

说起来这种例子很多，这都是眼睛不精细的结果。书是文字做成的，不肯仔细认字，就不必读书。眼到对于读书的关系很大，一时眼不到，贻害很大，并且眼到能养成好习惯，养成不苟且的人格。

口到是一句一句要念出来。前人说口到是要念到烂熟背得出来。我们现在虽不提倡背书，但有几类的书，仍旧有熟读的必要：如心爱的诗歌，如精彩的文章，熟读多些，于自己的作品上也有良好的影响。读此外的书，虽不须念熟，也要一句一句念出来，中国书如此，外国书更要如此。念书的功用能使我们格外明了每一句的构造，句中各部分的关系。往往一遍念不通，要念两遍以上，方才能明白的。读好的小说尚且要如此，何况读关于思想学问的书呢？

心到是每章、每句、每字意义如何？何以如是？这样用心考究。但是用心不是叫人枯坐冥想，是要靠外面的设备及思想的方法的帮助。要做到这一点，须要有几个条件：

一、字典，辞典，参考书等工具要完备。这几样工具虽不能办到，也当到图书馆去看。我个人的意见是奉劝大家，当衣服，卖田地，至少要置备一点好的工具。比如买一本《韦氏大字典》，胜于请几个先生。这种先生终身跟着你，终身享受不尽。

二、要作文法上的分析。用文法的知识，作文法上的分析，要懂得文法构造，方才懂得它的意义。

三、有时要比较参考，有时要融会贯通，方能了解。不可但看字面。

一个字往往有许多意义，读者容易上当。

例如“turn”这字：

作外动字解有十五解，

作内动字解有十三解，

作名词解有二十六解，

共五十四解，而成语不算。

又如“strike”：

作外动字解有三十一解，

作内动字解有十六解，

作名词解有十八解，

共六十五解。

又如“go”字最容易了，然而这个字：

作内动字解有二十二解，

作外动字解有三解，

作名词解有九解，

共三十四解。

以上是英文字须要加以考究的例。英文字典是完备的；但是某一字在某一句究竟用第几个意义呢？这就非比较上下文，或贯串全篇，不能懂了。

中文较英文更难，现在举几个例：

祭文中第一句“维某年月日”之“维”字，究作何解？字典上说它是虚字。《诗经》里“维”字有二百多，必需细细比较研究，然后知道这个字有种种意义。

又《诗经》之“于”字，“之子于归”、“凤凰于飞”等句，“于”字究作何解？非仔细考究是不懂的。又“言”字人人知道，但在《诗经》中就发生问题，必须比较，然后知“言”字为联接字。诸如此例甚多。中国古书很难读，古字典又不适用，非是用比较归纳的研究方法，我们如何懂得呢？

总之，读书要会疑，忽略过去，不会有问题，便没有进益。

宋儒张载说：“读书先要会疑。于不疑处有疑，方是进矣。”他又说：“在可疑而不疑者，不曾学。学则须疑。”又说：“学贵心悟，守旧无功。”

宋儒程颐说：“学原于思。”

这样看起来，读书要求心到；不要怕疑难，只怕没有疑难。工具要完备，思想要精密，就不怕疑难了。

现在要说手到。手到就是要劳动劳动你的贵手。读书单靠眼到，口到，心到，还不够的；必须还得自己动动手，才有所得。例如：

一、标点分段，是要动手的。

二、翻查字典及参考书，是要动手的。

三、做读书札记，是要动手的。札记又可分四类：

（a）抄录备忘。

（b）作提要，节要。

（c）自己记录心得。张载说：“心中苟有所开，即便札记。不则还塞之矣。”

（d）参考诸书，融会贯通，作有系统的著作。

手到的功用。我常说：发表是吸收知识和思想的绝妙方法。吸收进来的知识思想，无论是看书来的，或是听讲来的，都只是模糊零碎，都算不得我们自己的东西。自己必须做一番手脚，或做提要，或做说明，或做讨论自己重新组织过，申叙过，用自己的语言记述过——那种知识思想方才可算是你自己的了。

我可以举一个例。你也会说“进化”，他也会谈“进化”，但你对于“进化”这个观念的见解未必是很正确的，未必是很清楚的；也许只是一种“道听途说”，也许只是一种时髦的口号。这种知识算不得知识，更算不得是“你的”知识。假使你听了我这句话，不服气，今晚回去就去遍翻各种书籍，仔细研究进化论的科学上的根据；假使你翻了几天书之后，发愤动手，把你研究所得写成一篇读书札记；假使你真动手写了这么一篇《我为什么相信进化论》的札记，列举了：

一、生物学上的证据；

二、比较解剖学上的证据；

三、比较胚胎学上的证据；

四、地质学和古生物学上的证据；

五、考古学上的证据；

六、社会学和人类学上的证据。

到这个时候，你所有关于“进化论”的知识，经过了一番组织安排，经过了自己的去取叙述，这时候这些知识方才可算是你自己的了。所以我说，发表是吸收的利器；又可以说，手到是心到的法门。

至于动手标点，动手翻字典，动手查书，都是极要紧的读书秘诀，诸位千万不要轻轻放过。内中自己动手翻书一项尤为要紧。我记得前几年我曾劝顾颉刚先生标点姚际恒的《古今伪书考》。当初我知道他的生活困难，希望他标点一部书付印，卖几个钱。那部书是很薄的一本，我以为他一两个星期就可以标点完了。那知顾先生一去半年，还不曾交卷。原来他于每条引的书，都去翻查原书，仔细校对，注明出处，注明原书卷第，注明删节之处。他动手半年之后，来对我说，《古今伪书考》不必付印了，他现在要编辑一部疑古的丛书，叫做“辨伪丛刊”。我很赞成他这个计划，让他去动手。他动手了一两年之后，更进步了，又超过那“辨伪丛刊”的计划了，他要自己创作了。他前年以来，对于中国古史，做了许多辨伪的文字；他眼前的成绩早已超过崔述了，更不要说姚际恒了。顾先生将来在中国史学界的贡献一定不可限量，但我们要知道他成功的最大原因是他的手到的工夫勤而且精。我们可以说，没有动手不勤快而能读书的，没有手不到而能成学者的。

第二要讲什么叫“博”。

什么书都要读，就是博。古人说：“开卷有益”，我也主张这个意思，所以说读书第一要精，第二要博。我们主张“博”有两个意思：

第一，为预备参考资料计，不可不博。

第二，为做一个有用的人计，不可不博。

第一，为预备参考资料计。

在座的人，大多数是戴眼镜的。诸位为什么要戴眼镜？岂不是因为戴了眼镜，从前看不见的，现在看得见了；从前很小的，现在看得很大了；从前看不分明的，现在看得清楚分明了？

王荆公说得最好：

> 世之不见全经久矣。读经而已，则不足以知经。故某自百家诸子之书，至于《难经》《素问》《本草》诸小说，无所不读；农夫女工，无所不问；然后于经为能知其大体而无疑。盖后世学者与先王之时异矣；不如是，不足以尽圣人故也……致其知而后读，以有所去取，故异学不能乱也。惟其不能乱，故能有所去取者，所以明吾道而已。(《答曾子固》)

他说："致其知而后读。"又说："读经而已，则不足以知经。"即如《墨子》一书在一百年前，清朝的学者懂得此书还不多。到了近来，有人知道光学，几何学，力学，工程学……一看《墨子》，才知道其中有许多部分是必须用这些科学的知识方才能懂的。后来有人知道了伦理学，心理学……懂得《墨子》更多了。读别种书愈多，《墨子》愈懂得多。

所以我们也说，读一书而已则不足以知一书。多读书，然后可以专读一书。譬如读《诗经》，你若先读了北大出版的《歌谣周刊》，便觉得《诗经》好懂的多了；你若先读过社会学，人类学，你懂得更多了；你若先读过文字学，古音韵学，你懂得更多了；你若读过考古学，比较宗教学等，你懂得的更多了。

你要想读佛家唯识宗的书吗？最好多读点伦理学，心理学，比较宗教学，变态心理学。无论读什么书总要多配几副好眼镜。

你们记得达尔文研究生物进化的故事吗？达尔文研究生物演变的现状，前后凡三十多年，积了无数材料，想不出一个简单贯串的说明。有一天他无意中读马尔萨斯的人口论，忽然大悟生存竞争的原则，于是得着物竞天择的道理，遂成一部破天荒的名著，给后世思想界打开一个新纪元。

所以要博学者，只是要加添参考的材料，要使我们读书时容易得“暗示”；遇着疑难时，东一个暗示，西一个暗示，就不至于呆读死书了。这叫做“致其知而后读”。

第二，为做人计。

专工一技一艺的人，只知一样，除此之外，一无所知。这一类的人，影响于社会很少。好有一比，比一根旗杆，只是一根孤拐，孤单可怜。

又有些人广泛博览，而一无所专长，虽可以到处受一班贱人的欢迎，其实也是一种废物。这一类人，也好有一比，比一张很大的薄纸，禁不起风吹雨打。

在社会上，这两种人都是没有什么大影响，为个人计，也很少乐趣。

理想中的学者，既能博大，又能精深。精深的方面，是他的专门学问。博大的方面，是他的旁搜博览。博大要几乎无所不知，精深要几乎惟他独尊，无人能及。他用他的专门学问做中心，次及于直接相关的各种学问，次及于间接相关的各种学问，次及于不很相关的各种学问，以次及毫不相关的各种泛览。这样的学者，也有一比，比埃及的金字三角塔。那金字塔（**据最近《东方杂志》第二十二卷第六号，页一四七**）高四百八十英尺，底边各边长七百六十四英尺。塔的最高度代表最精深的专门学问；从此点以次递减，代表那旁收博览的各种相关或不相关的学问。塔底的面积代表博大的范围，精深的造诣，博大的同情心。这样的人，对社会是极有用的人才，对自己也能充分享受人生的趣味。宋儒程颢说的好：

> 须是大其心使开阔：譬如为九层之台，须大做脚始得。

博学正所以“大其心使开阔”。我曾把这番意思编成两句粗浅的口号，现在拿出来贡献给诸位朋友，作为读书的目标：

> 为学要如金字塔，
> 要能广大要能高。

为什么读书

青年会叫我在未离南方赴北方之前在这里谈谈，我很高兴，题目是为什么读书。现在读书运动大会开始，青年会拣定了三个演讲题目。我看第二题目怎样读书很有兴味，第三题目读什么书更有兴味，第一题目无法讲，为什么读书，连小孩子都知道，讲起来很难为情，而且也讲不好。所以我今天讲这个题目，不免要侵犯其余两个题目的范围，不过我仍旧要为其余两位演讲的人留一些余地。现在我就把这个题目来试一下看。我从前也有过一次关于读书的演讲，后来我把那篇演讲录略事修改，编入三集《文存》里面，那篇文章题目叫做《读书》，其内容性质较近于第二题目，诸位可以拿来参考。今天我就来试试为什么读书这个题目。

从前有一位大哲学家做了一篇《读书乐》，说到读书的好处，他说："书中自有千钟粟，书中自有黄金屋，书中自有颜如玉。"这意思就是说，读了书可以做大官，获厚禄，可以不至于住茅草房子，可以娶得年轻的漂亮太太（台下哄笑）。诸位听了笑起来，足见诸位对于这位哲学家所说的话不十分满意，现在我就讲所以要读书的别的原因。

为什么要读书？有三点可以讲：第一，因为书是过去已经知道的智识学问和经验的一种记录，我们读书便是要接受这人类的遗产；第二，为要读书而读书，读了书便可以多读书；第三，读书可以帮助我们解决困难，应付环境，并可获得思想材料的来源。我一踏进青年会的大门，就看见许多关于读书的标语。为什么读书？大概诸位看了这些标语就都已知道了，现在我就把以上三点更详细的说一说。

第一，因为书是代表人类老祖宗传给我们的智识的遗产，我们接受了这遗产，以此为基础，可以继续发扬光大，更在这基础之上，建立更高深更伟大的智识。人类之所以与别的动物不同，就是因为人有语言文字，可以把智识传给别人，又传至后人，再加以印刷术的发明，许多书报便印了出来。人的脑很大，与猴不同，人能造出语言，后来更进一步而有文字，又能刻木刻字；所以人最大的贡献就是〔留下〕过去的智识和经验，使后人可以节省许多脑力。非洲野蛮人在山野中遇见鹿，他们就画了一个人和一只鹿以代信，给后面的人叫他们勿追。但是把智识和经验遗给儿孙有什么用处呢？这是有用处的，因为这是前人很好的教训。现在学校里各种教科书，如物理、化学、历史等等，都是根据几千年来进步的智识编纂成书的，一年，两年，或者三年，教完一科。自小学、中学，而至大学毕业，这十六年中所受的教育，都是代表我们老祖宗几千年来得来的智识学问和经验，所谓进化，就是叫人节省劳力，蜜蜂虽能筑巢，能发明，但传下来就只有这一点智识，没有继续去改革改良，以应付环境，没有做格外进一步的工作。人呢，达不到目的，就再去求进步，而以前人的智识学问和经验作参考。如果每样东西，要个个人从头学起，而不去利用过去的智识，那不是太麻烦吗？所以人有了这智识的遗产，就可以自己去成家立业，就可以缩短工作，使有余力做别的事。

第二点稍复杂，就是为读书而读书。读书不是那么容易的一件事情，不读书不能读书，要能读书才能多读书。好比戴了眼镜，小的可以放大，糊涂的可以看得清楚，远的可以变为近。读书也要戴眼镜。眼镜越好，读书的了解力也越大。王安石对曾子固说："读经而已，则不足以知经。"所以他对于本草，内经，小说，无所不读，这样对于经才可以明白一些，所谓"致已知而后读。"

请你们注意，他不说读书以致知，却说，先致知而后读书。读书固然可以扩充知识；但知识越扩充了，读书的能力也越大。这便是“为读书而读书”的意义。

试举《诗经》作一个例子。从前的学者把《诗经》看作“美”“刺”的圣书，越讲越不通。现在的人应该多预备几副好眼镜，人类学的眼镜，考古学的眼镜，文法学的眼镜，文学的眼镜。眼镜越多越好，越精越好。例如“野有死麇，白茅包之。有女怀春，吉士诱之”；我们若知道比较民俗学，便可以知道打了野兽送到女子家去求婚，是平常的事。又如“钟鼓乐之，琴瑟友之”，也不必说什么文王太姒，只可看作少年男子在女子的门口或窗下奏乐唱和，这也是很平常的事。再从文法方面来观察，像《诗经》里“之子于归”，“黄鸟于飞”，“凤凰于飞”的“于”字，此外，《诗经》里又有几百个的“维”字，还有许多“助词”，“语词”，这些都是有作用而无意义的虚字，但以前的人却从未注意及此。这些字若小明白，《诗经》便不能懂。再说在《墨子》一书里，有点光学、力学；又有点经济学。但你要懂得光学，才能懂得墨子所说的光；你要懂得各种智识，才能懂得《墨子》里一些最难懂的文句。总之，读书是为了要读书，多读书更可以读书。最大的毛病就在怕读书，怕读难书。越难读的书我们越要征服它们，把它们作为我们的奴隶或向导，我们才能够打倒难书，这才是我们的“读书乐”。若是我们有了基本的科学知识，那末，我们在读书时便能左右逢源。我再说一遍，读书的目的在于读书，要读书越多才可以读书越多。

第三点，读书可以帮助解决困难，应付环境，供给思想材料。知识是思想材料的来源。思想可分作五步。思想的起源是大的疑问。吃饭拉屎不用想，但逢着三叉路口，十字街头那样的环境，就发生困难了。走东或走西，这样做或是那样做，有了困难，才有思想。第二步要把问题弄清，究竟困难在那一点上。第三步才想到如何解决，这一步，俗话叫做出主意。但主意太多，都采用也不行，必须要挑选。但主意太少，或者竟全无主意，那就更没有办法了。第四步就是要选择一个假定的解决方法。要想到这一个方法能不能解决。若不能，那末，就换一个；若能，就行了。这好比开锁，这一个钥匙开不开，就换一个；假定是可以开的，那末，问题就解决了。第五步就是证实。凡是有条理的思想都要经过这步，或是逃不了这五个阶级。科学家要解决问题，侦探要侦探案件，多经过这五步。

这五步之中，第三步是最重要的关键。问题当前，全靠有主意（Ideas）。主意从哪儿来呢？从学问经验中来。没有智识的人，见了问题，两眼白瞪瞪，抓耳挠腮，一个主意都不来。学问丰富的人，见着困难问题，东一个主意，西一个主意，挤上来，涌上来，请求你录用。读书是过去智识学问经验的记录，而智识学问经验就是要用在这时候，所谓养军千日，用在一朝。否则，学问一些都没有，遇到困难就要糊涂起来。例如达尔文把生物变迁现象研究了几十年，却想不出一个原则去整统他的材料。后来无意中看到马尔萨斯的人口论，说人口是按照几何学级数一倍一倍的增加，粮食是按照数学级数增加，达尔文研究了这原则，忽然触机，就把这原则应用到生物学上去，创了物竞天择的学说。读了经济学的书，可以得着一个解决生物学上的困难问题，这便是读书的功用。古人说“开卷有益”，正是此意。读书不是单为文凭功名，只因为书中可以供给学问知识，可以帮助我们解决困难，可以帮助我们思想。又譬如从前的人以为地球是世界的中心，后来天文学家科白尼却主张太阳是世界的中心，绕着地球而行。据罗素说，科白尼所以这样的解说，是因为希腊人已经讲过这句话；假使希腊没有这句话，恐怕更不容易有人敢说这句话吧。这也是读书的好处。有一家书店印了一部旧小说叫做《醒世姻缘》，要我作序。这部书是西周生所著的，印好在我家藏了六年，我还不曾考出西周生是谁，这部小说讲到婚姻问题，其内容是这样：有个好老婆，不知何故，后来忽然变坏，作者没有提及解决方法，也没有想到可以离婚，只说是前世作孽，因为在前世男虐待女，女就投生换样子，压迫者变为被压迫者。这种前世作孽，起先相爱，后来忽变的故事，我仿佛什么地方看见过。后来忽然想起《聊斋》一书中有一篇和这相类似的笔记，也是说到一个女子，起先怎样爱着她的丈夫，后来怎样变为凶太太，便想到这部小说大约是蒲留仙或是蒲留仙的朋友做的。去年我看到一本杂记，也说是蒲留仙做的，不过没有多大证据。今年我在北京，才找到了证据。这一件事可以解释刚才我所说的第二点，就是读书可以帮助读书，同时也可以解释第三点，就是读书可以供给出主意的来源。当初若是没有主意，到了逢着困难时便要手足无措，所以读书可以解决问题，就是军事、政治、财政、思想等问题，也都可以解决，这就是读书的用处。

我有一位朋友，有一次傍着灯看小说，洋灯装有油，但是不亮，因为灯芯短了。于是他想到《伊索寓言》里有一篇故事，说是一只老鸦要喝瓶中的水，因为瓶太小，得不到水，它就衔石投瓶中，水乃上来，这位朋友是懂得化学的，于是加水于灯中，油乃碰到灯芯。这是看《伊索寓言》给他看小说的帮助。读书好像用兵，养兵求其能用，否则即使坐拥十万二十万的大兵也没有用处，难道只好等他们“兵变”吗？

至于“读什么书”，下次陈钟凡先生要讲演，今天我也附带的讲一讲。我从五岁起到了四十岁，读了三十五年的书。我可以很诚恳的说，中国旧籍是经不起读的。中国有五千年文化，四部的书已是汗牛充栋。究竟有几部书应该读，我也曾经想过。其中有条理有系统的精心结构之作，二千五百年以来恐怕只有半打。“集”是杂货店，“史”和“子”还是杂货店。至于“经”，也只是杂货店，讲到内容，可以说没有一些东西可以给我们改进道德增进智识的帮助的。中国书不够读，我们要另开生路，辟殖民地，这条生路，就是每一个少年人必须至少要精通一种外国文字。读外国语要读到有乐而无苦，能做到这地步，书中便有无穷乐趣。希望大家不要怕读书，起初的确要查阅字典，但假使能下一年苦功，继续不断做去，那末，在一二年中定可开辟一个乐园，还只怕求知的欲望太大，来不及读呢。我总算是老大哥，今天我就根据我过去三十五年读书的经验，给你们这一个临别的忠告。

找书的快乐

主席、诸位先生：

我不是藏书家，只不过是一个爱读书，能够用书的书生，自己买书的时候，总是先买工具书，然后才买本行书，换一行时，就得另外买一种书。今年我六十九岁了，还不知道自己的本行到底是那一门？是中国哲学呢？还是中国思想史？抑或是中国文学史？或者是中国小说史？《水经注》？中国佛教思想史？中国禅宗史？我所说的“本行”，其实就是我的兴趣，兴趣愈多就愈不能不收书了。十一年前我离开北平时，已经有一百箱的书，大约有一两万册。离开北平以前的几小时，我曾经暗想着：我不是藏书家，但却是用书家。收集了这么多的书，舍弃了太可惜，带吧，因为坐飞机又带不了。结果只带了一些笔记，并且在那一二万册书中，挑选了一部书，作为对一二万册书的纪念，这一部书就是残本的《红楼梦》。四本只有十六回，这四本《红楼梦》可以说是世界上最老的抄本。收集了几十年的书，到末了只带了四本，等于当兵缴了械，我也变成一个没有棍子，没有猴子的变把戏的叫化子。

这十一年来，又蒙朋友送了我很多书，加上历年来自己新买的书，又把我现在住的地方堆满了，但是这都是些不相干的书，自己本行的书一本也没有。

找资料还需要依靠中研院史语所的图书馆和别的图书馆如台湾大学图书馆、中央图书馆等救急。

找书有甘苦，真伪费推敲

我这个用书的旧书生，一生找书的快乐固然有，但是，找不到书的苦处也尝到过。民国九年（1920 年）7 月，我开始写《水浒传考证》的时候，参考的材料只有金圣叹的七十一回本《水浒传》、《征四寇》及《水浒后传》等，至于《水浒传》的一百回本、一百一十回本、一百一十五回本、一百廿回本、一百廿四回本，还都没有看到。等我的《水浒传考证》问世的时候，日本才发现《水浒》的一百一十五回本及一百回本、一百一十回本及一百廿回本。同时我自己也找到了一百一十五回本及一百廿四回本。做考据工作，没有书是很可怜的。考证《红楼梦》的时候，大家知道的材料很多，普通所看到的《红楼梦》都是一百廿回本。这种一百廿回本并非真的《红楼梦》。曹雪芹四十多岁死去时，只写到八十回，后来由程伟元、高鹗合作，一个出钱，一个出力，完成了后四十回。乾隆五十六年的活字版排出了一百廿回的初版本，书前有程、高二人的序文说：

> 世人都想看到《红楼梦》的全本，前八十回中黛玉未死，宝玉未娶，大家极想知道这本书的结局如何？但却无人找到全的《红楼梦》。近因程、高二人在一卖糖摊子上发现有一大卷旧书，细看之下，竟是世人遍寻无着的《红楼梦》后四十回，因此特加校订，与前八十回一并刊出。

可是天下这样巧的事很少，所以我猜想序文中的说法不可靠。

考证《红楼梦》，清查曹雪芹

三十年前我考证《红楼梦》时，曾经提出二个问题，这是研究红学的人值得研究的：一、《红楼梦》的作者是谁？作者是怎样一个人？他的家世如何？家世传记有没有可考的资料？曹雪芹所写的那些繁华世界是有根据的吗？还是关着门自己胡诌乱说？二、《红楼梦》的版本问题，是八十回，还是一百廿回？后四十回是那里来的？那时候有七、八种《红楼梦》的考证，俞平伯、顾颉刚都帮我找过材料。最初发现乾隆五十七年（1792 年）有程伟元序的乙本，其中并有高鹗的序文及引言七条，以后发现早一年出版的甲本，证明后四十回是高鹗所续，而由程伟元出钱活字刊印。又从其他许多材料里知道曹雪芹家为江南的织造世职，专为皇室纺织绸缎，供给宫内帝后、妃嫔及太子、王孙等穿戴，或者供皇帝赏赐臣下，后来在清理故宫时，从康熙皇帝一秘密抽屉内发现若干文件，知道曹雪芹的祖父曹寅，等于皇帝派出的特务，负责察看民心年成，或是退休丞相的动态，由此可知曹家为阔绰大户。《红楼梦》中有一段说到王熙凤和李嬷嬷谈皇帝南巡，下榻贾家，可知是真的事实。以后我又经河南的一位张先生指点，找到杨钟羲的《雪桥诗话》及《八旗经文》，以及有关爱新觉罗宗室敦诚、敦敏的记载，知道曹雪芹名霑、号雪芹，是曹寅的孙子，接着又找到了《八旗人诗抄》、《熙朝雅颂集》，找到敦诚、敦敏兄弟赐送曹雪芹的诗，又找到敦诚的《四松堂集》，是一本清抄未删底本，其中有挽曹雪芹的诗，内有“四十年华付杳冥”句，下款年月日为甲申（即乾隆甲申二十九年，西历 1764 年）。从这里可以知道曹雪芹去世的年代，他的年龄为四十岁左右。

险失好材料，再评《石头记》

民国十六年我从欧美返国，住在上海，有人写信告诉我，要卖一本《脂砚斋评石头记》给我，那时我以为自己的资料已经很多，未加理会。不久以后和徐志摩在上海办新月书店，那人又将书送来给我看，原来是甲戌年手抄再评本，虽然只有十六回，但却包括了很多重要史料。里面有：“壬午除夕，书未成，芹为泪尽而逝。甲午八月泪笔”的句子，指出曹雪芹逝于乾隆二十七年冬，即西历1763年2月12日:“字字看来皆是血，十年辛苦不寻常”诗句，充分描绘出曹雪芹写《红楼梦》时的情态。脂砚斋则可能是曹雪芹的太太或朋友。自从民国十七年二月我发表了《考证红楼梦的新材料》之后，大家才注意到《脂砚斋评本石头记》。不过，我后来又在民国廿二年从徐星署先生处借来一部庚辰秋定本脂砚斋四阅评过的《石头记》，是乾隆廿五年本，八十回，其中缺六十四、六十七两回。

谈《儒林外史》，推赞吴敬梓

现在再谈谈我对《儒林外史》的考证:《儒林外史》是部骂当时教育制度的书，批评政治制度中的科举制度。我起初发现的只有吴敬梓的《文木山房集》中的赋一卷（四篇），诗二卷（一三一首），词一卷（四七首），拿这当做材料。但是在一百年前，我国的大诗人金和，他在跋《儒林外史》时，说他收有《文木山房集》，有文五卷。可是一般人都说《文木山房集》没有刻本，我不相信，便托人在北京的书店找，找了几年都没有结果，到了民国七年才在带经堂书店找到。我用这本集子参考安徽《全椒县志》，写成一本一万八千字的《吴敬梓年谱》，中国小说传记资料，没有一个能比这更多的，民国十四年我把这本书排印问世。

如果拿曹雪芹和吴敬梓二人作一个比较，我觉得曹雪芹的思想很平凡，而吴敬梓的思想则是超过当时的时代，有着强烈的反抗意识。吴敬梓在《儒林外史》里，严厉地批评教育制度，而且有他的较科学化的观念。

有计划找书，考证神会僧

前面谈到的都是没有计划的找书，有计划的找书更是其乐无穷。所谓有计划的找书，便是用“大胆的假设，小心的求证”方法去找书，现在再拿我找神会和尚的事做例子，这是我有计划的找书：神会和尚是唐代禅宗七祖大师，我从《宋高僧传》的慧能和神会传里发现神会和尚的重要，当时便作了个大胆的假设，猜想有关神会和尚的资料只有在日本和敦煌两地可以发现。因为唐朝时，日本派人来中国留学的很多，一定带回去不少史料，经过“小心的求证”，后来果然在日本找到宗密的《圆觉大疏钞》和《禅源诸诠集》，另外又在巴黎的国家图书馆及伦敦的大英博物馆发现数卷神会和尚的资料。知道神会和尚是湖北襄阳人，到洛阳、长安传布大乘佛法，并指陈当时的两京法祖三帝国师非禅宗嫡传，远在广东的六祖慧能才是真正禅宗一脉相传下来的。但是神会的这些指陈不为当时政府所取信，反而贬走神会。刚好那时发生安史之乱，唐玄宗远避四川，肃宗召郭子仪平乱，这时国家财政贫乏，军队饷银只好用度牒代替，如此必须要有一位高僧宣扬佛法令人乐于接受度牒。神会和尚就担任了这项推行度牒的任务。郭子仪收复两京（洛阳、长安），军饷的来源，不得不归功神会。安史之乱平了后，肃宗迎请神会入宫奉养，并且尊神会为禅宗七祖，所以神会是南宗的急先锋，北宗的毁灭者，新禅学的建立者，《坛经》的创作者，在中国佛教史上没有第二个人有这样伟大的功勋。我所研究的《神会和尚全集》可望在明年由中央研究院历史语言研究所出版。

最后，根据我个人几十年来找书的经验，发现我们过去的藏书的范围是偏狭的，过去收书的目标集于收藏古董，小说之类决不在藏书之列。但我们必须了解了解，真正收书的态度，是要无所不收的。

读书的习惯重于方法

读书会进行的步骤，也可以说是采取的方式大概不外三种：

第一种是大家共同选定一本书本读，然后互相交换自己的心得及感想。

第二种是由下往上的自动方式，就是先由会员共同选定某一个专题，限定范围，再由指导者按此范围拟定详细节目，指定参考书籍。每人须于一定期限内作成报告。

第三种是先由导师拟定许多题目，再由各会员任意选定。研究完毕后写成报告。

至于读书的方法我已经讲了十多年，不过在目前我觉得读书全凭先养成好读书的习惯。读书无捷径，是没有什么简便省力的方法可言的。读书的习惯可分为三点：一是勤，二是慎，三是谦。

勤苦耐劳是成功的基础，做学问更不能欺己欺人，所以非勤不可。其次谨慎小心也是很需要的，清代的汉学家著名的如高邮王氏父子，段茂堂等的成功，都是遇事不肯轻易放过，旁人看不见的自己便可看见了。如今的放大几千万倍的显微镜，也不过想把从前看不见的东西现在都看见罢了。谦就是态度的谦虚，自己万不可先存一点成见，总要不分地域门户，一概虚心的加以考察后，再决定取舍。这三点都是很要紧的。

其次还有个买书的习惯也是必要的，闲时可多往书摊上逛逛，无论什么书都要去摸一摸，你的兴趣就是凭你伸手乱摸后才知道的。图书馆里虽有许多的书供你参考，然而这是不够的。因为你想往上圈画一下都不能。更不能随便的批写。所以至少像对于自己所学的有关的几本必备书籍，无论如何，就是少买一双皮鞋，这些书是非买不可的。

青年人要读书，不必先谈方法，要紧的是先养成好读书，好买书的习惯。

智识的准备

——在普渡大学毕业典礼上的演讲

一

在这个值得纪念的仪式完毕之后，你们就被列入少数特权分子之列——大学毕业生。今天并不是标示着人生一段时期的结束或完毕，而是一个新生活的开始，一个真正生活和真正充满责任的开端。

人家对你们作为大学毕业生的，总期望会与平常人有所不同，和大多数没有念过大学的人有所不同。他们预料你们言行会有怪异之处。

你们有些人或许不喜欢人家把你们目为与众不同、言行怪异的人。你们或许想要和群众混在一起，不分彼此。

让我们向你们保证，要回到群众中间，使人不分彼此，是一件容易做到的事。假如你们有这个愿望，你们随时都可以做到，你们随时都可以成为一个“好伙伴”，一个“易于相处的人”，——而人们，包括你们自己，马上就会忘记你们曾经念过大学这回事。

虽然大学教育当然不该把我们造成为“势利之徒”和“古怪的人”，可是我们大学毕业生一直保留一点儿与众不同的标志，却也不是一件坏事。这一点儿与众不同的标志，我相信，是任何学术机构的教育家所最希望造成的。

大学男女学生与众不同的这个标志是什么呢？多数教育家都很可能会同意的说，那是一个多少受过训练的脑筋，——一个多少有规律的思想方式——这会使得，也应当使得，受大学教育的人显出有些与众不同的地方。

一个头脑受过训练的人在看一件事是用批判和客观的态度，而且也用适当的智识学问为凭依。他不容许偏见和个人的利益来影响他的判断，和左右他的观点。他一直都是好奇的，但是他绝对不会轻易相信人。他并不仓卒的下结论，也不轻易的附和他人的意见，他宁愿耽搁一段时间，一直等到他有充分的时间来查考事实和证据后，才下结论。

总而言之，一个受过训练的头脑，就是对于易陷入于偏见、武断和盲目接受传统与权威的陷阱，存在戒心和疑惧。同时，一个受过训练的脑筋绝不是消极或是毁灭性的。他怀疑人并不是喜欢怀疑的缘故；也并不是认为“所有的话都有可疑之处，所有的判断都有虚假之处”。他之所以怀疑是为了想确切相信一件事。为了要根据更坚固的证据和更健全的推理为基础，来建立或重新建立信仰。

你们四年的研究和实验工作一定教过你们独立思考、客观判断、有系统的推理，和根据证据来相信某一件事的习惯。这些就是，也应当是，标示一个人是大学生的标志。就是这些特征才使你们显得“与众不同”和“怪异”，而这些特征可能会使你们不孚众望和不受欢迎，甚至为你们社会里大多数人所畏避和摒弃。

可是，这些有点令人烦恼的特点却是你们母校于你们居留在此时间中，所教导你们而为此最感觉自豪的事。这些求知习惯的训练，如果我没有判断错误的话，也就是你们在大学里有责任予以培养起来的，回家时从这个校园里所带走的，并且在你们整个一生和在你们一切各种活动中，所继续不断的实行和发展的。

伟大的英国科学家，同时也是哲学家的赫胥黎（Thomas H. Huxley）曾说过："一个人一生中最神圣的行为就是口里讲，内心深感觉到这句话：'我相信某件事是实在的。'紧附在那个行为上的是人生存在世上一切最大的报酬和一切最严重的责罚。"要成功的完成这一个"最神圣的行为"，那应用在判断、思考，和信仰上的思想训练和规律是必要的。

所以在这一个值得纪念的日子，你们必须问自己的第一个问题就是：我是否获得所期望于为一个受大学教育的我所应有的充分智识训练吗？我的头脑是否有充分的装备和准备来做赫胥黎所说的"一个人一生中最神圣的行为"？

二

我们必须要体会到"一个人一生中最神圣的行为"也同时是我们日常所需做的行为。另一个英国哲学家弥尔（John Stuart Mill）曾说过："各个人每天每时每刻都需要确切证实他所没有直接观察过的事情……法官、军事指挥官、航海人员、医帅、农场经营者（我们还可以加上一般的公民和选民）的事，也不过是将证据加以判断，并按照判断采取行动……就根据他们做法（思考和推论）的优劣，就可决定他们是否尽其分内的职责。这是头脑所不停从事的职责。"

由于人人每日每时都需要思考，所以人在思考时，极容易流于疏忽，漠不关心，和习惯性的态度。大学教育毕竟难以教给我们一整套精通与永久适用的求知习惯，原因是其所需的时间远超过大学的四年。大学毕业生离开了他的实验室和图书馆，往往感觉到他已经工作得太劳累，思考得太辛苦，毕业后应当享受到一种可以不必求知识的假期。他可能太忙或者太懒，而无法把他在大学里刚学到而还没有精通的智识训练继续下去。他可能不喜欢标榜自己为受过大学教育“好炫耀博学的人”。他可能发现讲幼稚的话与随和大众的反应是一种调剂，甚至是一种愉快的事。无论如何，大学毕业生离开大学之后，最普遍的危险就是溜回到怠惰和懒散方式的思考和信仰。

所以大学生离开学校后，最困难的问题就是如何继续培养精稔实验室研究的思考态度和技术，以便将这种思考的态度和技术扩展到他日常思想、生活，和各种活动上去。

天下没有一个普遍适用以提防这种懒病复发的公式。但是我们仍然想献给列位一个简单的妙计，这个妙计对我自己和对我的学生和朋友都很实用。

我所想要建议的是各个大学毕业生都应当有一个或两个或更多足以引起兴趣和好奇心的疑难问题，借以激起他的注意、研究、探讨，或实验的心思。你们大家都知道的，一切科学的成就都是由于一个疑难的问题碰巧激起某一个观察者的好奇心和想象力所促成的。有人说没装备良好的图书馆和实验室是无法延续求知的兴趣。这句话是不确实的。请问亚基米德、伽利略、牛顿、法拉第，或者甚至达尔文或巴斯德究竟有什么实验室或图书馆的装备呢？一个大学毕业生所需要的仅是一些会激起他的好奇心，引起他的求知欲和挑激他的想法求解决的有趣的难题。那种挑激引发的性质就足够引致他搜集资料、触类旁通、设计工具，和建立简单而适用的试验和实验室。一个人对于一些引人好奇的难题不发生兴趣的话，就是处在设备良好的实验室和博物馆中，智识上也不会有任何发展。

四年的大学教育所给予我们的，毕业只不过是已经研究出来和尚未研究出来的学问浩翰范围的一瞥而已。不管我们主修的是那一个科目，我们都不应当有自满的感觉，以为在我们专门科目范围内，已经没有不解决的问题存在。凡是离开母校大门而没有带一两个智识上的难题回家去，和一两个在他清醒时一直缠绕着他的问题，这个人的智识生活可以说是已经寿终正寝了。

这是我给你们的劝告：在这一个值得纪念的日子里，你们该花费几分钟，为你们自己列了一个智识的清单，假如没有一两个值得你们下决心解决的智识难题，就不轻易步入这个大世界。你们不能带走你们的教授，也不能带走学校的图书馆和实验室。可是你们带走几个难题。这些难题时刻都会使你们智识上的自满和怠惰下来的心受到困扰。除非你们向这些难题进攻，并加以解决，否则你们就一直不得安宁。那时候，你们看吧，在处理和解决这些小难题的时候，你们不但使你们思考和研究的技术逐渐纯熟和精稔，而且同时开拓出智识的新地平线并达到科学的新高峰。

三

这种一直有一些激起好奇心和兴趣疑难问题来刺激你们的小妙计有许多功用。这个妙计可使你们一生中对研究学问的兴趣永存不灭，可开展你们新嗜好的兴趣，把你们日常生活提高到超过惯性和苦闷的水准之上。常常在沉静的夜里，你们突然成功的解决了一个讨厌的难题而很希望叫醒你们的家人，对他们叫喊着说："我找到了，我找到了！"那时候给你们的是智识上的狂喜和很大的乐趣。

但是这种自找问题和解决问题方式最重要的用处，是在于用来训练我们的能力，磨炼我们的智慧，而因此使我们能精稔实验与研究的方法和技术。对思考技术的精稔可能引使你们达到创造性的智识高峰；但是也同时会渐渐的普遍应用在你们整个生活上，并且使你们在处理日常活动时，成为比较懂得判断的人，会使你们成为更好的公民，更聪明的选民，更有智识的报纸读者，成为对于目前国家大事或国际大事一个更为胜任的评论者。

这个训练对于为一个民主国家里公民和选民的你们是特别重要的。你们所生活的时代是一片充满了惊心动魄事件的时代，一个势要毁灭你们政府和文化根基的战争时代。而从各方面拥集到你们身上的是强有力不让人批驳的思想形态，巧妙的宣传，以及随意歪曲的历史。希望你们在这个要把人弄得团团转的旋风世界中，要建立起你们的判断力，要下自己的决定，投你们的票，和尽你们的本分。

有人会警告你们要特别提高警觉，以提防邪恶宣传的侵袭。可是你们要怎样做才能防御宣传的侵入呢？因为那些警告你们的人本身往往就是职业的宣传员，只不过他们罐头上所用的是不同的商标；但这些罐头里照样是陈旧的和不准批驳的东西！

例如，有人告诉你们，上次世界大战所有一切唯心论的标语，像“为世界民主政治的安全而战”和“以战争来消弭战争”，这些话，都是想讨人欢喜的空谈和烟幕而已。但是揭露这件事的人也就是宣传者，他要我们全体都相信美国之参加上次世界大战是那些“担心美元英镑贬值”放高利贷者和发战争财者所促成的。

再看另一个例子。你们是在一个信仰所培养之下长大起来的。这些信仰就是相信你们的政府形式，属于人民的政府，尊敬个人的自由，特别是相信那保护思想、信仰、表达，和出版等自由的政府形式是人类最伟大的成就之一；但是我们这一代的新先知们却告诉你们说，民主的代议政府仅是资本主义制度下的一个必然的副产品，这个制度并没有实质的优点，也没有永恒的价值；他们又说个人的自由并不一定是人们所希求的；为了集体的福利和权力的利益起见，个人的自由应当视为次要的，甚至应当加以抑压下去的。

这些和许多其他相反的论调到处都可以看到听到，都想要迷惑你们的思想，麻木你们的行动。你们需要怎么样准备自己来对付一切所有这些相反的论调呢？当然不会是紧闭着眼睛不看，掩盖着耳朵不听吧。当然也不会躲在良好的古老传统信仰的后面求庇护吧，因为受攻击和挑衅的就是古老的传统本身。当然也不会是诚心诚意的接受这种陈腔烂调和不准批驳的思想和信仰的体系，因为这样一个教条式的思想体系可能使你们丢失了很多的独立思想，会束缚和奴役你们的思想，以致从此之后，你们在智识上说，仅是机械一个而已。

你们可能希望能保持精神上的平衡和宁静，能够运用你们自己的判断，唯一的方法就是训练你们的思想，精稔自由沉静思考的技术。使我们更充分了解智识训练的价值和功效的就是在这智识困惑和混乱的时代。这个训练会使我们能够找到真理——使我们获得自由的真理。

关于这种训练与技术，并没有什么神秘的地方。那就是你们在实验室里所学到的，也就是你们最优秀的教师终生所从事，而在你们研究论文上所教你们的方法，那就是研究和实验的科学方法。也就是你们要学习应用于解决我所劝你们时刻要找一两个疑难问题所用的同样方法。这个方法，如果训练得纯熟精通，会使我们能在思考我们每天必须面对有关社会、经济，和政治各项问题时，会更清楚、会更胜任的。

以其要素言，这个科学技术包括非常专心注意于各种建议、思想和理论，以及后果的控制和试验。一切思考是以考虑一个困惑的问题或情况开始的。所有一切能够解决这个困惑问题的假设都是受欢迎的。但是各个假设的论点却必须以在采用后可能产生的后果来作为适用与否的试验，凡是其后果最能满意克服原先困惑所在的假设，就可接受为最好和最真实的解决方法。这是一切自然、历史，和社会科学的思考要素。

人类最大的谬误，就是以为社会和政治问题简单得很，所以根本不需要科学方法的严格训练，而只要根据实际经验就可以判断，就可以解决。

但是事实却是刚刚相反的。社会与政治问题是关联着千千万万人命和福利的问题。就是由于这些极具复杂性和重要性的问题是十分困难的，所以使得这些问题到今日还没有办法以准确的定量衡量方法和试验与实验的精确方法来计量。甚至以最审慎的态度和用严格的方法无法保证绝无错误。但是这些困难却省免不了我们用尽一切审慎和批判的洞察力来处理这些庞大的社会和政治问题的必要。

两千五百年前某诸侯问孔子说："一言而可以兴邦，……一言而丧邦有诸？……"

想到社会与政治的问题，总会提醒我们关于向孔子请教的这两个问题，因为对社会与政治的思考必然会连带想起和计划整个国家，整个社会，或者整个世界的事。所以一切社会与政治理论在用以处理一个情况时，如果粗心大意或固守教条，严重的说来，可能有时候会促成预料不到的混乱、退步、战争，和毁灭，有时就真的是一言兴邦，一言丧邦。

刚就在前天，希特勒对他的军队发出一个命令，其中说到一句话：他要决定他的国家和人民未来一千年的命运！

但希特勒先生一个人是无法以个人的思想来决定千千万万人的生死问题。你们在这里所有的人需要考虑你们即将来临的本地与全国选举中有所选择，所有的人需要对和战问题表达意见，并不决定。是的，你们也会考虑到一个情况，你们在这个情况中的思考是正确，是错误，就会影响千千万万人的福利，也可能直接或间接的决定未来一千年世界与其文化的命运！

所以为少数特权阶级的我们大学男女，严肃的和胜任的把自己准备好，以便像在今日的这个时代，这个世界，每日从事思考和判断，把我们自己训练好，以便作有责任心的思考，乃是我们神圣的任务。

有责任心的思考至少含着三个主要的要求：第一，把我们的事实加以证明，把证据加以考查；第二，如有差错，谦虚的承认错误，慎防偏见和武断；第三，愿意尽量彻底获致一切会随着我们观点和理论而来的可能后果，并且道德上对这些后果负责任。

怠惰的思考，容许个人和党团的因素不知不觉的影响我们的思考，接受陈腐和不加分析的思想为思考之前提，或者未能努力以获致可能后果，来试验一个人的思想是否正确等等就是智识上不负责任的表现。

你们是否充分准备来做这件在你们一生中最神圣的行动——有责任心的思考？

我们今日还不配读经

傅孟真先生昨天在《大公报》上发表星期论文，讨论学校读经的问题，我们得了他的同意，转载在这一期《独立》第一四六号里。他这篇文章的一部分是提倡读经的诸公所能了解（虽然不肯接受）的。但是其中最精确的一段，我们可以预料提倡读经的文武诸公决不会了解的。那一段是：

经过明末以来朴学之进步，我们今日应该充分感觉六经之难读。汉儒之师说既不可恃，宋儒的臆想又不可凭，在今日只有妄人才敢说诗书全能了解。有声音文字训诂学训练的人是深知“多闻阙疑”、“不知为不知”之重要性的。那么，今日学校读经，无异于拿些教师自己半懂半不懂的东西给学生。……六经虽在专门家手中也是半懂半不懂的东西，一旦拿来给儿童，教者不是浑沌混过，便要自欺欺人。这样的效用，究竟是有益于儿童的理智呢，或是他们的人格？

孟真先生这段话，无一字不是事实。只可惜这番话是很少人能懂的。今日提倡读经的人们，梦里也没有想到五经至今还只是一半懂得一半不懂得的东西。这也难怪。毛公、郑玄以下，说《诗》的人谁肯说《诗》三百篇有一半不可懂？王弼、韩康伯以下，说《易》的人谁肯说《周易》有一大半不可懂？郑玄、马融、王肃以下，说《书》的人谁肯说《尚书》有一半不可懂？古人且不谈，三百年中的经学家，陈奂、胡承珙、马瑞辰等人的《毛诗》学，王鸣盛、孙星衍、段玉裁、江声、皮锡瑞、王先谦诸人的《尚书》学，焦循、江藩、张惠言诸人的《易》学，又何尝肯老实承认这些古经他们只懂得一半？所以孟真先生说的“六经虽在专门家手中也是半懂半不懂的东西”，这句话只是最近二三十年中的极少数专门家的见解，只是那极少数的“有声音文字训诂学训练的人”的见解。这种见解，不但陈济棠、何键诸公不曾梦见，就是一般文人也未必肯相信。

所以我们在今日正应该教育一般提倡读经的人们，教他们明白这一点。这种见解可以说是最新的经学，最新的治经方法。始创新经学的大师是王国维先生，虽然高邮王氏父子在一百多年前早已走上这条新经学的路了。王国维先生说：

> 《诗》、《书》为人人诵习之书，然于六艺中最难读。以弟之愚暗，于《书》所不能解者殆十之五；于《诗》，亦十之一二。此非独弟所不能解也，汉魏以来诸大师未尝不强为之说，然其说终不可通。以是知先儒亦不能解也。(《观堂集林》卷一，《与友人论诗书中成语书》)

这是新经学开宗明义的宣言，说话的人是近代一个学问最博而方法最缜密的大师，所以说的话最有分寸，最有斤两。科学的起点在于求知，而求知的动机必须出于诚恳的承认自己知识的缺乏。古经学所以不曾走上科学的路，完全由于汉魏以来诸大师都不肯承认古经的难懂，都要“强为之说”。南宋以后，人人认朱子、蔡沈的《集注》为集古今大成的定论，所以经学更荒芜了。顾炎武以下，少数学者走上了声音文字训诂的道路，稍稍能补救宋明经学的臆解的空疏。然而他们也还不肯公然承认他们只能懂得古经的一部分，他们往往不肯抛弃注释全经的野心。浅识的人，在一个过度迷信清代朴学的空气里，也就纷纷道听途说，以为经过了三百年清儒的整理，五经应该可以没有疑问了。谁料到了这三百年的末了，王国维先生忽然公开揭穿了这张黑幕，老实的承认，《诗经》他不懂的有十之一二，《尚书》他不懂的有十之五。王国维尚且如此说，我们不可以请今日妄谈读经的诸公细细想想吗？

何以古经这样难懂呢？王国维先生说：

其难解之故有三：讹阙，一也。（此以《尚书》为甚）古语与今语不同，二也。古人颇用成语，其成语之意义与其中单语分别之意义又不同，三也。

唐宋之成语，吾得由汉魏六朝人书解之；汉魏之成语，吾得由周秦人书解之。至于《诗》、《书》，则书更无古于是者。其成语之数数见者，得比较之而求其相沿之意义。否则不能赞一辞。若但合其中之单语解之，未有不龃龉者。（同上书）

王国维说的三点，第一是底本，第二是训诂，第三还是训诂。其实古经的难懂，不仅是单字，不仅是成语，还有更重要的文法问题。前人说经，都不注意古文语法，单就字面作诂训，所以处处“强为之说”，而不能满人意。王念孙、王引之父子的《经传释词》，用比较归纳的方法，指出许多前人误认的字是“词”（虚字），这是一大进步。但他们没有文法学的术语可用，只能用“词”、“语词”、“助词”、“语已词”一类笼统的名词，所以他们的最大努力还不能使读者明了那些做古文字的脉络条理的“词”在文法上的意义和作用。况且他们用的比较的材料绝大部分还是古书的文字，他们用的铜器文字是绝少的。这些缺陷，现代的学者刚刚开始弥补：文法学的知识，从《马氏文通》以来，因为有了别国文法作参考，当然大进步了；铜器文字的研究，在最近几十年中，已有了长足的进展；甲骨文字的认识又使古经的研究添出了不少的比较的材料。所以今日可说是新经学的开始时期。路子有了，方向好像也对了，方法好像更精细了，只是工作刚开始，成绩还说不上。离那了解古经的时期，还很远哩！

正因为今日的工具和方法都比前人稍进步了，我们今日对于古经的了解力的估计，也许比王国维先生的估计还要更小心一点，更谦卑一点。王先生说他对《诗经》不懂的有十之一二，对《尚书》有十之五。我们在今日，严格的估计，恐怕还不能有他那样的乐观。《尚书》在今日，我们恐怕还不敢说懂得了十之五。《诗经》的不懂部分，一定不止十之一二，恐怕要加到十之三四吧。这并不是因为我们比前人更笨，只是因为我们今日的标准更严格了。试举几个例来做说明。

（1）《大诰》开篇就说

王若曰，猷大诰尔多邦。

《微子之命》开篇也说：

王若曰，猷殷王元子。

《多方》开篇也说：

周公曰，王若曰，猷告尔四国多方。

这个“猷”字，古训作“道”，清代学者也无异说。但我们在今日就不能这样轻轻的放过他了。

（2）又如“弗”、“不”两个字，古人多不曾注意到他们的异同：但中央研究院的丁树声先生却寻出了很多的证据，写了两万多字的长文，证明这两个否定词在文法上有很大的区别，“弗”字是“不之”两字的连合省文，在汉以前这两字是从不乱用的。

（3）又如《诗》、《书》里常用的“诞”字，古训作“大”，固是荒谬；世俗用作“诞生”解，固是更荒谬；然而王引之《经传释词》里解作“发语词”，也还不能叫人明白这个字的文法作用。燕京大学的吴世昌先生释“诞”为“当”，然后我们懂得“诞弥厥月”就是当怀胎足月之时；“诞寘之隘巷”、“诞寘之平林”就是当把他放在隘巷平林之时。这样说去，才可以算是认得这个字了。

（4）又如《诗经》里常见的“于以”二字：

于以采苹，南涧之滨。

于以采藻，于彼行潦。

于以采蘩，于沼于沚。

于以用之，公侯之事。

于以求之，于林之下。

“于以”二字，谁不认得？然而清华大学的杨树达先生指出这个“以”字应解作“何”字，就是“今王其如台”的“台”字。这样一来，我们只消在上半句加个疑问符号（？），如下例：

于以求之？于林之下。

于以采蘩？于沼于沚。

这样说经，才可算是“涣然冰释，怡然顺理”了。

我举的例子，都是新经学提出的小小问题，都是前人说经时所忽略的，所认为不须诂释的。至于近二三十年中新经学提出的大问题和他们的新解决，那都不是这篇短文里说得明白的，我们姑且不谈。

总而言之，古代的经典今日正在开始受科学的整理的时期，孟真先生说的"六经虽在专门家手中也是半懂半不懂的东西"，真是最确当的估计。《诗》，《书》，《易》，《仪》，《礼》，固然有十之五是不能懂的，《春秋三传》也都有从头整理研究的必要；就是《论语》、《孟子》也至少有十之一二是必须经过新经学的整理的。最近一二十年中，学校废止了读经的工课，使得经书的讲授完全脱离了村学究的胡说，渐渐归到专门学者的手里，这是使经学走上科学的路的最重要的条件。二三十年后，新经学的成绩积聚的多了，也许可以稍稍减低那不可懂的部分，也许可以使几部重要的经典都翻译成人人可解的白话，充作一般成人的读物。

在今日妄谈读经，或提倡中小学读经，都是无知之谈，不值得通人的一笑。

打破浪漫病

刚才主席说“材料不很重要，重要的在方法”，这话是很对的。有方法与无方法，自然不同。比如说，电灯坏了若有方法就可以把它修理好。材料一样的，然而方法异样的，所得结果便完全不同了。我今天要说的，就是材料很重要，方法不甚重要。用同等的方法，用在两种异样的材料上，所得结果便完全不同了。所以说材料是很要紧的。中国自西历 1600 至 1900 年当中，可谓是中国“科学时期”，亦可说是科学的治学时代。如清朝的戴东原先生在音韵学、校勘学上，都有严整的方法。西洋人不能不承认这三百年是中国“科学时代”。我们自然科学虽没有怎样高明，但方法很好，这是我们可以自己得意的。闽人陈第曾著《毛诗古音考》《唐宋古音考》等些书。他的方法是很精密的，是顾炎武的老祖宗。顾亭林、阎百诗等些学者都开中国学术新纪元，他们是用科学方法探究学问的，顾氏是以科学方法研究音韵学，他的方法是用本证与旁证。比如研究《诗经》，从《诗经》本身来举证，是谓本证；若是从《诗经》的外面举证便谓旁证了。阎氏的科学方法是研究古文的真伪、文章的来源。

1609 年的哥白尼听说在波兰国的北部一个眼镜店做小伙计，一天偶然叠上几片玻璃而发现在远方的东西，哥白尼以为望远镜是可以做到的。他利用这仪器，他对于天文学上就有很大的发现。像哈代维（Hudvey）、牛顿（Newton），还有显微镜发明者像黎汶豪（Leeuwenhoek），他们都有很大的发明。当哥白尼及诸大学者存在的时候，正是中国的顾炎武、阎百诗出世的时期。在这五六十年当中，东西文化，东西学说的歧异就在这里。他们所谓方法就是“假说”与“求证”，牛顿就是大胆去假定，然后一步一步去证明。这是和我们不同的地方。我们的方法是科学的，然而材料是书本文字。我们的校勘学是校勘古书古字的正确的方法，如翻考《尔雅》、诸子百家；考据学是考据古文的真伪。这一大堆东西可以代表清朝三百年的成绩。黎汶豪是以凿钻等做研究的工具；牛顿是以木、石、自然资料来研究天文学，像现在已经把太阳系都弄清楚了。前几天报上宣传英国天文台要与火星通讯，像这样的造就实在可怕的。十八、十九世纪时候，西方学者才开始研究校勘学，瑞典的加礼文他专攻校勘学，曾经编成《中国文字分析字典》。像他这个洋鬼子不过研究四、五年，而竟达到中国有三百年历史的校勘学成绩。加礼文说道：“你们只在文字方面做工夫，不肯到汉口、广东、高丽、日本等地方实际考查文字的土音以为证明；要找出各种的读法应当要到北京、宁波，……等地去。”这可证明探求学问方法完全是经验的，要实地调查的。顾亭林费许多时间而所得到的很少，而结果走错了路。

刚才杨教务长问我怎样医治“浪漫病”？我回答他说：浪漫的病症在哪里？我以为浪漫病或者就是“懒病”。你们都是青年的，都还不到壮年时期，而我们已是“老狗教不成新把戏”了。现在我们无论走那条路，都是要研究微积分、生物学、天文学、物理学。我们要多做些实验工夫，要跟着西洋人走进实验室去。至于考据方面就要让我们老朽昏庸的人去做。黎汶豪的显微镜实在比妖怪还厉害，这是用无穷时间与时时刻刻找真理所得的结果。十九世纪时候，法国化学师柏士多（Pasteur）在显微镜下面发现很可怕的微生物。他并且感受疯狗的厉害，便研究疯狗起来。后来从狗嘴的涎沫里及脑髓中去探究，方知道是细菌在作祟，神经系中有毒。他把狗骨髓取出风干经过十三四天之久，就把它制成注射药水，可以治好给疯狗咬着的人。但是当时没有胆量就注射在人身上，只先在别的动物身上试验看看。在那时候很凑巧一位老太婆的儿子给狗咬伤，去请医生以活马当作死马医治，果然给他治好了。还有一位俄人，他给狼咬着他，就发明打针方法。法国酒的病，蚕的病亦给显微镜找出来了；欧洲羊的病，德国库舒（Koch）应用药水力量把羊医好。像蚕病、醋病与酒病治好后，实在每年给法国省下来几千万的法郎。普法战争后法国赔款有五十万万之巨额。然而英国哈维（Harvey）尝说：柏士多以一支玻璃管和一具显微镜，已把法国赔款都付清了。懒的人实在没有懂得学问的兴趣。学问本来是干燥东西，而正确方法是建筑在正确材料上的，像西方的牛顿那样的正确。我们中国要研究有结果，最要紧的是要到自然界去，找自然材料。做文学的更要到民间去，到家庭里去找活材料。我是喜欢谈谈：大家都是年富力强，应该要打破和消灭懒病。还要连带说一说，“六〇六”药水，是德国医生 Erlich 发明的，用以杀杨梅疮的微菌，这位先生他用化学方法，经过八年六百零六次的试验研究而成功的。我们研究学问，要有材料和方法，要不懒，要坚韧不拔的努力；那么，“浪漫病”就可以打破了。

写在孔子诞辰纪念之后

我们家乡有句俗话说:“做戏无法，出个菩萨。”编戏的人遇到了无法转变的情节，往往请出一个观音菩萨来解围救急。这两年来，中国人受了外患的刺激，颇有点手忙脚乱的情形，也就不免走上了“做戏无法，出个菩萨”的一条路。这本是人之常情。西洋文学批评史也有 deus ex machina 的话，译出来也可说，“解围无计，出个上帝”。本年五月里美国奇旱，报纸上也曾登出旱区妇女孩子跪着祈祷求雨的照片。这都是穷愁呼天的常情，其可怜可恕，和今年我们国内许多请张天师求雨或请班禅喇嘛消灾的人，是一样的。

这种心理，在一般愚夫愚妇的行为上表现出来，是可怜而可恕的；但在一个现代政府的政令上表现出来，是可怜而不可恕的。现代政府的责任在于充分运用现代科学的正确知识，消极的防患除弊，积极的兴利惠民。这都是一点一滴的工作，一尺一步的旅程，这里面绝对没有一条捷径可以偷渡。然而我们观察近年我们当政的领袖好像都不免有一种“做戏无法，出个菩萨”的心理，想寻求一条救国的捷径，想用最简易的方法做到一种复兴的灵迹。最近政府忽然手忙脚乱的恢复了纪念孔子诞辰的典礼，很匆遽的颁布了礼节的规定。八月二十七日，全国都奉命举行了这个孔诞纪念的大典。在每年许多个先烈纪念日之中加上一个孔子诞辰的纪念日，本来不值得我们的诧异。然而政府中人说这是“倡导国民培养精神上之人格”的方法，舆论界的一位领袖也说：“有此一举，诚足以奋起国民之精神，恢复民族的自信。”难道世间真有这样简便的捷径吗？

我们当然赞成“培养精神上之人格”“奋起国民之精神，恢复民族的自信”。但是古人也曾说过：“礼乐所由起，百年积德而后可兴也。”国民的精神，民族的信心，也是这样的；他的颓废不是一朝一夕之故，他的复兴也不是虚文口号所能做到的。“洙水桥前，大成殿上，多士济济，肃穆趋跄”（用八月二十七日《大公报》社论中语）；四方城市里，政客军人也都率领着官吏士民，济济跄跄的行礼，堂堂皇皇的演说，——礼成祭毕，纷纷而散，假期是添了一日，口号是添了二十句，演讲词是多出了几篇，官吏学生是多跑了一趟，然在精神的人格与民族的自信上，究竟有丝毫的影响吗？

那一天《大公报》的社论曾有这样一段议论：最近二十年，世变弥烈，人欲横流，功利思想如水趋壑，不特仁义之说为俗诽笑，即人禽之判亦几以不明，民族的自尊心与自信力既已荡然无存，不待外侮之来，国家固早已濒于精神幻灭之域。

如果这种诊断是对的，那么，我们的民族病不过起于“最近二十年”，这样浅的病根，应该是很容易医治的了。可惜我们平日敬重的这位天津同业先生未免错读历史了。《官场现形记》和《二十年目睹之怪现状》描写的社会政治情形，不是中国的实情吗？是不是我们得把病情移前三十年呢？《品花宝鉴》以至《金瓶梅》描写的也不是中国的社会政治吗？这样一来，又得挪上三五百年了。那些时代，孔子是年年祭的，《论语》《孝经》《大学》是村学儿童人人读的，还有士大夫讲理学的风气哩！究竟那每年“洙水桥前，大成殿上，多士济济，肃穆趋跄”，曾何补于当时的惨酷的社会，贪污的政治？

我们回想到我们三十年前在村学堂读书的时候，每年开学是要向孔夫子叩头礼拜的；每天放学，拿了先生批点过的习字，是要向中堂（不一定有孔子像）拜揖然后回家的。至今回想起来，那个时代的人情风尚也未见得比现在高多少。在许多方面，我们还可以确定的说："最近二十年"比那个拜孔夫子的时代高明的多多了。这二三十年中，我们废除了三千年的太监，一千年的小脚，六百年的八股，四五百年的男娼，五千年的酷刑，这都没有借重孔子的力量。八月二十七那一天汪精卫先生在中央党部演说，也指出'孔子没有反对纳妾，没有反对蓄奴婢；如今呢，纳妾蓄奴婢，虐待之因是罪恶，善待之亦是罪恶，根本纳妾蓄奴婢便是罪恶"。汪先生的解说是："仁是万古不易的，而仁的内容与条件是与时俱进的。"这样的解说毕竟不能抹杀历史的事实。事实是"最近"几年中，丝毫没有借重孔夫子，而我们的道德观念已进化到承认"根本纳妾蓄奴婢便是罪恶"了。

平心说来，"最近二十年"是中国进步最速的时代；无论在知识上，道德上，国民精神上，国民人格上，社会风俗上，政治组织上，民族自信力上，这二十年的进步都可以说是超过以前的任何时代。这时期中自然也有不少的怪现状的暴露，劣根性的表现，然而种种缺陷都不能减损这二十年的总进步的净赢余。这里不是我们专论这个大问题的地方。但我们可以指出这个总进步的几个大项目：

第一，帝制的推翻，而几千年托庇在专制帝王之下的城狐社鼠，——一切妃嫔，太监，贵胄，吏胥，捐纳，——都跟着倒了。

第二，教育的革新，浅见的人在今日还攻击新教育的失败，但他们若平心想想旧教育是些什么东西，有些什么东西，就可以明白这二三十年的新教育，无论在量上或质上都比三十年前进步至少千百倍了。在消极方面，因旧教育的推倒，八股，骈文，律诗等等谬制都逐渐跟着倒了；在积极方面，新教育虽然还肤浅，然而常识的增加，技能的增加，文字的改革，体育的进步，国家观念的比较普遍，这都是旧教育万不能做到的成绩。（汪精卫先生前天曾说："中国号称以孝治天下，而一开口便侮辱人的母亲，甚至祖宗妹子等。”试问今日受过小学教育的学生还有这种开口骂人妈妈妹子的国粹习惯吗？）

第三，家庭的变化。城市工商业与教育的发展使人口趋向都会，受影响最大的是旧式家庭的崩溃，家庭变小了，父母公婆与旅长的专制威风减削了，儿女宣告独立了。在这变化的家庭中，妇女的地位的抬高与婚姻制度的改革是五千年来最重大的变化。

第四，社会风俗的改革。小脚，男娼，酷刑等等，我已屡次说过了。在积极方面，如女子的解放，如婚丧礼俗的新试验，如青年对于体育运动的热心，如新医学及公共卫生的逐渐推行，这都是古代圣哲所不曾梦见的大进步。

第五，政治组织的新试验。这是帝制推翻的积极方面的结果。二十多年的试验虽然还没有做到满意的效果，但在许多方面（如新式的司法，如警察，如军事、如胥吏政治之变为士人政治）都已明白的显出几千年来所未曾有的成绩。不过我们生在这个时代，往往为成见所蔽，不肯承认罢了。单就最近几年来颁行的新民法一项而论，其中含有无数超越古昔的优点，已可说是一个不流血的绝大社会革命了。

这些都是毫无可疑的历史事实，都是“最近二十年”中不曾借重孔夫子而居然做到的伟大的进步。革命的成功就是这些，维新的成绩也就是这些。可怜无数维新志士，革命仁人，他们出了大力，冒了大险，替国家民族在二三十年中做到了这样超越前圣，凌驾百王的大进步，到头来，被几句死书迷了眼睛，见了黑旋风不认得是李逵，反倒唉声叹气，发思古之幽情，痛惜今之不如古，梦想从那“荆棘丛生，檐角倾斜”的大成殿里抬出孔圣人来“卫我宗邦，保我族类！”这岂不是天下古今最可怪笑的愚笨吗？

文章写到这里，有人打岔道：“喂，你别跑野马了。他们要的是‘国民精神上之人格，民族的自信’。在这‘最近二十年’里，这些项目也有进步吗？不借重孔夫子，行吗？”

什么是人格？人格只是已养成的行为习惯的总和。什么是信心？信心只是敢于肯定一个不可知的将来的勇气。在这个时代，新旧势力，中西思潮，四方八面的交攻，都自然会影响到我们这一辈人的行为习惯，所以我们很难指出某种人格是某一种势力单独造成的。但我们可以毫不迟疑的说：这二三十年中的领袖人才，正因为生活在一个新世界的新潮流里，他们的人格往往比旧时代的人物更伟大：思想更透辟，知识更丰富，气象更开阔，行为更豪放，人格更崇高。试把孙中山来比曾国藩，我们就可以明白这两个世界的代表人物的不同了。在古典文学的成就上，在世故的磨炼上，在小心谨慎的行为上，中山先生当然比不上曾文正。然而在见解的大胆，气象的雄伟，行为的勇敢上，那一位理学名臣就远不如这一位革命领袖了。照我这十几年来的观察，凡受这个新世界的新文化的震撼最大的人物，他们的人格都可以上比一切时代的圣贤，不但没有愧色，往往超越前人。我且举几个已死的朋友做例子，如高梦旦先生，如蔡元培先生，如丁文江先生。他们的人格的崇高可爱敬，在中国古人中真寻不出相当的伦比。这种人格只有这个新时代才能产生，同时又都是能够给这个时代增加光耀的。

我们谈到古人的人格，往往想到岳飞、文天祥和晚明那些死在廷杖下或天牢里的东林忠臣。我们何不想想这二三十年中为了各种革命慷慨杀身的无数志士！那些年年有特别纪念日追悼的人们，我们姑且不论。我们试想想那些为排满革命而死的许多志士，那些为民十五六年的国民革命而死的无数青年，那些前两年中在上海在长城一带为抗日卫国而死的无数青年，——他们慷慨献身去经营的目标比起东林诸君子的目标来，其伟大真不可比例了。东林诸君子慷慨抗争的是‘红丸“”移宫“”妖书“等等米米小的问题，而这无数的革命青年慷慨献身去工作的是全民族的解放，整个国家的自由平等，或他们所梦想的全人类社会的自由平等。我们想到了这二十年中为一个主义而从容杀身的无数青年，我们想起了这无数个“杀身成仁”中国青年，我们不能不低下头来向他们致最深的敬礼；我们不能不颂赞这“最近二十年”是中国史上一个精神人格最崇高，民族自信心最坚强的时代。他们把他们的生命都献给了他们的国家和他们的主义，天下还有比这更大的信心吗？

凡是咒诅这个时代为“人欲横流，人禽无别”的人，都是不曾认识这个新时代的人：他们不认识这二十年中国的空前大进步，也不认识这二十年中整千整万的中国少年流的血究竟为的是什么。

可怜的没有信心的老革命党呵！你们要革命，现在革命做到了这二十年的空前大进步，你们反不认得它了。这二十年的一点进步不是孔夫子之赐，是大家努力革命的结果，是大家接受了一个新世界的新文明的结果。只有向前走是有希望的。开倒车是不会有成功的。

你们心眼里最不满意的现状，——你们所咒诅的“人欲横流，人禽无别”，——只是任何革命时代所不能避免的一点附产物而已。这种现状的存在，只够证明革命还没有成功，进步还不够。孔圣人是无法帮忙的，开倒车也决不能引你们回到那个本来不存在的“美德造成的黄金世界”的！养个孩子还免不了肚痛，何况改造一个国家，何况改造一个文化？别灰心了，向前走罢！

第四章

快慰生活

独秀峰现在人人可以登临了。其实此峰是桂林清峰中的最低小的，高不过一百多尺！有石级可以从山脚盘旋直上山顶，凡三百六十级，其低可想！此峰所以独享大名，也有理由。徐霞客已说过“其异于他峰者，抵亭阁耳”，现时山腰与山顶尚有小亭台可供游人休想，是一胜。此山在城中，登山可望全城和四围山水，是二胜。诸峰多是石山，无大树木，独秀峰上稍有树木，是三胜。桂林造大山以岩洞见奇，然而岩洞都是可游而不可人画的；独秀峰无岩洞，而娇小葱宠，有小亭阁，最便于绘画，故画家多喜画独秀，是四胜。

南游杂忆

我这一次因为接受香港大学的名誉学位，作第一次的南游，在香港住了五天，在广州住了两天半，在广西住了十四天。这些地方都是我多年想去而始终没有去成的，这回得有畅游的机会，使我很快慰。可惜南方的朋友待我太好了，叫我天天用嘴吃喝，天天用嘴说话，嘴太忙，所以用眼睛耳朵的机会太少了。前后二十多天之中，我竟没有工夫记日记。后来在《大公报》和《国闻周报》上读了胡政之先生的两种两粤游记，我很感觉惭愧。他游两粤，恰在我之后，走的路也恰和我走的大致一样；但他是一个有训练的名记者，勤于记载每天的观察，所以他的游记很可供读者的参考。我因为当时没有日记，回家后又两次患流行性感冒，前后在床上睡了十天，事隔日久，追忆起来更模糊了。但因为许多朋友的催逼，所以我决定写出一些追忆的印象和事实，做我第一次南游的报告。

一　香港

我在元旦上午坐哈里生总统船南下，一月四日早晨到香港，住在香港大学副校长韩耐儿（Sir Williaxn Hornell）的家里。我在香港的日程，先已托香港大学文学院长佛斯脱先生（Dr. L. Forster）代为排定。西洋人是能体谅人的，所以每天上午都留给我自由支配，一切宴会讲演都从下午一点开始。所以我在港五天，比较很从容，玩了不少地方。

船到香港时，天还未明，我在船面上眺望，看那轻雾中的满山灯光，真像一天繁星。韩校长的家在半山，港大也在半山，在山上望见海湾，望见远近的岛屿，气象比青岛、大连更壮丽。香港的山虽不算很高，但几面都靠海，山和海水的接近，是这里风景的特色。有一天佛斯脱先生夫妇邀我去游览香港市的背面的山水，遍览浅水湾，深水湾，香港仔，赤柱各地。阳历的一月正是香港最好的天气。满山都是绿叶，到处可以看见很浓艳的鲜花；我们久居北方的人，到这里真有“赶上春了”的快乐。我们在山路上观看海景，到圣士梯反学校小坐喝茶，看海上的斜阳，风景特别清丽。晚上到佛斯脱先生家去吃饭，坐电车上山，走上山顶（The Peak），天已黑了，山顶上有轻雾，远望下去，看那全市的灯火，气象比纽约和旧金山的夜色还更壮丽。有个朋友走遍世界的，曾说，香港的夜景，只有南美洲巴西首都丽阿德耶内罗 Rio De Janeiro 和澳洲的西德内（Sidsey）两处可以相比。过了一天，有朋友邀我去游九龙，因时间太晚，走的不远，但大埔和水塘一带的风景的美丽已够使我们惊异了。

有一天，我在扶轮社午餐后演说，提到香港的风景之美，我说：香港应该产生诗人和画家，用他们的艺术来赞颂这里的海光山色。有些人听了颇感觉诧异。他们看惯了，住腻了，终日只把这地方看作一个吃饭做买卖的商场，所以不能欣赏那山水的美景了。但二十天之后，我从广西回到香港时，有人对我说，香港商会现在决定要编印一部小册子，描写香港的风景，他们准备印两万本，来宣传香港的山水之美！

香港大学最有成绩的是医科与工科，这是外间人士所知道的。这里的文科比较最弱，文科的教育可以说是完全和中国大陆的学术思想不发生关系。这是因为此地英国人士向来对于中国文史太隔膜了，此地的中国人士又太不注意港大文科的中文教学，所以中国文字的教授全在几个旧式科第文人的手里，大陆上的中文教学早已经过了很大的变动，而港大还完全在那变动大潮流之外。近年副校长韩君与文学院长佛君都很注意这个问题，他们两人去年都曾到北方访问考查；去年夏天港大曾请广东学者陈受颐先生和容肇祖先生到这里来研究港大的中文教学问题，请他们自由批评并指示改革的途径。这种虚心的态度是很可以佩服的。我在香港时，很感觉港大当局确有改革文科中国文学教学的诚意，本地绅士如周寿臣、罗旭和诸先生也都热心赞助这件改革事业。但他们希望一个能主持这种改革计划的人，这个人必须兼有四种资格：（一）须是一位高明的国学家，（二）须能通晓英文，能在大学会议席上为本系辩护，（三）须是一位有管理才干的人，（四）最好须是一位广东籍的学者。因为这样的人才一时不易得，所以这件改革事业至今还不曾进行。

香港大学始创于爱里鹗爵士（Sir Charles Eliot），此君是一位博学的学者，精通梵文和巴利（PaLi）文，著有《印度教与佛教》三巨册；晚年曾任驻日本大使，退休后即寄居奈良，专研究日本的佛教，想著一部专书。书稿本成，他因重病回国，死在印度洋的船上。一九二七年五月，我从美国回来，过日本奈良，曾在奈良旅馆里见着他。那一天同餐的，有法国的勒卫先生（Sylvan Levi），瑞士（**现改法国籍**）的戴弥微先生（Demieville），日本的高楠顺次郎先生和法隆寺的佐伯方丈，五国的研究佛教的学人聚在一堂，可称盛会。于今不过八年，那几个人都云散了，而当日餐会的主人已葬在海底了！

爱里鹗校长是最初推荐钢和泰先生（Baron Stael-Holstein）给北京大学的人。钢先生从此留在北京，研究佛教，教授梵文和藏文，至今十五六年了。香港大学对中国学术上的贡献，大概要算这件事为最大。可惜爱里鹗以后，这样的学术上的交通就不曾继续了。

香港的教育问题，不仅是港大的中文教学问题。我在香港曾和巢坤霖先生、罗仁伯先生细谈，才知道中小学的中文教学问题更是一个急待救济的问题。香港的人口，当然绝大数是中国人。他们的儿童入学，处处感觉困难，最大的困难是那绝大多数的华文学校和那少数的英文中学不能相衔接，华文学校是依中国新学制的六六制办的，小学六年，中学也六年。英文中学却有八年。依年龄的分配，在理论上，一个儿童读了四年小学，应该可以接上英文中学的最低级（第八级）。事实上却不然，华人子弟往往要等到初中二三年（即第八九年）方才能考英文中学。其间除了英文之外，其余的他种学科都是学过了还须重习的。这样的不相衔接，往往使儿童枉费去三年至五年的光阴。所以这是一个最严重的问题。香港与九龙的华文学校约有八百所，其中六百校是完全私立的，二百校是稍有政府津贴的。英文中学校之中，私立的约有一百校，其余最好的三十校又分三种：一种是官立的，一种是政府补助的，一种是英国教会办的。因为全港受英国统治与商业的支配，故学生的升学当然大家倾向那三十所设备最好的英文中学。无力升学的学生，也因为工商业都需要英文与英语，也都有轻视其他学科的倾向。还有一些人家，因为香港生活程度太高，学费太贵，往往把子弟送往内地去求学；近年中国学校不能收未立案的学校的学生，所以叫香港儿童如想在内地升学，必须早入中国的立案学校。所以香港的中小学的教学问题最复杂。家长大都希望子弟能早学英文，又都希望他们能多学一点中国文字，同时广东人的守旧风气又使他们迷恋中国古文，不肯彻底改用国语课本。结果是在绝大多数的中文学校里，文言课本还是很占势力，师资既不易得，教学的成绩自然不会好了。

罗仁伯先生是香港中文学校的视学员，他是很虚心考虑这个中文教学问题的，他也不反对白话文。但他所顾虑的是：白话文不是广东人的口语，广东儿童学白话未必比学文言更容易，也未必比学文言更有用。这不仅是他一个人的顾虑，广东朋友往往有这种见解。其实这种意思是错的。第一，今日的“国语”本是一种活的方言，因为流行最广，又已有文学作品做材料，所以最容易教学；学了也最有用。广东话也是一种活的方言，但流行比较不远，又产生的文学材料太少，所以不适宜用作教学工具。广东人虽不说国语，但他们看白话小说，新作白话文字，究竟比读古书容易的多多了。第二，“广东话”决不能解决华南一带语言教学问题，因为华南的语言太复杂了，广东话之外，还有客话，潮州话，等等。因为华南的语言太复杂了，所以用国语作统一的语言实在比在华北、华中还更需要。第三，古文是不容易教的，越下去，越不容易得古文师资了。而国语师资比较容易培养。第四，国语实在比古文丰富的多，从国语入手，把一种活文字弄通顺了，有志学古文的人将来读古书也比较容易。第五，我想香港的小学中学若彻底改用国语课本，低级修业年限或可以缩短一二年。将来谋中文学校与英文中学的衔接与整理，这也许是很可能的一个救济方法——所以我对于香港的教育家，很诚恳的希望他们一致的改用国语课本。

我在香港讲演过五次：三次用英文，两次用国语。在香港用国语讲演，不是容易的事。一月六日下午，我在香港华侨教育会向两百多华文学校的教员演说了半点钟，他们都说可以勉强听官话，所以不用翻成广东话。我说的很慢，自信是字字句句清楚的。因为我怕他们听不明白，所以那篇演说里没有一句不是很浅近的话。第二天各华字报登出会场的笔记，我在《大光报》上读了一遍，觉得大旨不错，我很高兴，因为这样一篇有七八成正确的笔记使我相信香港的中小学教员听国语的程度并不坏，这是最乐观的现象，在十年前这是决不可能的。后来广州各报转载的，更后来北方各报转载的，大概都出于一个来源，都和《大光报》相同。其中当然有一些听错的地方，和记述白话语气不完全的地方。例如我提到教育部王部长的广播演说，笔记先生好像不知道王世杰先生，所以记作汪清卫先生了。又如我是很知道广州人对香港的感情的，所以我很小心的说“我希望香港的教育家接受新文化，用和平手段转移守旧势力，使香港成为南方的一个新文化中心”，我特别把“一个新文化中心”说的很清楚，但笔记先生好像不曾做惯白话文，他轻轻的把“一个”两字丢掉了，后来引起了广州人士不少的醋意！又如最后笔记先生记的有这样一句话：

现在不同了。香港最高级教育当局也想改进中国的文化。

这当然是很错误的纪录：我说的是香港最高教育当局现在也想改善大学里的中国文学的教学了，所以我接着说港大最近请两位中国学者来计划中文系的改革事业。凡有常识而无恶意的读者，看了上下文，决不会在这一句上挑眼的，谁知这句句子后来在中山大学邹校长的笔下竟截去了上下文，成了一句天下驰名的名句！

那篇演说，因为各地报纸都转载了，并且除了上述各点小误之外，记载的大体不错，所以我不用转载在这里了。我的大意是劝告香港教育家充分利用香港的治安和财富，努力早日做到普及教育；同时希望他们接受中国大陆的新潮流，在思想文化上要向前走，不要向后倒退。可是我在后半段里提到广东当局反对白话文，提倡中小学读经的政策。我说的很客气，笔记先生记的是：

现在广东很多人反对用语体文，主张用古文；不但古文，而且还提倡读经书。我真不懂。因为广州是革命策源地，为什么别的地方已经风起云涌了，而革命策源地的广东尚且守旧如此。

这段笔记除了“风起云涌”四个字和“尚且”二字我决不会用的，此外的语气大致不错。我说的虽然很客气，但读经是陈济棠先生的政策，并且曾经西南政务会议正式通令西南各省，我的公开反对是陈济棠先生不肯轻轻放过的。于是我这篇最浅近的演说在一月八日广州报纸上登出之后，就引起很严重的反对。我丝毫不知道这回事，八日的晚上，我上了“泰山”轮船，一觉醒来，就到了广州。

罗文干先生每每取笑我爱演说，说我“卖膏药”。我不懂这句话的意思，直到那晚上了轮船，我才明白了。我在头等舱里望见一个女人在散舱里站着演说，我走过去看，听不懂她说的是什么问题，只觉得她侃侃而谈，滔滔不绝，很像是一位有经验的演说大家。后来问人，才知道她是卖膏药的，在那边演说她手里的膏药的神效。我忍不住暗笑了：明天早起，我也上省卖膏药去！

二　广州

一月九日早晨六点多，船到了广州，因为大雾，直到七点，船才能靠码头。有一些新旧朋友到船上来接我，还有一些新闻记者围住我要谈话。有一位老朋友托人带了一封信来，要我立时开看。我拆开信，中有云："兄此次到粤，诸须谨慎。"我不很了解，但我知道这位朋友说话是很可靠。那时和我同船从香港来的有岭南大学教务长陈荣捷先生，到船上来欢迎的有中山大学文学院长吴康先生，教授朱谦之先生，还有地方法院院长陈达材先生，他们还不知道广州当局对我的态度。陈荣捷先生和吴康先生还在船上和我商量我的讲演和宴会的日程。那日程确是可怕的！除了原定的中山大学和岭南大学各演讲两次之外，还有第一女子中学，青年会，欧美同学会等，四天之中差不多有十次演讲。上船来的朋友还告诉我：中山大学邹鲁校长出了布告，全校学生停课两天，使他们好去听我的演讲。又有人说：青年会昨天下午开始卖听讲券，一个下午卖出了两千多张。

我跟着一班朋友到了新亚酒店，已是八点多钟了。我看广州报纸，才知道昨天下午西南政务会议开会，就有人提起胡适在香港华侨教育会演说公然反对广东读经政策，但报纸上都没有说明政务会议议决如何处置我的方法。一会儿，吴康先生送了一封信来，说：

适晤邹海滨先生云；此间党部对先生在港言论不满，拟劝先生今日快车离省，暂勿演讲，以免发生纠纷。

邹、吴两君的好意是可感的，但我既来了，并且是第一次来观光，颇不愿意就走开。恰好陈达材先生问我要不要看看广州当局，我说：林云陔主席是旧交，我应该去看看他。达材就陪我去到省政府，见着林云陔主席，他大谈广东省政府的“三年建设计划”。他问我要不要见见陈总司令，我说，很好。达材去打电话，一会儿他回来说：陈总司令本来今早要出发向派出剿匪的军队训话，因为他要和我谈话，特别改迟出发。总司令部就在省政府隔壁，可以从楼上穿过。我和达材走过去，在会客室里略坐，陈济棠先生就进来了。

陈济棠先生的广东官话我差不多可以全懂。我们谈了一点半钟，大概他谈了四十五分钟，我也谈了四十五分钟。他说的话很不客气：“读经是我主张的，祀孔是我主张的，拜关、岳也是我主张的。我有我的理由。”他这样说下去，滔滔不绝。他说：“我民国十五年到莫斯科去研究，我是预备回来做红军总司令的。”但他后来觉得共产主义是错的，所以他决心反共了。他继续说他的两大政纲：第一是生产建设，第二是做人。生产的政策就是那个“三年计划”，包括那已设未设的二十几个工厂，其中有那成立已久的水泥厂，有那前五六年才开工出糖的糖厂。他谈完了他的生产建设，转到“做人”，他的声音更高了，好像是怕我听不清似的。他说：生产建设可以尽量用外国机器，外国科学，甚至于不妨用外国工程师。但“做人”必须有“本”，这个“本”必须要到本国古文化里去寻求。这就是他主张读经祀孔的理论。他演说这“生产”“做人”两大股，足足说了半点多钟。他的大旨和胡政之先生“粤桂写影”所记的陈济棠先生一小时半的谈话相同，大概这段大议论是他时常说的。

我静听到他说完了，我才很客气的答他，大意说：“依我的看法，伯南先生的主张和我的主张只有一点不同。我们都要那个‘本’，所不同的是：伯南先生要的是‘二本’，我要的是‘一本’。生产建设须要科学，做人须要读经祀孔，这是‘二本’之学。我个人的看法是：生产要用科学知识，做人也要用科学知识，这是‘一本’之学。”

他很严厉的睁看两眼，大声说：“你们都是忘本！难道我们五千年的老祖宗都不知道做人吗？”

我平心静气的对他说：“五千年的老祖宗，当然也有知道做人的。但就绝大多数的老祖宗说来，他们在许多方面实在够不上做我们‘做人’的榜样。举一类很浅的例子来说罢。女人裹小足，裹到骨头折断，这是全世界的野蛮民族都没有的惨酷风俗。然而我们的老祖宗居然行了一千多年。大圣大贤，两位程夫子没有抗议过，朱夫子也没有抗议过，王阳明、文文山也没有抗议过。这难道是做人的好榜样？”

他似乎很生气，但也不能反驳我。他只能骂现存中国的教育，说“都是亡国的教育”；他又说，现在中国人学的科学，都是皮毛，都没有“本”，所以都学不到人家的科学精神，所以都不能创造。在这一点上，我不能不老实告诉他：他实在不知道中国这二十年中的科学工作。我告诉他：现在中国的科学家也有很能做有价值的贡献的了，并且这些第一流的科学家又都有很高明的道德。他问，“有些什么人？”我随口举出了数学家的姜蒋佐，地质学家的翁文瀚、李四光，生物学家的秉志，——都是他不认识的。

关于读经的问题，我也很老实的对他说：我并不反对古经典的研究，但我不能赞成一班不懂得古书的人们假借经典来做复古的运动。“这回我在中山大学的讲演题目本来是两天都讲‘儒与孔子’，这也是古经典的一种研究。昨天他们写信到香港，要我一次讲完，第二次另讲一个文学的题目。我想读经问题正是广东人眼前最注意的问题，所以我告诉中山大学吴院长，第二题何不就改作‘怎样读经？’我可以同这里的少年人谈谈怎样研究古经典的方法。”我说这话时，陈济棠先生回过头去望着陈达材，脸上做出一种很难看的狞笑。我当作不看见，仍旧谈下去。但我现在完全明白是谁不愿意我在广州“卖膏药”了！

以上记的，是我那天谈话的大概神情。旁听的只有陈达材先生一位。出门的时候，达材说，陈伯南不是不能听人忠告的，他相信我的话可以发生好影响。

我是相信天下没有白费的努力的，但对达材的乐观我却不免怀疑。这种久握大权的人，从来没有人敢对他们说一句逆耳之言，天天只听得先意承志的阿谀谄媚，如何听得进我的老实话呢？

在这里我要更正一个很流行的传说。在十天之后，我在广西遇见一位从广州去的朋友，他说，广州盛传胡适之对陈伯南说："岳武穆曾说，'文官不要钱，武官不怕死，天下太平矣。'我们此时应该倒过来说，'武官不要钱，文人不怕死；天下太平矣'。"——这句话确是我在香港对胡汉民先生说的。我在广州，朋友问我见过胡展堂没有，我总提到这段谈话。那天见陈济棠先生时，我是否曾提到这句话，我现在记不清了。大概广州人的一般心理，觉得这句话是我应该对陈济棠将军说的，所以不久外间就有了这种传说。

我们从总司令部出来，回到新亚酒店，罗钧任先生，但怒刚先生，刘毅夫（沛泉）先生，罗努生先生，黄深微（骚）先生，陈荣捷先生，都在那里。中山大学文学院长吴康先生又送了一封信来，说：

鄙意留省以勿演讲为妙。党部方面空气不佳，发生纠纷，反为不妙，邹先生云，昨为党部高级人员包围，渠无法解释。故中大演讲只好布告作罢。渠云，个人极推重先生，故前布告学生停课出席听先生讲演。惟事已至此，只好向先生道歉，并劝先生离省，冀免发生纠纷。

一月九日午前十一时

邹校长的为难，我当然能谅解。中山大学学生的两天放假没有成为事实，我却可以得着四天的假期，岂不是意外的奇遇？所以我和陈荣捷先生商量，爽性把岭南大学和其他几处的讲演都停止了，让我痛痛快快的玩两天。我本来买了来回船票，预备赶十六日的塔虎脱总统船北回，所以只预备在广州四天，在梧州一天。现在我和西南航空公司刘毅夫先生商量，决定在广州只玩两天，又把船期改到十八日的麦荆尼总统船，前后多出四天，坐飞机又可以省出三天，我有七天（十一十七）可以飞游南宁和柳州、桂林了。罗钧任先生本想游览桂林山水，他到了南宁，因为他的哥哥端甫先生（文庄）死了，他半途折回广州。他和罗努生先生都愿意陪我游桂林，我先去梧州讲演，钧任等到十三日端甫开吊事完，飞到南宁会齐，同去游柳州、桂林。我们商量定了，我很高兴，就同陈荣捷先生坐小汽船过河到岭南大学钟荣光校长家吃午饭去了。

那天下午五点，我到岭南大学的教职员茶会。那天天气很热，茶会就在校中的一块草地上，大家团坐吃茶点谈天。岭大的学生知道了，就有许多学生来旁观。人越来越多，就把茶会的人包围住了。起先他们只在外面看着，后来有一个学生走过来对我说："胡先生肯不肯在我的小册子上写几个字？"我说可以，他就摸出一本小册子来请我题字。这个端一开，外面的学生就拥进茶会的团坐圈子里来了。人人都拿着小册子和自来水笔，我写的手都酸了。天渐黑下来了。草地上蚊子多的很，我的薄袜子抵挡不住，我一面写字，一面运动两只脚，想赶开蚊子。后来陈荣捷先生把我拉走，我上车时，两只脚背都肿了好几块。

晚上黄深微先生和他的夫人邀我到他们家中去住，我因为旅馆里来客太多，就搬到东山，住在他们家里。十点钟以后，报馆里有人送来明天新闻的校样，才知道中山大学邹鲁校长今天出了这样一张布告：

国立中山大学布告第七十九号

为布告事。前定本星期四五下午二时请胡适演讲，业经布告在案。现阅香港《华字日报》，胡适此次南来接受香港大学博士学位之后。在港华侨教育会所发表之言论，竟谓香港最高教育当局，也想改进中国的文化，又谓各位应该把他做成南方的文化中心，复谓广东自古为中国的殖民地等语。此等言论。在中国国家立场言之，胡适为认人作父。在广东人民地位言之，胡适竟以吾粤为生番蛮族。实失学者态度。应即停止其在本校演讲。合行布告。仰各学院各附校员生一体知照。届时照常上课为要。此布。

校长　邹鲁　中华民国二十四年一月九日

这个布告使我不能不佩服邹鲁先生的聪明过人。早晨的各报记载八日下午西南政务会议席上讨论的胡适的罪过，明明是反对广东的读经政策。现在这一桩罪名完全不提起了，我的罪名变成了“认人作父”和“以吾粤为生番蛮族”两项！广州的当局大概也知道“反对读经”的罪名是不够引起广东人的同情的，也许多数人的同情反在我的一边。况且读经是武人的主张，——这是陈济棠先生亲口告诉我的——如果用“反对读经”做我的罪名，这就成了陈济棠反对胡适了。所以奉行武人意旨的人们必须避免这个真罪名，必须向我的华侨教育会演说里去另寻找我的罪名，恰好我的演说里有这么一段：

我觉得一个地方的文化传到它的殖民地或边境，本地方已经变了，而边境或殖民地仍是保留着它老祖宗的遗物。广东自古是中国的殖民地，中原的文化许多都变了，而在广东尚留着。像现在的广东音是最古的，我现在说的话才是新的。（用各报笔记，大致无大错误）

假使一个无知苦力听了这话忽然大生气，我一定不觉得奇怪。但是一位国立大学校长，或是一位国立大学的中国文学系主任居然听不懂这一段话，居然大生气，说我是骂他们“为生番蛮族”，这未免有点奇怪罢。

我自己当然很高兴，因为我的反对读经现在居然不算是我的罪状了，这总算是一大进步。孟子说的好，“乃孔子则欲以微罪行，不欲为苟去。”邹鲁先生们受了读经的训练，硬要我学孔子的“做人”，要我“以微罪行”，我当然是很感谢的。

但九日的广州各报记载是无法追改的，九日从广州电传到海内外各地的消息也是无法追改的。广州诸公终不甘心让我蒙“反对读经”的恶名，所以一月十四日的香港英文《南华晨报》上登出了中山大学教授兼广州《民国日报》总主笔梁民志的一封英文来函，说：

我盼望能借贵报转告说英国话的公众，胡适博士在广州所受冷淡的待遇，并非因为（如贵报所记）他批评广州政府恢复学校读经课程，其实完全因为他在一个香港教员聚会席上说了一些对广东人民很侮辱又“非中国的”（Un-Chinese）批评。我确信任何人对于广州政府的教育政策如提出积极的批评，广州当局诸公总是很乐意听受的。

我现在把梁教授这封信全译在这里，也许可以帮助广州当局诸公多解除一点同样的误解。

我的膏药卖不成了，我就充分利用那两天半的时间去游览广州的地方。黄花岗，观音山，鱼珠炮台，石牌的中山大学新校舍，禅宗六祖的六榕寺，六百年前的五层楼的镇海楼，中山纪念塔，中山纪念大礼堂，都游遍了。中山纪念塔是亡友吕彦直先生（康南尔大学同学）设计的，图案简单而雄浑，为彦直生平最成功的建筑，远胜于中山陵的图案。黄花岗七十二烈士（中有亡友饶可权先生）墓是二十年前的新建筑，中西杂凑，全不谐和，墓顶中间一个小小的自由神石像，全仿纽约港的自由神大像，尤不相衬。我们看了民元的黄花岗，再看吕彦直设计的中山纪念塔，可以知道这二十年中国新建筑学的大进步了。

我在中山纪念塔下游览时，忽然想起学海堂和广雅书院，想去看看这两个有名学府的遗迹。同游的陈达材先生说，广雅书院现在用作第一中学的校址，很容易去参观。我们坐汽车到一中，门口的警察问我们要名片，达材给了他一张名片。我们走进去，路上遇着一中的校长，达材给我介绍，校长就引我们去参观。东边有荷花池，池后有小亭，亭上有张之洞的浮雕石像，刻的很工致。我们正在赏玩，不知如何被校中学生知道了，那时正是十二点一刻，餐堂里的学生纷纷跑出来看，一会儿荷花池的四围都是学生了。我们过桥时，有个学生拿着照相机走过来问我："胡先生可以让我照相吗？"我笑着立定，让他照了一张相。这时候，学生从各方面围拢来，跟着我们走，有些学生跑到前面路上去等候我们走过。校长说："这里一千三百学生，他们晓得胡先生来，都要看着你。"我很想赶快离开此地。校长说："这里是东斋，因为老房屋有倒坏了的，所以全拆了重盖新式斋舍。那边是西斋，还保存着广雅书院斋舍的原样子，不可以不去看。"我只好跟他走，走到西斋，西斋的学生也知道我来了，也都跑来看我们。七八百个少年人围着我们，跟着我们，大家都不说话，但他们脸上的神气都很使我感动。校墙上有石刻的广雅书院学规，我站住读了几条回头看时，后面学生都纷纷挤上来围着我们，我们几乎走不开了。我们匆匆出来，许多学生跟着校长一直送我们到校门口。我们上了汽车，我对同游的两位朋友说："广州的武人政客未免太笨了。我若在广州演讲，大家也许来看热闹，也许来看着胡适之是什么样子；我说的话，他们也许可以懂得五六成；人看见了，话听完了，大家散了，也就完了。演讲的影响不过如此。可是我的不演讲，影响反大的多了。因为广州的少年人都不能不想想为什么胡适之在广州不演讲。我的最大辩才至多只能使他们想想一两个问题，我不讲演却可以使他们想想无数的问题。陈伯南先生真是替胡适之宣传他的'不言之教'了！"

我在广州玩了两天半，一月十一日下午，我和刘毅夫先生同坐西南航空公司"长庚"机离开广州了。

我走后的第二天，广州各报登出了中山大学中国文学系教授古直，钟应梅，李沧萍三位先生的两个"真电"，全文如下：

一、广州分送西南政务委员会，陈总司令，林主席，省党部，林宪兵司令，何公安局长勋鉴，昔颜介庾信，北陷虏廷，尚有乡关之重，今胡适南履故土，反发盗憎之论，在道德为无耻，在法律为乱贼矣，又况指广东为殖民，置公等于何地，虽立正典刑，如孔子之诛少正卯可也，何乃令其逍遥法外，造谣惑众，为侵掠主义张目哉，今闻尚未出境，请即电令截回，径付执宪，庶几乱臣贼子，稍知警悚矣，否则老口北返，将笑广东为无人也。国立中山大学中文系主任古直、教员李沧萍、钟应梅，等叩，真辰。二、探送梧州南宁李总司令，白副总司令，黄主席，马校长勋鉴（前段与上电同略），今闻将入贵境，请即电令所在截留，径付执宪，庶几乱臣贼予，稍知警悚矣，否则公方剿灭共匪，明耻教战，而反客受刘豫、张邦昌一流人物以自玷，天下其谓公何，心所谓危，不敢不告。国立中山大学中文系主任古直、教员李沧萍、钟应梅叩，真午。

电文中列名的李沧萍先生，事前并未与闻，事后曾发表谈话否认列名真电。所以一月十六日中山大学日报上登出《古直、钟应梅启事》，其文如次：

胡适出言侮辱宗国。侮辱广东三千万人。中山大学布告驱之。定其罪名为认人作父。夫认人作父。此贼子也。刑罚不加。直等以为遗憾。真日代电。所以义形于色矣。李沧萍教授同此慷慨。是以分之以义。其实未尝与闻。今知其为北大出身也。则直等过矣。呜呼道真之妒。昔人所叹。自今以往。吾犹敢高谈教育救国乎。先民有言。丈夫行事当磊磊落落。特此相明。不欺其心。谨启。

古直
钟应梅　启

这三篇很有趣的文字大可以做我的广州杂忆的尾声了。

三　广西

我们一月十一日下午飞到梧州了，在梧州住了一夜，我在广西大学讲演一次，次日在梧州中山纪念堂公开讲演一次。广西大学校长马君武先生是我的老师，校中教职员有许多是中国公学的老朋友，所以我在梧州住的一天是最快乐的。大学在梧州的对岸，中间是抚河（漓水），南面是西江。我们到的太晚了，晚上讲演完后，在老同学谢厚藩先生的家里喝茶大一谈，夜深过江，十二日讲演完后，吃了饭就上飞机飞南宁了，始终没有机会参观西大的校舍与设备，这就是用嘴不能用眼的害处了。

十二日下午到南宁（邕宁），见着白健生先生，潘宜之先生，邱毅吾（冒渭）先生等，都是熟人。住在乐群社，是一个新式的俱乐部，设备很好。梧州与南宁都有自来水，内地省分有两个有自来水的城市，是很难得的。白先生力劝我改船期，在广西多玩几天。我因为我的朋友贵县罗尔纲先生的夫人和儿女在香港等候我伴送他们北上，不便改期。十四日罗钧任和罗努生如约到了南宁，白健生先生又托他们力劝。白先生说，他可以实行古直先生们的“真电”，封锁水陆空的交通，把我扣留在广西！后来我托省政府打电报请广西省银行的香港办事处把我和罗太太一家的船票都改了二十六日的胡佛总统船。这样一改，我在广西还可住十二天，尽够畅游桂林山水了。

我在邕宁住了六天，中间和罗努生到武鸣游了一天。钧任飞去龙州玩了一天，回来极口称美龙州的山水，可惜我不曾去。我在邕宁讲演了五次。十九日飞往柳州，住在航空署，见着广西航空界的一般青年领袖。钧任、努生和我在柳州游览了半天，公开讲演一次。二十日上午飞往桂林，在桂林讲演了两次，游览了两天，把桂林附近的名胜大致游遍了。二十二日上午，我和钧任、努生、毅夫，桂林县公署的秘书曹先生，飞机师赵志雄、冯星航两先生，雇了船去游阳朔。在漓水里走了一天半，二十三日下午才到阳朔。在阳朔游览了小半天，我坐汽车赶到良丰的省立师范专科学校讲演一次。讲演后坐汽车赶回桂林，已近半夜了。

二十四日早晨从桂林起飞，本想直飞梧州，在梧州吃午饭，毅夫夫妇约了在广州北面的从化温泉吃晚饭。但那天雾太低了，我们飞过了良丰，还没到阳朔，看前面云雾低压，漓水的河身不宽而两傍山高，所以飞机师赵先生决定折回向西，飞到柳州吃午饭，饭后顺着柳江浔江飞往梧州，在梧州吃夜饭，打电报到广州去报告那些在从化等我们吃夜饭的朋友们。在梧州住了一夜，二十五日从梧州飞回广州，赶上火车，晚上赶到香港。我们在梧州打电报问明胡佛船是二十六日早晨四点钟就要开的，前一天的大雾几乎使我又赶脱了船期！

这是我在广西的行程。以下先记广西的山水。

广西的山水是一种特异的山水，南宋大诗人范成大在他的《桂海虞衡志》里说的最好：

余尝评桂山之奇直为天下第一。士大夫落南者少，往往不知；而闻者亦不能信。余生东吴，而北抚辽蓟，南宅交广，西使岷峨之下，三方皆走万里，所至无不登览。……其最号奇秀莫如池之九华，歙之黄山，括之仙都，温之雁荡，夔之巫峡，此天下同称之者。然皆数峰而止耳，又在荒绝僻远之濒，非凡杖间可得；且所以能拔乎其萃者，必因重冈复岭之势，盘亘而起，其发也有自来。桂之千峰，皆旁无延缘，悉自平地崛然特立，玉笋瑶，森列无际。其怪且多如此，诚当为天下第一。……山皆中空，故峰下多佳岩洞。

范氏指出两点特色：第一是诸峰“悉自平地崛然特立，玉笋瑶，森列无际”。第二是“山皆中空，故峰下多佳岩洞”。这两点都是广西山水的特色。这样“怪而多”的山都是石灰岩，和太湖石是同类；范石湖所指出的“山多中空，故多佳岩洞”，也正和太湖石的玲城孔窍同一个道理。在飞机上望下去，只看见一簇一簇的圆锥体黑山，笋也似的矗立着，密密的排列着，使我们不能不想着一千多年前柳宗元说的名句：“桂州多灵山，发地峭竖，林立四野。”这种山峰并不限于桂林，广西全省有许多地方都有这种现象。我们在飞机上望见贵县的南山诸峰，也是这样的。武鸣的四围诸山，也是这一类。我们所游的柳州诸山，还有我们不曾去游的柳州北面融县真仙岩一带的山岩，也都和桂林、阳朔同一种类。地质学者说，这种山岩并不限于广西一省，贵州的山也属于这一类。翁文灏先生说，这种山岩，地质学家称为“喀尔斯特”山岩，在世界上，别处也有，但广西、贵州要算全世界最大的统系了。

徐霞客记广西的山水岩洞最详细，他在广西游了一年，——从崇祯丁丑（一六三七）闰四月初八到次年三月二十七，——写游记凡八万字，即丁文江标点本（商务印书馆出版，附地图）卷四至卷七。这是三百年前的游记，我们现在读了还不能不佩服那一位千古奇人脚力之健，精力之强，眼力之深刻，与笔力之细致。我们要知道广西岩洞的奇崛与壮美，不可不读徐霞客的游记；未游者固然应该读，已游者也不可不读。因为三百年来，还没有第二个人有这样伟大的好奇心，费这样长久的时间，专搜访自然的奇迹，作那么详细的记载。他所游的，往往有志书所不载，古今人所不知，或古人偶知而久无人到又被丛莽封塞了的。所以读过徐霞客粤西游记的人，真不能不感觉我们坐汽车匆匆游山的人真不配写游记：不但我们到的地方远不如他访搜所得的地方之多，我们到过的地方，所看见的，所注意到的，也都没有他在三百年前攀藤摩挲所得的多而且详尽。

凡听说桂林山水的，无人不知道桂林的独秀峰。图画上的桂林山水，也只有独秀峰最出名。徐霞客游遍了广西的山水，只不曾登独秀峰，因为独秀峰在桂林城中，圈在靖江王府里，须先得靖江王的许可，外人始得登览。徐霞客运动王府里的和尚代为请求，从五月初四日直到六月初一日，始终不得许可，他大失望而去。游记中屡记此事，最后记云：

五月二十九日，入靖藩城，订独秀期，主僧词甚辽缓。予初拟再至省一登独秀，即往柳州。至此失望，怅怅。

六月初一日，讹传流寇薄衡水，藩城愈戒严，予遂无意登独秀。独秀山北面临池，西南二麓予俱已绕其下，西岩亦已再探，惟东麓与绝顶未登。其他异于他峰者，只亭阁耳。

独秀峰现在人人可以登临了。其实此峰是桂林诸峰中的最低小的，高不过一百多尺！有石级可以从山脚盘旋直上山顶，凡三百六十级，其低可想！此峰所以独享大名，也有理由。徐霞客已说过，“其异于他峰者，只亭阁耳”，现时山腰与山顶尚有小亭台可供游人休憩，是一胜。此山在城中，登山可望全城和四围山水，是二胜。诸峰多是石山，无大树木，独秀峰上稍有树木，是三胜。桂林诸大山以岩洞见奇，然而岩洞都是可游而不可入画的；独秀峰无岩洞，而娇小葱宠，有小亭阁，最便于绘画，故画家多喜画独秀，是四胜。有此四胜，就使此峰得大名！徐霞客两度到桂林，终以不得登独秀峰为憾事。我们在飞机上下望桂林附近的无数石山，几乎看不见那座小小的石丘，颇笑徐霞客的失望为大不值得！

徐霞客最称赏柳州北面融县的真仙岩，《游记》中有“真仙为天下第一”之语。可惜真仙岩我们没有去；我们游的岩洞，最大的是桂林七星山的岩洞，这岩洞一口为栖霞洞，一口为曾公岩。徐霞客从栖霞洞进去，从曾公岩出来，依他的估计，“自栖霞达曾公岩，径约二里；复自岩口出入盘旋三里”。我们从曾公岩进去，从栖霞出来，共费时五十五分钟。向导的乡人手拿火把（用纸浸煤油，插入长竹筒的一头），处处演说洞里石乳滴成的种种奇异形状：“这是仙人棋盘，那是仙人种田，那是金钟对玉鼓，这是狮子对乌龟，那是摩天岭，这是观音菩萨，那是骊山老母，……”那位领袖用很清楚的桂林话一一指给我们看，说给我们听，真如数家珍。洞中有一股泉水，有些地方水声很大。洞中石乳确有许多很奇伟的形态。我们带有手电筒。又有两三盏手提汽油灯，故看得比较清楚。洞中各处皆被油烟熏黑，石壁石乳，手偶摩抚，都是煤黑。徐霞客记他来游时，向导者用松明照路。千百年中，游人用的松明烟与煤油烟，把洞壁都熏黑了。其实这种岩洞大可以装设电灯，可使洞中景物都更便于赏观，行路的人可以没有颠跌的危险，也可以免除油烟熏塞的气闷。向来做向导的村人，可以稍加训练，雇作看洞和导游的人，而规定入门费与向导费。如此则游人不以游洞为苦。若如现状，则洞中幽暗，游人非多人结伴不敢进来，来者又必须雇向导，人太少又出不起这笔杂费。

曾公岩是因曾布得名。曾布在元丰初年以龙图阁待制出外，知桂州。他是一个有文学训练的政治家，在桂时，游览各岩洞，到处都有他的刻石题名，不止此一处。

七星山的岩洞，据徐霞客的几次探访搜寻，共有十五洞，他说：

> 此山岩洞骈峙：栖霞在北，下透山之东西，七星在中，曲透西北出：碧虚岩在南，以东西上透。三穴并悬，六门各异。北又有“朝雪”“高峙”两岩，皆西向。此七星山西面之洞也，洞凡五。……曾公岩西又有洞在峰半，攀莽上，洞口亦东南向。……此处岩洞骈峙者亦三。曾公岩北下同列者又有二岩。……此七星山东南之洞也，洞凡五。
>
> 若北麓省春三岩，会仙一岩，旁又浅洞一，则七星北面之洞也，洞凡五。一山凡得十五洞云。

我们所游，其实只是十五洞之一！我们在洞里，固是迷不知西东，出了岩洞，还是杳不知南北。看徐霞客连日攀登，遍游诸洞，又综合记叙，条理井然，我们真不能不惭愧了！

七星山的对面就是龙隐岩，在月牙山的背后，洞的外口临江，水打沙进洞，堆积颇高，故岩上石刻题名有许多已被沙埋没了。龙隐岩很通敞，风景很美。岩外摩崖石刻甚多，有狄青等“平蛮三将题名碑”，字迹完好。

龙隐岩往西，不甚远，有小屋，我们敲门过去，有道士住在里面。此屋无后墙，靠山崖架屋，崖上石刻题记甚多，那最有名的《元祐党籍碑》即在此屋后。我久想见此碑，今日始偿此愿。元祐党籍立于徽宗崇宁元年（一一〇二），最初只有九十八人，那是真正元祐（一〇八六—一〇九三）反新法的领袖人物。徽宗皇帝亲写党籍，刻于端礼门：后来又令御史台抄录元祐党籍姓名“下外路州军，于监司门吏厅，立石刊记”。到崇宁三年（一一〇四）六月，又把元符末（一一〇〇）和建中靖国（一一〇一）年间的“奸党”和“上书诋讥”诸人一齐“通入元祐籍，更不分三等”（三等是原分“邪上尤甚”“邪上”“邪中”各等）。这个新合并的党籍，共有三百九十人，刻石朝堂。此碑到崇宁五年正月，因彗星出现，徽宗下诏毁碑，“如外处有奸党石刻，亦令除毁”。除毁之后，各地即无有此碑石刻。现今只有广西有两处摩崖刻本，一本在融县的真仙岩，刻于嘉定辛未（一二一一）；一本即是桂林龙隐岩附近的摩崖，刻于庆元戊午（一一九八）；这两本都是南宋翻刻的。桂林此本乃是用蔡京写刻拓本翻刻，故字迹秀挺可爱。两本都是三百九十人，已不是真正元祐党籍了，其中如章惇，曾布，陆佃等人，都是王安石新法时代的领袖人物，后来时势翻覆，也都列名奸党籍内，和司马光、吕公著诸人做了同榜！

广西的岩洞内外，有唐宋元明的名人石刻甚多。石灰岩坚固耐久，历千百年尚多保存很完整的。如舜山的摩崖《舜庙碑》，是唐建中元年（七八〇）韩云卿所立，距今已一千一百五十五年了。又如我们从栖霞洞下山，路旁崖上有范成大题名，又有张孝祥题名，这都是南宋大文人，现在都在路旁茅草里，没有人注意。此类古代名人题记，往往可供历史考据，其手书石刻更可供考证字画题跋者的参考比较。广西现有博物馆，设在南宁。我们盼望馆中诸公能作系统的搜访，将各地的古石刻都搨印编纂，将来可以编成一部“广西石刻文字”，其中必有不少历史的材料。

舜山有洞，名韶音洞，虽不甚深，而风景清幽，洞中有张栻（南轩）的

《韶音洞记》石刻，字小，已不能全读了。洞前有庙，我们登楼小坐，前有清流，远望桂林诸山，在晚照中气象很雄伟。

城中人士常游的为象鼻山，伏波山，独秀峰，风洞山。其中以风洞山的风景为最胜。风洞山有北牖洞，虽曲折而多开敞之处，空气流通，多凉风，故名风凉，有小亭阁，下瞰江水，夏日多游人在此吃茶乘凉。

广西人说："桂林山水甲天下，阳朔山水甲桂林。"我们游了桂林，决定坐船去游阳朔。一路上饱看漓水（抚河）的山水，但是因为我要赶香港船期，所以到了阳朔，只有几个钟头可以游览了。在小雨里，我们坐汽车到青厄渡，过渡后，下车泛览阳朔诸峰，仅仅能看一个大概。阳朔诸山也都是石山，重重叠叠，有作牛角双尖的，有似绝大石柱上半截被打断了的，有似大礼拜寺的，有似大石龟昂头向天的。远望去，重峰列岫，行列凌乱，在轻烟笼罩中，气象确是很奇伟。桂林诸山稍稍分散，阳朔诸山紧凑在江上；桂林诸山都无树木，此间颇有几处山上有大树木，故比较更秀丽。

但我们实在有点辜负了阳朔的山水，我们把时间用在船上了，到了这里只能坐汽车看山，未免使山水笑人。大概我们误会了"阳朔山水必须用船去游"的意思。我后来看徐霞客的游记，始知阳朔诸山都可以用船去细细游览。我们若再来，可以坐汽车到阳朔，然后雇船去从容游山。阳朔诸山也多洞岩，徐霞客所记龙洞岩，珠明洞，朱仙洞，都令人神往；其中珠明洞凡有八门，最奇伟。我们没有攀登一处的岩洞，颇失望。

但我们这回坐船游阳朔，也有很好的收获。《徐霞客游记》里没有提到"光岩"，我们却有半夜游光岩的豪举。光岩是刘毅夫先生前年发现的，所以他力劝我们坐船游阳朔，一半也是为了要游光岩。船到光岩时，已半夜了，我们都睡了。毅夫先生上岸去，先雇竹筏进去探看，出来时他把竹筏火把都准备好了，然后把我们都从睡梦里轰起来，跟他去游洞。光岩口洞临江，洞甚空敞，洞里石乳甚多而奇，有明朝游人石刻甚多。毅夫前年曾探此洞，偶见洞后水面上还有小洞，洞口很低，离水面不过两三尺；毅夫想出法子来，用竹排子撑进去探险，须全身弯倒始能进去。进去后，他发现里面还有很奇的岩洞，为向来游人所未曾到过。所以他很高兴，在第一洞石壁上题字指示游人深入探奇。今夜他带领我们进洞口，石壁上他的墨笔题记还如新的。我们一班人分坐三个竹排子，排子上平铺着大火把，大家低头弯腰，进入第二洞。里面共有三层大洞，都很高大，有种种奇形的石乳。最后一洞内有石乳作荷藕形，凡八九节，须节都全，绝像真藕，每一洞内都有沙涨成滩，都是江水打进来的。每过一洞口，都须低头用手攀住上面岩石，有时撑船〔排〕的人都下水去用手推竹排子。第二洞以后，石壁上全无前人题刻，大概古人都不知有这些幽境。毅夫为游此洞，在桂林特别买了一个价值十七元的大电筒，每进一洞，他用大电筒指示各种石乳给我们看。他说，最后一洞的顶上有三个小洞透入光线，也许"光岩"之名是从那里来的。晚间我们当然看不见那三处透光的小洞。但我想里洞既非前人所熟知，光岩之名未必起于这透光的小孔，大概因前洞高敞透明，故得光岩之名。此洞之发现，毅夫之功最多，最后一洞大可以题作"沛泉洞"（毅夫名沛泉）。毅夫说，此洞颇像浙西金华的双龙洞。

徐霞客记他从阳朔回桂林的途中，"舟过水绿村北七里，西岸一岩，门甚高敞，东向临江，前垂石成龙，曰蚊头岩"，其地在兴平之南约三里，不知即是光岩否。

漓水的一日半旅程，还有一件事足记。船上有桂林女子能唱柳州山歌，我用铅笔记下来，有听不明白的字句，请同行的桂林县署曹文泉科长给我解释。我记了三十多首，其中有些是绝妙的民歌。我抄几首最可爱的在这里：

一

燕子飞高又飞低，两脚落地口衔泥。

我俩二人先讲过，贫穷落难莫分离。

二

石榴开花叶子青，哥哥年大妹年轻。
妹子年轻不懂事，哥哥拿去耐烦心。

三

大海中间一枝梅，根稳不怕水来推。
我们连双先讲过，莫怕旁人说是非。

四

如今世界好不难！井水不挑不得干。
竹子搭桥哥也过，妹妹跌死也心甘。

五

高山高岭一根藤，藤上开花十九层。
你要看花尽你看，你要摘花万不能。

六

要吃街子三月三，要吃甜藕等塘干。
要吃大鱼长放线，想连小妹耐得烦。

七

买米要买一斩白，连双要连好脚色。
十字街头背锁链，旁人取笑也抵得。

八

妹莫愁来妹莫愁，还有好日在后头。
金盆打水妹洗脸，象牙梳子妹梳头。

九

大塘干了十八年，荷叶烂了藕也甜。
刀切藕断丝不断，同心转意在来年。

我们在柳州的时间太短，只游了几次名胜之地。柳州城三面是江，我们在飞机上看柳江从西北来，绕城一周，往东北去。空中望那有名的立鱼山，真有点像个立鱼。那天下午，我们去游立鱼山，有岩洞很玲珑，我们匆匆不曾遍游。傍晚我们去游罗池柳宗元祠堂，有苏东坡写的韩退之《罗池庙碑》的迎享送神辞大字石刻。退之原辞石刻有“春与猿吟兮秋鹤与飞”一句，颇引起后人讨论。今东坡写本此句直作“春与猿吟兮秋与鹤飞”，此当是东坡从欧阳永叔之说，以“秋鹤与飞”为石刻之误，故改正了。石刻原碑也往往可以有错误，其误多由于写碑者的不谨慎。《罗池庙碑》原刻本有误字后经刊正，见于《陈雅堂韩集校语》。后人据石本，硬指“秋鹤与飞”为有意作倒装健语，似未必是退之本意。

我们从阳朔回桂林时，路上经过良丰的师范专科学校，我在那边讲演一次。其地原名雁山，也是一座石山，岩壑甚美。清咸丰、同治之间，桂林人唐岳买山筑墙，把整个雁山围在园里，名为雁山园。后来园归岑春煊，岑又转送给省政府，今称为西林公园，用作师专校址。现有学生二百三十人。我们到时，天已黑了；讲演完始吃晚饭，晚饭后，校长罗尔棻先生和各位教员陪我们携汽油灯游雁山。岩洞颇大，中有泉水，流出岩外成小湖。洞中多凉风，夏间乘凉最宜。洞中多石乳，洞口上方有石乳所成龙骨形，颇奇突。园中旧有花树三千种，屡次驻兵，花树多荒死，现只存几百种了。有绿萼梅，正开花，灯光下奇艳逼人。校中诸君又引我们去看红豆树，树高约两丈余。教员沈君说，这株红豆树往往三年才结子一次。沈君藏有红豆，拿来遍赠我们几个同游的人。红豆大于檀香山的相思子约一倍，生在豆荚里，荚长约一寸半。

游岩洞时，我问此岩何名，他们说，“向来没有岩名，胡先生何不为此岩取一个名字，作个纪念？”我笑说，“此去不远有条相思江，岩下又有相思红豆树，何不就叫他做相思岩？”他们都赞许这个名字。次日我在飞机上想起这个相思岩来，就戏仿前夜听得的山歌，作小诗寄题“相思岩”：

相思江上相思岩。
相思岩下相思豆。
三年结子不嫌迟。
一夜相思叫人瘦。

这究竟是文人的山歌，远不如小儿女唱的道地山歌的朴素而新鲜。

那天我在空中又作了一首小诗，题为“飞行小赞”：

看尽柳州山，
看遍桂林山水，
天上不须半日，
地上五千里。

古人辛苦学神仙，
要守百千戒。
看我不修不炼，
也凌云无碍。

四　广西的印象

这一年中，游历广西的人发表的记载和言论都很多，都很赞美广西的建设成绩。例如美国传教家艾迪博士（Sher wood Eddy）用英文发表短文说，“中国各省之中，只有广西一省可以称为近于模范省。凡爱国而具有国家的眼光的中国人，必然感觉广西是他们的光荣。”这是很倾倒的赞语。艾迪是一个见闻颇广的人，他虽是传教家，颇能欣赏苏俄的建设成绩，可见他的公道。他说话也很不客气，他在广州作公开讲演，就很明白的赞美广西，而大骂广东政治的贪污。所以他对于广西的赞语是很诚心的。

我在广西住了近两星期，时间不算短了，只可惜广西的朋友要我缴纳特别加重的“买路钱”，——讲演的时间太多，观察的时间太少了，所以我的记载是简略的，我的印象也是浮泛的。

广西给我的第一个印象是全省没有迷信的，恋古的反动空气。广州城里所见的读经，祀孔，祀关岳，修寺，造塔，等等中世空气，在广西境内全没有了。当西南政务会议的祀孔通令送到南宁对，白健生先生笑对他的同僚说：“我们的孔庙早已移作别用了，我们要祀孔，还得造个新孔庙！”

广西全省的庙宇都移作别用了，神像大都打毁了。白健生先生有一天谈起他在桂林（旧省会）打毁城隍庙的故事，值得记在这里。桂林的城隍庙是最得人民崇信的。白健生先生毁庙的命令下来之后，地方人民开会推举了许多绅士去求白先生的老太太，请她劝阻她的儿子；他们说：“桂林的城隍庙最有灵应，若被毁了，地方人民必蒙其祸殃。”白老太太对她儿子说了，白先生来对各位绅士说：“你们不要怕，人民也不用害怕。我可以出一张告示贴在城隍庙墙上，声明如有灾殃，完全由我白崇禧接一人承当，与人民无干。你们可以放心了吗？”绅士们满意了。告示贴出去了。毁庙要执行了。奉令的营长派一个连长去执行，连长叫排长去执行，排长不敢再往下推了，只好到庙里去烧香祷告，说明这是上命差遣，概不由己，祷告已毕，才敢动手打毁神像！省城隍庙尚且不免打毁，其余的庙宇更不能免了。

我们在广西各地旅行，没有看见什么地方有人烧香拜神的。人民都忙于做工，教育也比较普遍，神权的迷信当然不占重要地位了，庙宇里既没有神像，烧香的风气当然不能发达了。

在这个破除种权迷信的风气里，只有一个人享受一点特殊的优容。那个人就是总部参军季雨农先生。季先生是合肥人，能打拳，为人豪爽任侠；当民国十六年，张宗昌部下的兵攻合肥，他用乡兵守御县城甚久。李德邻先生带兵去解了合肥之围，他很赏识这个怪人，就要他跟去革命。季先生是有田地的富人，感于义气，就跟李德邻先生走了。后来李德邻、白健生两先生都很得他的力，所以他在广西很受敬礼。这位季参军颇敬礼神佛，他无事时爱游山水，凡有好山水岩洞之处，若道路不方便，他每每出钱雇人修路造桥。武鸣附近的起凤山亭屋就是他修复的。因为他信神佛，他每每在这种旧有神祠的地方，叫人塑几个小小的神佛像，大都不过一尺来高的土偶，粗劣的好笑。他和我们去游览，每到一处有神像之处，他总立正鞠躬，同行的人笑着对我说："这都是季参军的菩萨！"听说柳州立鱼山上的小佛像也是季参军保护的菩萨。广西的神权是打倒了，只有一位安徽人保护之下，还留下了几十个小小的神像。

广西给我的第二个印象是俭朴的风气。一进了广西境内，到处都是所谓"灰布化"。学校的学生，教职员，校长；文武官吏，兵士，民团，都穿灰布的制服，戴灰布的帽子，穿有钮扣的黑布鞋子。这种灰布是本省出的，每套制服连帽子不过四元多钱。一年四季多可以穿，天气冷时，里面可加衬衣；更冷时可以穿灰布棉大衣。上至省主席总司令，下至中学生和普通兵士，一律都穿灰布制服，不同的只在军人绑腿，而文人不绑腿。这种制服的推行，可以省去服装上的绝大糜费。广西人的鞋子，尤可供全国的效法。中国鞋子的最大缺点在于鞋身太浅，又无钮扣，所以鞋子稍旧了，就太宽了，后跟收不紧，就不起步了。广西布鞋学女鞋的办法，加一条扣带，扣在一边，所以鞋子无论新旧，都是便于跑路爬山。

广西全省的对外贸易也有很大的入超。提倡俭朴，提倡用土货，都是挽救入超的最有效方法。在衣服的方面，全省的灰布化可以抵制多少洋布与呢绸的输入！在饮食嗜好方面，洋货用的也很少。吸纸烟的人很少，吸的也都是低价的烟卷，最高贵的是美丽牌。喝酒的也似乎不多，喝的多是本省土酒。有一天晚上，邕宁各学术团体请我吃西餐，——我在广西十四天，只有此一次吃西餐，——我看见侍者把啤酒斟在小葡萄酒杯里，席上三四十人，一瓶碑酒还倒不完，因为啤酒有汽，是斟不满杯的。终席只有一大瓶啤酒就可斟两三巡了。我心里暗笑广西人不懂怎样喝啤酒。后来我偶然问得上海啤酒在邕宁卖一元六角钱一瓶！我才明白这样珍贵的酒应该用小酒杯斟的了。我们在广西旅行，使我们更明白：提倡俭朴，提倡土货，都是积极救国的大事，不是细小的消极行为。

广西是一个贫穷的省份，不容易担负新式的建设。所以主持建设的领袖更应该注意到人民的经济负担的能力。即如教育，岂不是好事？但办教育的人和视学的人眼光一错，动机一错，注重之点若在堂皇的校舍，冬夏之操衣等等，那样的教育在内地就都可以害人扰民了。我们在邕宁、武鸣各地的乡间看见小学堂的学生差不多全是穿着极破烂的衣裤，脚下多是赤脚，偶有穿鞋，也是穿破烂的鞋子。固然广西的冬天不大冷，所以无窗户可遮风的破庙，也不妨用作校舍，赤脚更是平常的事。然而我们在邕宁的时候，稍有阴雨，也就使人觉得寒冷（此地有“四时常是夏，一雨便成秋”的古话）。乡间小学生的褴褛赤脚，正可以表示广西办学的人的俭朴风气。我在邕宁乡间看的那个小学还是“广西普及国民基础教育研究院”的一个附属小学哩。广西教育厅长雷沛鸿先生正在进行全省普及教育的计划，请了几位专家在研究院里研究实行的步骤和国民基础教育的内容。他们的计划大旨是要做到全省每村至少有一个国民基础学校，要使八岁到十二岁的儿童都能受两年的基础教育。我看了那些破衣赤脚的小学生，很相信广西的普及教育是容易成功的。这种的学堂是广西人民负担得起的，这样的学生是能回到农村生活里去的。

广西给我的第三个印象是治安。广西全省现在只有十七团兵，连兵官共有两万人，可算是真能裁兵的了。但全省无盗匪，人民真能享治安的幸福。我们作长途旅行，半夜后在最荒凉的江岸边泊船，点起火把来游岩洞，惊起茅蓬里的贫民，但船家客人都不感觉一毫危险。汽车路上，有山坡之处，往往可见一个灰布少年，拿着枪杆，站在山上守卫。这不是军士，只是民团的团员在那儿担任守卫的义务。

广西本来颇多匪祸，全省岩洞最多，最容易窝藏盗匪。有人对我说，广西人从前种田的要背着枪下田，牧牛的要背着枪赶牛。近年盗匪肃清，最大原因在于政治清明，县长不敢不认真作事，民团的组织又能达到农村，保甲的制度可以实行，清乡的工作就容易了。人民的比较优秀分子又往往受过军事的训练，政府把旧式枪械发给兵团，人民有了组织，又有武器，所以有自卫的能力。广西诸领袖常说他们的“三自政策”——自卫，自给，自治。现在至少可以说是已做到了人民自卫的一层。我们所见的广西的治安，大部分是建筑在人民的自卫力之上的义务。

在这里，我可以连带提到广西给我的第四个印象，那就是武化的精神。我用“武化”一个名词，不是讥讽广西，实是颂扬广西。我的朋友傅孟真先生曾说，“学西洋的文明不难，最难学的是西洋的野蛮。”他的意思是说，学西洋文化不难，学西洋的武化最难。我们中国人聪明才智足够使我们学会西洋的文明，但我们的传统的旧习惯，旧礼教，都使我们不能在短时期内学会西洋人的尚武风气。西洋民族所到的地方，个个国家都认识他们的武力的优越，然而那无数国家之中，只有一个日本学会了西洋的武化，其余的国家——从红海到太平洋——没有一个学会了这个最令人歆羡而又最不易学的方面。然而学不会西洋武化的国家，也没有工夫来好好的学习西洋的文化，因为他们没有自卫力，所以时时在救亡图存的危机中，文化的努力是不容易生效力的。

中国想学人家的武化（强兵），如今已不止六十年了，始终没有学到家。这是很容易解释的。中国本是一个受八股文人统治的国家，根本就有贱视武化的风气，所以当日倡办武备学堂和军官学校的大臣，决不肯把他们自己的子弟送过去学武备。日本所以容易学会西洋的武化，正因为武士在封建的日本原是地位最高的一个阶级。在中国，尽管有歌颂绿林好汉的小说，当兵却是社会最贱视的职业，比做绿林强盗还低一级！在这种心理没有转变过来的时候，武化是学不会的。

在最近十年中，这种心理才有点转变了，转变的原因是颇复杂的：第一是新式教育渐渐收效了，“壮健”渐渐成为人们羡慕的对象了，运动场上的好汉也渐渐被社会崇拜了。第二是辛亥革命以来中央各省的政权往往落在军人手里，军人的地位抬高了。第三是民十四五年之间，革命军队有了主义的宣传，多有青年学生的热心参加，使青年人对于“革命军人”发生信仰与崇羡。第四是最近四年的国难，尤其是淞沪之战与长城之战，使青年人都感觉武装捍卫国家是一种最光荣的事业。——这里最后的两个原因，是上文所说的心理转变的最重要原因。军人的可羡慕，不在乎他们的地位之高或权威之大，而在乎他们的能为国家出死力，为主义出死力。这才是心理转变的真正起点。

可惜这种心理转变来的太缓，太晚，所以我们至今还不曾做到武化，还不曾做到民族国家的自卫力量。但在全国各省之中，广西一省似乎是个例外。我们在广西旅行，不能不感觉到广西人民的武化精神确是比别省人民高的多，普遍的多。这不仅仅是全省灰布制服给我们的印象，也不仅仅是民团制度给我们的印象。我想这里的原因，一部分是历史的，一部分是人为的。一是因为广西民族中有苗、猺、獞、狪、狑、猓猓（今日官书均改写“傜，僮，侗，伶，果果”）诸原种，富有强悍的生活力，而受汉族柔弱文化的恶影响较少。（广西没有邹鲁校长和古直主任，所以我这句话是不会引起广西朋友的误会的）一是因为太平天国的威风至今还存留在广西人的传说里。一是因为广西在近世史上颇有受民众崇拜的武将，如刘永福，冯子材之流，而没有特别出色的文人，所以民间还不曾有重文轻武的风气。一是因为在最近的革命战史上，广西的军队和他们的领袖曾立大功，得大名，这种荣誉至今还存在民间。一是因为最近十年中，全省虽然屡次经过大乱，收拾整顿的工作都是几个很有能力的军事领袖主持的，在全省人民的心目中，他们是很受崇敬的。——因为这种种原因，广西的武化，似乎比别省特别容易收效。我到邕宁的时候，还在“新年”时期，白健生先生邀我到公共体育场去看“舞狮子”的竞赛。狮子有九队，都是本地公务人员和商人组织的。舞师子之外，还有各种武术比赛，参加的有不少的女学生，有打拳的，有舞刀的。利用“过年”来提倡尚武的精神，也是广西武化的一种表示。至于民团训练的成绩是大家知道的。去年萧克西窜，广西派出剿御的军队只有六团是省军，其余都是民团，结果是把萧克主力差不多打完了。去冬朱毛西窜，广西派出的省军作战的只有十一团，民团加入的有十五联队，共约二万人，结果是朱毛大败而逃，死的三千多，俘虏的七千多。广西学校里的军事训练，施行比别省早，成绩也比别省好。在学校里，不但学生要受军训，校长教职员也要受军训，所以学校里的“大队长”的地位与权力往往比校长高的多。中央颁布的兵役法，至今未能实行，广西却已在实行了；去冬剿共之后，军队需要补充，省府实行征兵八千名，居然如期满额。若在江南各省，能做到这样的成绩吗？广西征兵之法是预先在各地宣传国民服兵役的重要和光荣；由政府派定各区应抽出壮丁的比例，例如某村有壮丁百人，应征二十分之一，村长（即小学校长，即后备队队长）即召集这一百壮丁，问谁愿应征；若愿去者满五人，即已足额；若不足五人，即用抽签法决定谁先去应征。这次征来的新兵，我们在桂林遇见一些，都是很活泼高兴的少年，有进过中学一两年的，有高小毕业的。在那独秀峰最高亭子上的晚照里，我们看那些活泼可爱的灰布青年在那儿自由眺望，自由谈论，我们真不胜感叹国家民族争生存的一线希望是在这一辈武化青年的身上了！

广西给我的印象，大致是很好的。但是广西也有一些可以使我们代为焦虑的地方。

第一，财政的困难是很明显的。广西是个地瘠民贫的地方，担负那种种急进的新建设，是很吃力的。据第一回广西年鉴的报告，二十二年度的全省总收入五千万元之中，百分之三十五有零是“禁烟罚金”，这是烟土过境的税收。这种收入是不可靠的；将来贵州或不种烟了，或出境改道了，都可以大影响到广西省库的收入。同年总支出五千二百万元之中，百分之四十是军务费，这在一个贫瘠的省分是很可惊的数字。万一收入骤减了，这样巨大的军务费是不是能跟着大减呢？还是裁减建设经费呢？还是增加人民负担呢？

第二，历史的关系使广西处于一个颇为难的政治局势，成为所谓“西南”的一部分。这个政治局势，无论对内对外都是很为难的。我们深信李德邻、白健生诸先生的国家思想是很可以依赖的，他们也曾郑重宣言他们绝无用武力向省外发展的思想。白先生曾对我说：“当我们打散萧克军队之后，贵州人要求我们的军队驻扎贵州，我们还不肯留。我们决不会打别省的主意。”这是我们可以相信的。但我们总觉得两广现在所处的局势，实在不能适应现时中国的国难局面。现在国人要求的是统一，而敌人所渴望的是我们的分裂。凡不能实心助成国家的统一的，总不免有为敌人所快意的嫌疑。况且这个独立的形势，使两广时时感觉有对内自保的必要，因此军备就不能减编，而军费就不能不扩张。这种事实，既非国家之福，又岂是两广自身之福吗？

第三，我们深信，凡有为的政治，——所谓建设——全靠得人与否。建设必须有专家的计划，与专家的执行。计划不得当，则伤财劳民而无所成。执行不得当，则虽有良法美意，终归于失败。广西的几位领袖的道德，操守，勤劳，都是我们绝对信任的。但我们观察广西的各种新建设，不能不感觉这里还缺乏一个专家的“智囊团”做设计的参谋本部；更缺乏无数多方面的科学人才做实行计划的工作人员。最有希望的事业似乎是兽医事业，这是因为主持的美国罗择（Rodier）先生是一位在菲律宾创办兽医事业多年并且有大成效的专家。我们看他带来的几位菲律宾专家助手，或在试种畜牧的草料，或在试验畜种，或在帮助训练工作人员，我们应该可以明白一种大规模的建设事业是需要大队专家的合作的，是需要精密的设备的，是需要长时期的研究与试验的，是需要训练多数的工作人员的。然而邕宁人士的议论已颇嫌罗铎的工作用钱太多了，费时太久了，用外国人太多了，太专断不受商量了。“求治太急”的毛病，在政治上固然应该避免，在科学工艺的建设上格外应该避免。我在邕宁的公务人员的讲演会上，曾讲一次“元祐党人碑”，指出王荆公的有为未必全是，而司马温公诸人的主张无为未必全非。有为的政治有两个必要的条件：一是物质的条件，如交通等等；一是人才的条件，所谓人才，不仅是廉洁有操守的正人而已，还须要有权威的专家，能设计能执行的专家。这种条件若不具备，有为的政治是往往有错误或失败的危险的。

五　尾声

一月二十六日早晨，胡佛总统船开了。我在船上无事，读了但怒刚先生送我的一册粤讴。船上遇着何克之先生，下午我到他房里去闲谈。见他正在做黄花冈凭吊的诗。我一时高兴，就用我从粤讴里学来的广州话写了一首诗。后来到了上海，南京，我把这首诗写出请几位广东的朋友改正。改定本是这样的：

黄花冈

黄花冈上自由神，
手揸火把照乜人？
咪话火把唔够猛，
睇佢吓倒大将军。

我题桂林良丰的《相思岩》山歌，已记在前面了，后来我的朋友寿生先生看见了这首山歌，他说它不合山歌的音节，不适宜于歌唱。他替我修改成这个样子：

相思江上相思岩，
相思豆地靠岩栽，
（他）三年结子不嫌晚，
（我）一夜相思也难挨。

寿生先生生长贵州，能唱山歌，这一只我也听他唱过，确是哀婉好听。我谢谢他的好意。

平绥路旅行小记

从七月三日到七月七日，我们几个朋友——金旬卿先生，金仲藩先生和他的儿子建午，任叔永先生和他的夫人陈衡哲女士，我和我的儿子思杜，共七人——走遍了平绥铁路的全线，来回共计一千六百公里。我们去的时候，一路上没有停留，一直到西头的包头站；在包头停了半天，回来的路上在绥远停了一天，大同停了大半天，张家口停了几个钟头。这是很匆匆的旅行，谈不到什么深刻的观察，只有一些初次的印象，写出来留作后日重游的资料（去年七月，燕京大学顾颉刚、郑振铎、吴文藻、谢冰心诸先生组织了一个平绥路沿线旅行团，他们先后共费了六星期，游览的地方比我们多。冰心女士有几万字的《平绥沿线旅行记》；郑振铎先生等有《西北胜迹》，都是平绥路上游人不可少的读物）。

我们这一次同行的人都是康乃尔大学的旧同学，也可以说是一个康乃尔同学的旅行团。金旬卿先生（涛）是平绥路总工程师，他是我们康乃尔同学中的前辈。现任的平绥路局长沈立孙先生（昌）也是康乃尔的后期同学。平绥路上向来有不少的康乃尔同学担任机务工务的事；这两年来平绥路的大整顿更是金沈两位努力的成绩。我们这一次旅行的一个目的是要参观这几个同学在短时期中造成的奇迹。

平绥路自从民国十二年以来，屡次遭兵祸，车辆桥梁损失最大。民国十七八年时，机车只剩七十二辆，货车只剩五百八十三辆（抵民国十三年的三分之一），客车只剩三十二辆（抵民国十五年的六分之一），货运和客运都不能维持了。加上政治的紊乱，管理的无法，债务的累积，这条铁路就成了全国最破坏最腐败的铁路。丁在君先生每回带北大学生去口外作地质旅行回来，总对我们诉说平绥路的腐败情形；他在他的《苏俄游记》里，每次写火车上的痛苦，也总提出平绥路来作比较。我在北平住了这么多年，到去年才去游长城，这虽然是因为我懒于旅行，其实一半也因为我耳朵里听惯了这条路腐败的可怕。

我们这一次旅行平绥路全线，真使我们感觉一种奇迹的变换。车辆（机车，货车，客车）虽然还没有完全恢复此路全盛时期的辆数，然而修理和购买的车辆已可以勉强应付全路的需要了。特别快车的整理，云岗与长城的特别游览车的便利，是大家知道的。有一些重要而人多忽略的大改革，是值得记载的：（一）枕木的改换。全路枕木一百五十多万根，年久了，多有朽环；这两年中，共换了枕木六十万根。（二）造桥。全路拟改造之桥总计凡五百五十七孔，两年中改造的已有一百多孔；凡新造的桥都是采用最新式之铁筋混凝土梁。（三）改线。平绥路有些地方，坡度太陡，弯绕太紧，行车很困难，故有改路线的必要。最困难的是那有名的“关沟段”（自南日起至康庄止）。这两年中，在平地泉绥远之间，改线的路已成功的约有十一英里。

平绥路的最大整顿是债务的清理。这条路在二十多年前，借内外债总额为七千六百余万元，当金价最高时，约值一万万元。而全路的财产不过值六千万元。所以人都说平绥是一条最没有希望的路。沈立孙局长就职后，他决心要整顿本路的债务。他的办法是把债务分作两种，本金在十万元以上的债款为巨额债户，十万元以下的为零星债户。零星债款的偿还有两个办法：一为按本金折半，一次付清，不计利息；一为按本金全数分六十期摊还，也不计利息。巨额债款的偿还办法是照一本一利分八百期摊还。巨额债户之中，有几笔很大的外债，如美国的泰康洋行，如日本的三井洋行与东亚兴业株式会社，都是大债主。大多数债户对于平绥路，都是久已绝望的，现在平绥路有整理债务的方案出来，大家都喜出望外，所以都愿意迁就路局的办法。所以第一年整理的结果，就清理了六十二宗借款，原欠本利为六千一百八十五万余元，占全路总债务的十分之八，清理之后，减折作三千六百三十万余元。所以一年整理的结果居然减少了二千五百五十万元的负债，这真可说是一种奇迹了。

我常爱对留学回来的朋友讲一个故事。十九世纪中，英国有一个宗教运动，叫做“牛津运动”（Oxford Movement），其中有一个领袖就是后来投入天主教，成为主教的牛曼（Cardinal Newtnan）。牛曼和他的同志们做了不少宗教诗歌，写在一本小册子上；在册子的前面，牛曼题了一句荷马的诗，他自己译成英文：“You shall see the difference, now that we are back again.”我曾译成中文，就是：“现在我们回来了，你们请看，要换个样子了。”我常说，个个留学生都应该把这句话刻在心上，做我们的口号。可惜许多留学回来的朋友都没有这种气魄敢接受这句口号。这一回我们看了我们的一位少年同学（沈局长今年只有三十一岁）在最短时期中把一条腐败的铁路变换成一条最有成绩的铁路，可见一二人的心力真可使山河变色，牛曼的格言是不难做到的。

当然，平绥路的改革成绩不全是一二人的功劳。最大的助力是中央政治的权力达到了全路的区域。这条路经过四省（河北，察，山西，绥），若如从前的割据局势，各军队可以扣车，可以干涉路政，可以扣留路款，可以随便作战，那么，虽有百十个沈昌，也不会有成绩。现在政治统一的势力能够达到全路，所以全路的改革能逐渐实行。现在平绥路每月只担负北平军分会的经费六十万元，此外各省从不闻有干涉铁路收入的事；察哈尔和绥远两个省政府领袖也颇能明白铁路上的整顿有效就是直接间接的增加各省府的财政收入，所以他们也都赞助铁路当局的改革工作。这都可见政治统一是内政一切革新的基本条件。

有了这个基本条件，加上个人的魄力与新式知识训练，肯做事的人断乎不怕没有好成绩的。

我们这回旅行的另一个目的是游大同的云岗石窟。我个人抱了游云岗的心愿，至少有十年了，今年才得如愿，所以特别高兴。我们到了云岗，才知道这些大石窟不是几个钟头看得完的，至少须一个星期的详细攀登赏玩，还要带着很好的工具，才可以得着一些正确的印象。我们在云岗勾留了不过两个钟头，当然不能作详细的报告。

云岗在大同的西面，在武州河的西岸，古名武州塞，又称武州山。从大同到此，约三十里，有新修的汽车路，虽须两次涉武州河，但道路很好，大雨中也不觉得困难。云岗诸石窟，旧有十大寺，久已毁坏。顺治八年总督佟养量重修其一小部分，称为石佛古寺。这一部分现存两座三层楼，气象很狭小简陋，决不是原来因山造寺的大规模。两楼下各有大佛，高五丈余，从三层楼上才望见佛头。这一部分，清朝末年又重修过，大佛都被装金，岩上石刻各佛也都被装修徐彩，把原来雕刻的原形都遮掩了。

道宣《续高僧传》卷一《昙曜传》说：

昙曜……住恒安石窟通乐寺，即魏帝之所造也，去恒安西北三十里，武州山谷北面石岩，就而镌之。建立佛寺，名曰灵岩。龛之大者，举高二十余丈，可受三千许人。面别镌象，穷诸巧丽；龛别异状，骇动人神。栉比相连，三十余里。东头僧寺，恒供千人。碑碣现存，未卒陈委。

以我们所见诸石窟，无有“可受三千许人”的龛，也无有能“恒供千人”的寺。大概当日石窟十寺的壮丽弘大，已非我们今日所能想象了。大凡一个宗教的极盛时代，信士信女都充满着疯狂的心理，烧臂焚身都不顾惜，何况钱捐的布施？所以六朝至唐朝的佛寺的穷极侈丽，是我们在这佛教最衰微的时代不能想象的。北魏建都大同，《魏书·释老志》说，当太和初年（四七七），“京城内寺，新旧且百所，僧尼二千余人。四方诸寺六千四百七十八，僧尼七万七千二百五十八人”。太和十七年（四九三）迁都洛阳，杨衒之在《洛阳伽蓝记序》中说到“京城表里凡有一千余寺。”杨衒之在东魏武定五年（五四七）重到洛阳，他只看见：

城廓崩毁，宫室倾覆，寺观灰烬，庙塔丘墟。墙被蒿艾，巷罗荆棘。野兽穴于荒阶，山鸟巢于庭树；游儿牧竖踯躅于九逵，农夫耕稼艺黍于双阙。

我们在一千五百年后来游云岗，只看见这一座很简陋的破寺，寺外一道残破的短墙，包围着七八处大石窟；短墙之西，还有九个大窟，许多小窟，面前都有贫民的土屋茅蓬，猪粪狗粪满路都是，石窟内也往往满是鸽翎与鸽粪，又往往可以看见乞丐住宿过的痕迹。大像身上有许多大大小小的圆孔，当初都是镶嵌珠宝的，现在都挖空了；大像的眼珠都是用一种黑石磋光了嵌进去了，现在只有绝少数还存在了。诸窟中的小像，凡是砍得下的头颅，大概都被砍下偷卖掉了。佛力久已无灵，老百姓没有饭吃，要借诸佛的头颅和眼珠子卖几块钱来活命，还不是很正当的吗？

日本人佐藤孝任曾在云岗住了一个月，写了一部《云岗大石窟》（华北正报社出版），记载此地许〔多〕石窟的情形很详细，附图很多，有不能照像的，往往用笔速写勾摹，所以是一部很有用的云岗游览参考书。佐藤把云岗分作三大区：

东方四大窟　　中央十大窟（在围墙内）

西方九大窟　　西端诸小窟

东方诸窟散在武州河岸，我们都没有去游。西端诸窟，我们也不曾去。我们看的是中央十窟和西方九窟。我们平日在地理书或游览书上最常见的露天大佛（高五丈多），即在西方的第九窟。我们看这露天石佛和他的背座，可以想象此大像当日也曾有龛有寺，寺是毁了，龛是被风雨侵蚀过甚（此窟最当北风，故受侵蚀最大），也坍塌了。

依我的笨见看来，此间的大佛都不过是大的可惊异而已，很少艺术的意味。最有艺术价值是壁上的浮雕，小龛的神像，技术是比较自由的，所以创作的成分往往多于模仿的成分。

中央诸窟，因为大部分曾经后人装金涂彩，多不容易看出原来的雕刻艺术。西方诸窟多没有重装重涂，又往往受风雨的侵蚀，把原来的斧凿痕都销去了，所以往往格外圆润老拙的可爱。此山的岩石是砂岩，最容易受风蚀；我们往往看见整块的几丈高岩上成千的小佛像都被磨蚀到仅仅存一些浅痕了。有许多浮雕连浅痕也没有了，我们只能从他们旁边雕刻的布置，推想当年的痕迹而已。

因此我们得两种推论：第一，云岗诸石窟是一千五百年前的佛教美术的一个重要中心，从宗教史和艺术史的立场，都是应该保存的。一千五百年中，天然的风蚀，人工的毁坏，都已糟蹋了不少了。国家应该注意到这一个古雕刻的大结果，应该设法保护它，不但要防人工的继续偷毁，还要设法使它可以避免风雨沙田的侵蚀。

第二，我们可以作一个历史的推论。初唐的道宣在《昙曜传》里说到武州山的石窟寺，有“碑碣见存”的一句话。何以今日云岗诸窟竟差不多没有碑记可寻呢？何以古来记录山西金石的书（如胡聘之的《山右石刻丛编》）都不曾收有云岗的碑志呢？我们可以推想，当日的造像碑碣，刻在沙岩之上，凡露在风日侵蚀之下的，都被自然磨灭了。碑碣刻字都不很深，浮雕的佛像尚且被风蚀了，何况浅刻的碑字呢？

马叔平先生说，云岗现存三处古碑碣。我只见一处。郑振铎先生记载着

“大茹茹”刻石，可辨认的约有二十字，此碑我未见。其余一碑，似乎郑先生也未见。我见的一碑在佐藤的书中所谓“中央第七窟”的石壁很高处，此壁在里层，不易被风蚀，故全碑约三百五十字，大致都还可读。此碑首行有“邑师法宗”四字，似乎是撰文的人。文中说，

太和七年（四八三）岁在癸亥八月三十日邑口信士女等五十四人……遵值圣主，道教天下，绍隆三宝，……乃使长夜改昏，久寝斯悟。弟子等……意欲仰酬洪泽……是以共和功合，为国兴福，敬造石厝形象九十五区，及诸菩萨。

造像碑文中说造形像九十五区，证以龙门造像碑记，“区”字后来多作“躯”字，此指九十五座小像，“及诸菩萨”乃是大像。此碑可见当日帝后王公出大财力造此大石窟，还有不少私家的努力；如此一窟乃是五十四个私人的功力，可以想见当日信力之强，发愿之弘大了。

云岗旧属朔平府左云县。关于石窟的记载，《山西通志》（雍正间觉罗石麟修）与《朔平府志》都说：

石窟十寺，……后魏建，始神瑞（四一四——四一五），终正光（五二〇——五二四），历百年而工始竣。其寺一同升，二灵光，三镇国，四护国，五崇福，六童子，七能仁，八华严，九天宫，十兜率。孝文帝亟游幸焉。内有元时石佛二十龛。（末句《嘉庄一统志》，作“内有元载所修石佛十二龛”。元载是唐时宰相。《一统志》似有所据，《通志》和《府志》似是妄改的）

神瑞是在太武帝毁佛法之前，而正光远在迁都洛阳之后。旧志所记，当有所本。大概在昙曜以前，早已有人依山岩凿石龛刻佛像了。毁法之事

（四四六——四五一）使一般佛教徒感觉到政治权力可以护法，也可以根本铲除佛法。昙曜大概从武州塞原有的石龛得着一个大暗示，他就发大愿心，要在那坚固的沙岩之上，凿出大石窟，雕出绝大的佛像，要使这些大石窟和大石像永远为政治势力所不能摧毁。《魏书·释老志》记此事的年月不很清楚，大概他干这件绝大工程当在他做“沙门统”的任内。《释老志》记他代师贤为“沙门统”，在和平初年（约四六〇），后文又记尚书令高肇引“故沙门统昙曜昔于承明元年（四七六）奏”，可知昙曜的“沙门统”做了十七八年。这是国家统辖佛教徒的最高官。他又能实行一种大规模的筹款政策（见《释老志》），所以他能充分用国家和全国佛教徒的财力来“凿山石壁，开窟五所，镌造佛像各一，高者七十尺，次六十尺，雕饰奇伟，冠于一世。”我们可以说，云岗的石窟虽起源在五世纪初期，但伟大的规模实创始于五世纪中叶以后昙曜作沙门统的时代。后来虽然迁都了，代都的石窟工程还继续到六世纪的初期，而洛都的皇室与佛教徒又在新京的伊阙山“准代京灵岩寺石窟”开凿更伟大的龙门石窟了。（龙门石窟开始于景明初，当西历五百年，至隋唐尚未歇）故昙曜不但是云岗石窟的设计者，也可以说是伊阙石窟的间接设计者了。

昙曜凿石作大佛像，要使佛教和岩石有同样的坚久，永久不受政治势力的毁坏。这个志愿是很可钦敬的。只可惜人们的愚昧和狂热都不能和岩石一样的坚久！时势变了，愚昧渐渐被理智风蚀了，狂热也渐渐变冷静了。岩石凿的六丈大佛依然挺立在风沙里，而佛教早已不用“三武一宗”的摧残而自己毁灭了，销散了。云岗伊阙只够增加我们吊古的感喟，使我们感叹古人之愚昧与狂热真不可及而已。

庐山游记（节选）

昨夜大雨，终夜听见松涛声与雨声，初不能分别，听久了才分得出有雨时的松涛与雨止时的松涛，声势皆很够震动人心，使我终夜睡眠甚少。

早起雨已止了，我们就出发。从海会寺到白鹿洞的路上，树木很多，雨后清翠可爱。满山满谷部是杜鹃花，有两种颜色，红的和轻紫的，后者更鲜艳可喜。去年过日本时，樱花已过，正值杜鹃花盛开，颜色种类很多，但多在公园及私人家宅中见之，不如今日满山满谷的气象更可爱。因作绝句记之：

长松鼓吹寻常事，最喜山花满眼开。
嫩紫鲜红都可爱，此行应为杜鹃来。

到白鹿洞。书院旧址前清时用作江西高等农业学校，添有校舍，建筑简陋潦草，真不成个样子。农校已迁去，现设习林事务所。附近大松树都钉有木片，写明保存古松第几号。此地建筑虽极不堪，然洞外风景尚好。有小溪，浅水急流，铮淙可听；溪名贯道溪，上有石桥，即贯道桥，皆朱子起的名字。桥上望见洞后诸松中一松有紫藤花直上到树杪，藤花正盛开，艳丽可喜。

白鹿洞本无洞，正德中，南康守王溱开后山作洞，知府何浚凿石鹿置洞中。这两人真是大笨伯!

白鹿洞在历史上占一个特殊地位，有两个原因。第一，因为白鹿洞书院是最早一个书院。南唐升元中（九三七—九四二）建为庐山国学，置田聚徒，以李善道为洞主。宋初因置为书院，与睢阳、石鼓、岳麓三书院落并称为“四大书院”，为书院的四个祖宗。第二，因为朱子重建白鹿洞书院，明定学规，遂成后世几百年“讲学式”的书院的规模。宋末以至清初的书院皆属于这一种。到乾隆以后，朴学之风气已成，方才有一种新式的书院起来；阮元所创的诂经精舍，学海堂，可算是这种新式书院的代表。南宋的书院祀北宋周、邵、程和诸先生；元、明的书院祀程、朱；晚明的书院多祀阳明；王学衰后，书院多祀程、朱。乾、嘉以后的书院乃不祀理学家而改祀许慎、郑玄等。所祀的不同便是这两大派书院的根本不同。

朱子立白鹿洞书院在淳熙已亥（一一七九），他极看重此事，曾札上丞相说：

愿得比祠官例，为白鹿洞主，假之稍廪，使得终与诸生讲习其中，犹愈于崇奉异教香火，无事而食也。(《庐山志》八，页二，引《洞志》)

他明明指斥宋代为道教宫观设祀官的制度，想从白鹿洞开一个儒门创例来抵制道教。他后来奏对孝宗，申说请赐书院额，并赐书的事，说：

今老、佛之宫布满天下，大都逾百，小邑亦不下数十，而公私增益势犹未已。至于学校，则一郡一邑仅置一区；附郭之县又不复有。盛衰多寡相悬如此！（同上，页三）

这都可见他当日的用心。他定的《白鹿洞规》，简要明白，遂成为后世七百年的教育宗旨。

庐山有三处史迹代表三大趋势：（一）慧远的东林，代表中国“佛教化”与佛教“中国化”的大趋势。（二）白鹿洞，代表中国近世七百年的宋学大趋势。（三）牯岭，代表西方文化侵入中国的趋势。

从白鹿洞到万杉寺。古为庆云庵，为“律”居，宋景德中有大超和尚手种杉树万株，天圣中赐名万杉。后禅学盛行，遂成“禅寺”。南宋张孝祥有诗云：

老干参天一万株，庐山佳处浮着图。只因买断山中景，破费神龙百斛珠。（《志》五，页六十四，引《史》）

今所见杉树，粗又如瘦碗，皆近年种的。有几株大樟树，其一为“五爪樟”，大概有三四百年的生命了；《指南》说“皆宋时物”，似无据。

从万杉寺西行约二三里，到秀峰寺。吴氏《旧志》无秀峰寺，只有开先寺。毛德琦《庐山新志》（**康熙五十九年成书。我在海会寺买得一部，有同治十年，宣统二年，民国四年补版。我的日记内注的卷页数，皆指此书**）说：

康熙丁亥（一七〇七）寺僧超渊往淮迎驾，御书秀峰寺赐额，改今名。

开先寺起于南唐中主李景。李景年少好文学，读书于庐山；后来先主代杨氏而建国，李景为世子，遂嗣位。他想念庐山书堂，遂于其地立寺，因有开国之祥，故名开先寺，以绍宗和尚主之。宋初赐名开先华藏，后有善暹，为禅门大师，有众数百人。至行瑛，有治事才，黄山谷称“其材器能立事，任人役物如转石于千仞之溪，无不如意。”行瑛发愿重新此寺。

开先之屋无虑四百楹，成于瑛世者十之六，穷壮极丽，迄九年乃即功。（黄庭坚《开先禅院修造记》，《志》五，页十六至十八）

此是开先极盛时。康熙间改名时，皇帝赐额，赐御书《心经》，其时“世之人无不知有秀峰”（郎廷极《秀峰寺记》，《志》五，页六至七），其时也可称是盛世。到了今日，当时所谓“穷壮极丽”的规模只剩败屋十几间，其余只是颓垣废址了。读书台上有康熙帝临米芾书碑，尚完好；其下有石刻黄山谷书《七佛偈》，及王阳明正德庚辰（一五二〇）三月《纪功题名碑》，皆略有损坏。

寺中虽颓废令人感叹，然寺外风景则绝佳。为山南诸处的最好风景。寺址在鹤鸣峰下，其西为龟背峰，又西为黄石岩，又西为双剑峰，又西南为香炉峰，都嵌奇可喜。鹤鸣与龟背之间有马尾泉瀑布，双剑之左有瀑布水；两个瀑泉遥遥相对，平行齐下，下流入壑，汇合为一水，迸出山峡中，遂成最著名的青玉峡奇景。水流出峡，入于龙潭。昆三与祖望先到青玉峡，徘徊不肯去，叫人来催我们去看。我同梦旦到了赤边，也徘徊不肯离去。峡上石刻甚多，有米芾书“第一山”大字，今钩摹作寺门题榜。

徐凝诗“今古长如白练飞，一条界破青山色”，即是咏瀑布的。李白《瀑布泉》诗也是指此瀑。《旧志》载瀑布水的诗甚多，但总没有能使人满意的。

由秀峰往西约十二里，到归宗寺。我们在此午餐，时已下午三点多钟，饿的不得了。归宗寺为庐山大寺，也很衰落了。我向寺中惜得《归宗寺志》四卷，是民国甲寅先勤本坤重修的，用活字排印，错误不少，然可供我的参考。

我们吃了饭，往游温泉。温泉在柴桑桥附近，离归宗寺约五六里，在一田沟里。雨后沟水浑浊，微见有两处起水泡，即是温泉。我们下手去试探，一处颇热，一处稍减。向农家买得三个鸡蛋，放在两处，约七八分钟，因天下雨了，取出鸡蛋，内里已温而未熟。田陇间有新碑，我去看，乃是星子县的告示，署民国十二年，中说，接康南海先生函述在此买田十亩，立界碑为记的事。康先生去年死了。他若不死，也许能在此建立一所浴室，他买的地横跨温泉的两岸。今地为康氏私产，而业归海会寺管理，那班和尚未必有此见识作此事了。

此地离栗里不远，但雨已来了，我们要赶回归宗，不能去寻访陶渊明的故里了。道上见一石碑，有“柴桑桥”大字。《旧志》已说“渊明故居，今不知处”（四，页七）。桑乔疏说，去柴桑桥一里许有渊明的醉石（四，页六）。《旧志》又说，醉石谷中有五柳馆，归去来馆。归去来馆是朱子建的，即在醉石之侧。朱子为手书颜真卿《醉石诗》，并作长跋，皆刻石上，其年月为淳熙辛丑（一一八一）七月（四，页八）。此二馆今皆不存，醉石也不知去向了。庄百俞先生《庐山游记》说他曾访醉石，乡人皆不知。记之以告后来的游者。

今早轿上读《旧志》所载宋周必大《庐山后录》，其中说他访栗里，求醉石，土人直云，“此去有陶公祠，无栗里也”（十四，页十八）。南宋时已如此，我们在七百年后更不易寻此地了，不如阙疑为上。《后录》有云：

> 尝记前人题诗云：
> 五字高吟酒一瓢，庐山千古想风标。
> 至今门外青青柳，不为东风肯折腰。
> 惜乎不记其姓名。

我读此诗，忽起一感想：陶渊明不肯折腰，为什么却爱那最会折腰的柳树？今日从温泉回来，戏用此意作一首诗：

陶渊明同他的五柳

当年有个陶渊明，不惜性命只贪酒。
骨硬不能深折腰：弃官回来空两手。
瓮中无米琴无弦，老妻娇儿赤脚走。
先生吟诗自嘲讽，笑指篱边五株柳：
“看他风里尽低昂！这样腰肢我无有。”

晚上在归宗寺过夜。

新生活

哪样的生活可以叫做新生活呢？

我想来想去，只有一句话。新生活就是有意思的生活。

你听了，必定要问我，有意思的生活又是什么样子的生活呢？

我且先说一两件实在的事情做个样子，你就明白我的意思了。

前天你没有事做，闲的不耐烦了，你跑到街上一个小酒店里，打了四两白干，喝完了，又要四两，再添上四两。喝的大醉了，同张大哥吵了一回嘴，几乎打起架来。后来李四哥来把你拉开，你气忿忿地又要了四两白干，喝的人事不知，幸亏李四哥把你扶回去睡了。昨儿早上，你酒醒了，大嫂子把前天的事告诉你，你懊悔的很，自己埋怨自己："昨儿为什么要喝那么多酒呢？可不是糊涂吗？"

你赶上张大哥家去，作了许多揖，赔了许多不是，自己怪自己糊涂，请张大哥大量包涵。正说时，李四哥也来了，王三哥也来了，他们三缺一，要你陪他们打牌。你坐下来，打了十二圈牌，输了一百多吊钱。你回得家来，大嫂子怪你不该赌博，你又懊悔的很，自己怪自己道："是呵，我为什么要陪他们打牌呢？可不是糊涂吗？"

诸位，像这样子的生活，叫做糊涂生活，糊涂生活便是没有意思的生活。你做完了这种生活，回头一想，“我为什么要这样干呢？”你自己也回不出究竟为什么。

诸位，凡是自己说不出“为什么这样做”的事，都是没有意思的生活。

反过来说，凡是自己说得出“为什么这样做”的事，都可以说是有意思的生活。

生活的“为什么”，就是生活的意思。

人同畜牲的分别，就在这个“为什么”上。你到万牲园里去看那白熊一天到晚摆来摆去不肯歇，那就是没有意思的生活。我们做了人，应该不要学那些畜牲的生活。畜牲的生活只是糊涂，只是胡混，只是不晓得自己为什么如此做。一个人做的事应该件件事回得出一个“为什么”。

我为什么要干这个？为什么不干那个？回答得出，方才可算是一个人的生活。

我们希望中国人都能做这种有意思的新生活。其实这种新生活并不十分难，只消时时刻刻问自己为什么这样做，为什么不那样做，就可以渐渐的做到我们所说的新生活了。

诸位，千万不要说“为什么”这三个字是很容易的小事。你打今天起，每做一件事，便问一个为什么，——为什么不把辫子剪了？为什么不把大姑娘的小脚放了？为什么大嫂子脸上搽那么多的脂粉？为什么出棺材要用那么多叫化子？为什么娶媳妇也要用那么多叫化子？为什么骂人要骂他的爹娘？为什么这个？为什么那个？——你试办一两天，你就会觉得这三个字的趣味真是无穷无尽，这三个字的功用也无穷无尽。

诸位，我们恭恭敬敬地请你们来试试这种新生活。

非个人主义的新生活

本篇有两层意思。一是表示我不赞成现在一般有志青年所提倡，我所认为“个人主义的”新生活。一是提出我所主张的“非个人主义的”新生活，就是“社会的”新生活。

先说什么叫做“个人主义”（Individualism）。一月二日夜（就是我在天津讲演前一晚），杜威博士在天津青年会讲演《真的与假的个人主义》，他说：个人主义有两种：

（一）假的个人主义——就是为我主义（Egoism）。他的性质是自私自利：只顾自己的利益，不管群众的利益。

（二）真的个人主义——就是个性主义（Individuality）。他的特性有两种：一是独立思想，不肯把别人的耳朵当耳朵，不肯把别人的眼睛当眼睛，不肯把别人的脑力当自己的脑力；二是个人对于自己思想信仰的结果要负完全责任，不怕权威，不怕监禁杀身，只认得真理，不认得个人的利害。

杜威先生极力反对前一种假的个人主义，主张后一种真的个人主义。这是我们都赞成的。但是他反对的那种自私自利的个人主义的害处，是大家都明白的。因为人多明白这种主义的害处，故他的危险究竟不很大。例如东方现在实行这种极端为我主义的“财主督军”，无论他们眼前怎样横行，究竟逃不了公论的怨恨，究竟不会受多数有志青年的崇拜。所以我们可以说这种主义的危险是很有限的。但是我觉得“个人主义”还有第三派，是很受人崇敬的，是格外危险的。这一派是：

（三）独善的个人主义。他的共同性质是：不满意于现社会，却又无可如何，只想跳出这个社会去寻一种超出现社会的理想生活。这个定义含有两部分：

一是承认这个现社会是没有法子挽救的了；二是要想在现社会之外另寻一种独善的理想生活。

自有人类以来，这种个人主义的表现也不知有多少次了。简括说来，共有四种：

（1）宗教家的极乐国。如佛家的净土，犹太人的伊甸园，别种宗教的天堂，天国，都属于这一派。这种理想的原起，都由于对现社会不满意。因为厌恶现社会，故悬想那些无量寿，无量光的净土；不识不知，完全天趣的伊甸园；只有快乐，毫无痛苦的天国。这种极乐国里所没有的，都是他们所厌恨的；所有的，都是他们所梦想而不能得到的。

（2）神仙生活。神仙的生活也是一种悬想的超出现社会的生活。人世有疾病痛苦，神仙无病长生；人世愚昧无知，神仙能知过去未来；人生不自由，神仙乘云遨游，来去自由。

（3）山林隐逸的生活。前两种是完全出世的；他们的理想生活是悬想的，渺茫的，出世生活。山林隐逸的生活虽然不是完全出世的，也是不满意于现社会的表示。他们不满意于当时的社会政治，却又无能为力，只得隐姓埋名，逃出这个恶浊社会去做他们自己理想中的生活。他们不能“得君行道”，故对于功名利禄，表示藐视的态度；他们痛恨富贵的人骄奢淫逸，故说富贵如同天上的浮云，如同脚下的破草鞋。他们痛恨社会上有许多不耕而食，不劳而得的“吃白阶级”，故自己耕田锄地，自食其力。他们厌恶这污浊的社会，故实行他们理想中梅妻鹤子，渔蓑钓艇的洁净生活。

（4）近代的新村生活。近代的新村运动，如十九世纪法国、美国的理想农村，如现在日本日向的新村，照我的见解看起来，实在同山林隐逸的生活是根本相同的。那不同的地方，自然也有。山林隐逸是没有组织的，新村是有组织的：这是一种不同。隐遁的生活是同世事完全隔绝的，故有“不知有汉，遑论魏晋”的理想；现在的新村的人能有赏玩 Rodin（罗丹）同 Cezanne（塞尚）的幸福，还能在村外著书出报：这又是一种不同。但是这两种不同都是时代造成的，是偶然的，不是根本的区别。从根本性质上看来，新村的运动都是对于现社会不满意的表示。即如日向的新村，他们对于现在“少数人在多数人的不幸上，筑起自己的幸福”的社会制度，表示不满意，自然是公认的事实。周作人先生说日向新村里有人把中国看作“最自然，最自在的国”（《新潮》二，页七十五）。这是他们对于日本政制极不满意的一种牢骚话，很可玩味的。武者小路实笃先生一班人虽然极不满意于现社会，却又不赞成用“暴力”的改革。他们都是“真心仰慕着平和”的人。他们于无可如何之中，想出这个新村的计划来。周作人先生说，“新村的理想，要将历来非暴力不能做到的事，用和平方法得来”（《新青年》七，二，一三四）。这个和平方法就是离开现社会，去做一种模范的生活。“只要万人真希望这种的世界，这世界便能实现。”（《新青年》同上）这句话不但是独善主义的精义，简直全是净土宗的口气了！所以我把新村来比山林隐逸，不算冤枉他；就是把他来比求净土天国的宗教运动，也不算玷辱他。不过他们的“净土”是在日向，不在西天罢了。

我这篇文章要批评的“个人主义的新生活”，就是指这一种跳出现社会的新村生活。这种生活，我认为“独善的个人主义”的一种。

“独善”两个字是从孟轲“穷则独善其身”一句话上来的。有人说：新村的根本主张是要人人“尽了对于人类的义务，却又完全发展自己个性”；如此看来，他们既承认“对于人类的义务”，如何还是独善的个人主义呢？我说：这正是个人主义的证据。试看古今来主张个人主义的思想家，从希腊的“狗派”（Cynic）以至十八九世纪的个人主义，哪一个不是一方面崇拜个人，一方面崇拜那广漠的“人类”的？主张个人主义的人，只是否认那些切近的伦谊，——或是家族，或是“社会”，或是国家，——但是因为要推翻这些比较狭小逼人的伦谊，不得不捧出那广漠不逼人的“人类”。所以凡是个人主义的思想家，没有一个不承认这个双重关系的。新村的人主张“完全发展自己个性”，故是一种个人主义。他们要想跳出现社会去发展自己个性，故是一种独善的个人主义。这种新村的运动，因为恰合现在青年不满意于现社会的心理，故近来中国也有许多人欢迎，赞叹，崇拜。我也是敬仰武者先生一班人的，故也曾仔细考究这个问题。我考究的结果是不赞成这种运动，我以为中国的有志青年不应该仿行这种个人主义的新生活。这种新村的运动有什么可以反对的地方呢？

第一，因为这种生活是避世的，是避开现社会的。这就是让步，这便不是奋斗。我们自然不应该提倡“暴力”，但是非暴力的奋斗是不可少的。我并不是说武者先生一班人没有奋斗的精神。他们在日本能提倡反对暴力的论调——《一个青年的梦》——自然是有奋斗精神的。但是他们的新村计划想避开现社会里“奋斗的生活”，去寻那现社会外“生活的奋斗”，这便是一大让步。武者先生的《一个青年的梦》里的主人翁最后有几句话，很可玩味。他说：

……请宽恕我的无力。——恕我的话的无力。但我心里所有的对于美丽的国的仰慕，却要请诸君体察的。……（《新青年》七，二，一〇二）

我们对于日向的新村应该作如此观察。

第二，在古代，这种独善主义还有存在的理由；在现代，我们就不该崇拜他了。古代的人不知道个人有多大的势力，故孟轲说：“穷则独善其身，达则兼善天下。”古人总想，改良社会是“达”了以后的事业——是得君行道以后的事业；故承认个人——穷的个人——只能做独善的事业，不配做兼善的事业。古人错了。现在我们承认个人有许多事业可做。人人都是一个无冠的帝王，人人都可以做一些改良社会的事。去年的五四运动和“六三”运动，何尝是“得君行道”的人做出来的？知道个人可以做事，知道有组织的个人更可以做事，便可以知道这种个人主义的独善生活是不值得模仿的了。

第三，他们所信仰的“泛劳动主义”是很不经济的。他们主张：“一个人生存上必要的衣食住，论理应该用自己的力去得来，不该要别人代负这责任。”这话从消极一方面看——从反对那“游民贵族”的方面看——自然是有理的。但是从他们的积极实行方面看，他们要“人人尽劳动的义务，制造这生活的资料”——就是衣食住的资料——这便是“矫枉过正”了。人人要尽制造衣食住的资料的义务，就是人人要加入这生活的奋斗（周作人先生再三说新村里平和幸福的空气，也许不承认“生活的奋斗”的话；但是我说的，并不是人同人争面包米饭的奋斗，乃是人在自然界谋生存的奋斗；周先生说新村的农作物至今还不够自用，便是一证）。现在文化进步的趋势，是要使人类渐渐减轻生活的奋斗至最低度，使人类能多分一些精力出来，做增加生活意味的事业。新村的生活使人人都要尽“制造衣食住的资料”的义务，根本上否认分工进化的道理，增加生活的奋斗，是很不经济的。

第四，这种独善的个人主义的根本观念就是周先生说的“改造社会，还要从改造个人做起。”我对于这个观念，根本上不能承认。这个观念的根本错误在于把“改造个人”与“改造社会”分作两截；在于把个人看作一个可以提到社会外去改造的东西。要知道个人是社会上种种势力的结果。我们吃的饭，穿的衣服，说的话，呼吸的空气，写的字，有的思想……没有一件不是社会的。我曾有几句诗，说：“此身非吾有：一半属父母，一半属朋友。”当时我以为把一半的我归功社会，总算很慷慨了。后来我才知道这点算学做错了！父母给我的真是极少的一部分。其余各种极重要的部分，如思想、信仰、知识、技术、习惯……等等，大都是社会给我的。我穿线袜的法子是一个徽州同乡教我的；我穿皮鞋打的结能不散开，是一个美国女朋友教我的。这两件极细碎的例，很可以说明这个“我”是社会上无数势力所造成的。社会上的“良好分子”并不是生成的，也不是个人修炼成的——都是因为造成他们的种种势力里面，良好的势力比不良的势力多些。反过来，不良的势力比良好的势力多，结果便是“恶劣分子”了。古代的社会哲学和政治哲学只为要妄想凭空改造个人，故主张正心，诚意，独善其身的办法。这种办法其实是没有办法，因为没有下手的地方。近代的人生哲学渐渐变了，渐渐打破了这种迷梦，渐渐觉悟：改造社会的下手方法在于改良那些造成社会的种种势力——制度、习惯、思想、教育、等。那些势力改良了，人也改良了。所以我觉得“改造社会要从改造个人做起”还是脱不了旧思想的影响。我们的根本观点是：

个人是社会上无数势力造成的。

改造社会须从改造这些造成社会，造成个人的种种势力做起。

改造社会即是改造个人。

新村的运动如果真是建筑在“改造社会要从改造个人做起”一个观念上，我觉得那是根本错误了。改造个人也是要一点一滴的改造那些造成个人的种种社会势力。不站在这个社会里来做这种一点一滴的社会改造，却跳出这个社会去“完全发展自己个性”，这便是放弃现社会，认为不能改造；这便是独善的个人主义。

以上说的是本篇的第一层意思。现在我且简单说明我所主张的“非个人主义的”新生活是什么。这种生活是一种“社会的新生活”；是站在这个现社会里奋斗的生活；是霸占住这个社会来改造这个社会的新生活。他的根本观念有三条：

（1）社会是种种势力造成的，改造社会须要改造社会的种种势力。这种改造一定是零碎的改造——一点一滴的改造，一尺一步的改造。无论你的志愿如何宏大，理想如何彻底，计划如何伟大，你总不能笼统的改造，你总不能不做这种“得寸进寸，得尺进尺”的工夫。所以我说：社会的改造是这种制度那种制度的改造，是这种思想那种思想的改造，是这个家庭那个家庭的改造，是这个学堂那个学堂的改造。

〔附注〕有人说：“社会的种种势力是互相牵制的，互相影响的。这种零碎的改造，是不中用的。因为你才动手改这一种制度，其余的种种势力便围拢来牵掣你了。如此看来，改造还是该做笼统的改造。”我说不然。正因为社会的势力是互相影响牵制的，故一部分的改造自然会影响到别种势力上去。这种影响是最切实的，最有力的。近年来的文字改革，自然是局部的改革，但是他所影响的别种势力，竟有意想不到的多。这不是一个很明显的例吗？

（2）因为要做一点一滴的改造，故有志做改造事业的人必须要时时刻刻存研究的态度，做切实的调查，下精细的考虑，提出大胆的假设，寻出实验的证明。这种新生活是研究的生活，是随时随地解决具体问题的生活。具体的问题多解决了一个，便是社会的改造进了那么多一步。做这种生活的人要睁开眼睛，公开心胸；要手足灵敏，耳目聪明，心思活泼；要欢迎事实，要不怕事实；要爱问题，要不怕问题的逼人！

（3）这种生活是要奋斗的。那避世的独善主义是与人无忤，与世无争的，故不必奋斗。这种“淑世”的新生活，到处翻出不中听的事实，到处提出不中听的问题，自然是很讨人厌的，是一定要招起反对的。反对就是兴趣的表示，就是注意的表示。我们对于反对的旧势力，应该作正当的奋斗，不可退缩。我们的方针是：奋斗的结果，要使社会的旧势力不能不让我们；切不可先就偃旗息鼓退出现社会去，把这个社会双手让给旧势力。换句话说，应该使旧社会变成新社会，使旧村变为新村，使旧生活变为新生活。

我且举一个实际的例。英美近二三十年来，有一种运动，叫做“贫民区域居留地”的运动。这种运动的大意是：一班青年的男女——大都是大学的毕业生——在本城拣定一块极龌龊，极不堪的贫民区域，买一块地，造一所房屋。这一班人便终日在这里面做事。这屋里，凡是物质文明所赐的生活需要品——电灯、电话、热气、浴室、游水池、钢琴、话匣等等——无一不有。他们把附近的小孩子——垢面的孩子，顽皮的孩子——都招拢来，教他们游水，教他们读书，教他们打球，教他们演说辩论，组成音乐队，组成演剧团，教他们演戏奏艺。还有女医生和看护妇，天天出去访问贫家，替他们医病，帮他们接生和看护产妇。病重的，由“居留地”的人送入公家医院。因为天下贫民都是最安本分的，他们眼见那高楼大屋的大医院，心里以为这定是为有钱人家造的，决不是替贫民诊病的；所以必须有人打破他们这种见解，教他们知道医院不是专为富贵人家的。还有许多贫家的妇女每日早晨出门做工，家里小孩子无人看管，所以“居留地”的人教他们把小孩子每天寄在“居留地”里，有人替他们洗浴，换洗衣服，喂他们饮食，领他们游戏。到了晚上，他们的母亲回来了，各人把小孩领回去。这种小孩子从小就在洁净慈爱的环境里长大，渐渐养成了良好习惯，回到家中，自然会把从前的种种污秽的环境改了。家中的大人也因时时同这种新生活接触，渐渐的改良了。我在纽约时，曾常常去看亨利街上的一所居留地，是华德女士（Lilian Wald）办的。有一晚我去看那街上的贫家子弟演戏，演的是贝里（Barry）的名剧。我至今回想起来，他们演戏的程度比我们大学的新戏高得多咧！

这种生活是我所说的“非个人主义的新生活”！是我所说的“变旧社会为新社会，变旧村为新村”的生活！这也不是用“暴力”去得来的！我希望中国的青年要做这一类的新生活，不要去模仿那跳出现社会的独善生活。我们的新村就在我们自己的旧村里！我们所要的新村是要我们自己的旧村变成的新村！

可爱的男女少年！我们的旧村里我们可做的事业多得很咧！村上的鸦片烟灯还有多少？村上的吗啡针害死了多少人？村上缠脚的女子还有多少？村上的学堂成个什么样子？村上的绅士今年卖选票得了多少钱？村上的神庙香火还是

怎样兴旺？村上的医生断送了几百条人命？村上的煤矿工人每日只拿到五个铜子，你知道吗？村上多少女工被贫穷逼去卖淫，你知道吗？村上的工厂没有避火的铁梯，昨天火起，烧死了一百多人，你知道吗？村上的童养媳妇被婆婆打断了一条腿，村上的绅士逼他的女儿饿死做烈女，你知道吗？

有志求新生活的男女少年！我们有什么权利，丢开这许多的事业去做那避世的新村生活！我们放着这个恶浊的旧村，有什么面孔，有什么良心，去寻那“和平幸福”的新村生活！